吉本隆明

わが昭和史

ビジネス社

I 戦前

II 戦後

III　主著

IV　昭和の終わりへ

I 戦前

少年

生まれ育った世界

天草を恋しがったおじいさん

わたしが育った新佃島の家は、通りに面した三軒長屋の角だった。表に出ると運河沿いに鉄材置き場があり、そのとなりは運河の荷揚げ場になっていた。

満潮時には水が置き場に浸入してくる。すたすた歩いていったら急に背が立たなくなって溺れてしまうというイメージが、なかなか離れなかった。

掘割をへだてた向こう側には、屋上が見える三階建ての小学校があった。始業の鐘が鳴り出してから兄や姉は、よく駆け出していった。

わたしは上りかまちに坐りこんで運河の上を二、三羽ずつ移動する鳩を茫《ぼ》んやり眺めて暮らす。雨のしとしと降る日はそのまんま居眠りする。

まだ学校にあがる前のころには、おじいさんとおばあさん、父と母、兄と姉そしてわたしは、あいだの襖を外して長い部屋にして、布団を一列に並べ、みなが頭をそろえて寝ていた。おじいさんがいちばん向こう端に寝ていて、父がつぎ兄がその隣、姉と母がひとかたまり、そしておばあさんがいて、そのそばにわたしが寝かせてもらっている。

おばあさんに寝かせてもらう前は、兄と姉のあいだに寝ていた。おばあさんに寝かせてもらうようになったのには、理由があった。

わたしが寝ながら、話をしてくれ、と兄と姉にせがむと、二人はかわり番こに話をしてくれる。たとえば桃太郎の話になる。新しい筋はない。「おじいさんが山へ柴刈りに、おばあさんが川に洗濯に行くんだ。おばあさんが川で洗濯をしていると、向こうから桃がドンブラコッコスッコッコと流れてきた」というくだりにくる。兄たちは面倒臭くなって、きょうはこれで終りにしよう、また明日、とちっとも話が前にすすまない。翌日、またつづきを話して、とせがむと、「桃がドンブラコッコスッコッコと流れてきて」から始まって、なかなかさきへすすまない。

兄たちが面倒臭がり、わたしは面白がって、ますますせがむ。とうとうかわいがってくれていたおばあさんのとなりに寝かせてもらうことになった。

おばあさんは、よくわたしを抱いて股の間で暖めて寝てくれた。そのぬくもりは眠りにさそわれるような柔らかさだ。

　小学校にあがるかあがらないかの頃まで、母親と一緒に銭湯に行っていた。あるとき、肩まで沈め、といわれて深いほうのお風呂で母の膝の上にのっていた。そのとき、なぜかふと母の膝のぬくもりと柔らかさの意識にめざめた。

　おばあさんの股のあいだに触れたものとおなじだった。それからは駄々を捏ねて母親とは銭湯に行かなくなった。そして父と一緒にゆくようになった。

　おばあさんの股の間のぬくもりと、母の膝のぬくもりと柔らかさが気恥ずかしい意識にのこったのは、たぶん、性の匂いにちがいなかった。

　おじいさんは、若いときはさぞかしと思うほど豪快さがのこっていた。小学校に入りたての頃、よく膝の間にのせてくれて成績表を見ながら、キンはでけ物じゃっけん、と褒めてくれた。「キン」とは、わたしの呼び名だった。ずるして、いい成績のテスト用紙しかもって帰らなかったので、いつもおじいさんは、よかったよかった、と喜んでくれた。

　おじいさんとおばあさんは天草島出身で、二人とも浄土真宗西本願寺派の信仰が厚くて、老いるほどに阿彌陀さまの浄土へゆく話がおおくなった。浄土という言葉は、死ぬという言葉の代りのようにおもえた。

　いい日和には一緒に杖をついて築地の本願寺へお参りに行った。しかし、しまいにはぼけて本願寺から帰れなくて、築地の渡し場の辺りで交番に保護されたりするようになった。佃島のおまわりさんから川向こうに保護されていると連絡があって、わたしはきまって父親から、連れてかえれ、と命じられて連れに行った。

月島、佃島と越中島の間には相生橋が架かっている。橋の中ほどには中之島の公園があった。そこはおじいさんの憩いの場所で、ときどき屋台の饅頭を食べながらぼんやりと海のほうを見て過ごしていることがあった。よくそこにも迎えに行って連れ帰った。

　おじいさんは築地本願寺に詣でるほかは、たいていここでお台場のほうを眺めていた。きっと郷里の海辺を思っているのだ。

　やがておばあさんがすこし引っ込んだ部屋で寝たきりになった頃、おじいさんは頭がすこしおかしくなったのか、思い出したようにおばあさんの家財道具を勝手に持ち出して、玄関の上りかまちに放り投げたりすることがあった。そういうときは子ども心に、暗い怖さをおぼえた。家にいたたまれずに遊びにとび出して、夕飯まで帰らない。

　おじいさんのその振舞いはなんだったのだろうか、後年、母に訊いたことがあった。母は、じかに何も言わなかったが、おばあさんは賢夫人だったからね、とだけ答えていた。おばあさんはおじいさんよりすこし年上で、おじいさんが七十六歳のときにおばあさんが八十二歳くらいだったように記憶している。

　あとで考えると、おばあさんの若い頃の写真ではきれいな人だったから、母の言葉と思い合わせると、無意識の底ではおじいさんはきっと頭を抑えられていたにちがいない。その反発が出たのだろうかと納得する。

もうひとつおじいさんにまつわる暗い思い出がある。

おじいさんは、半ばぼんやりしてきてから、よく鉛筆を舐め舐め薄い木の板に船の設計図を描いていた。きっと自分が船を造っていたころを思い出しているのだ。

船でも家でも家具でも木の職人さんは、立体図を描いて、寸法さえ記してあれば、そのものを造ることができる。舳先の長さはいくらとか、角度はいくらとか、幅はいくらとかという立体図があると、船を造ることができたとおもう。

わたしは、一九四五年の敗戦まで富山の日本カーバイド魚津工場に徴用の学徒動員で行っていた。そこで水を汲む桶などの小道具を作ってもらうために木工部によく出向いたりしたが、木工部では立体図を描いて寸法さえあれば、わかりました、といって作ってくれた。そのときにわたしは、おじいさんがやっていたことと同じだ、とおもって、あわれに懐かしかった。

老人は幼い子供とよく似合う。おじいさんがわかるのは孫だけかもしれない。それは繊細さの質の問題で、世間的な知恵の問題ではない。

父から学んだこと

もうぼけてきたおじいさんは、ときどきおかしなことを口走りはじめた。いつもの声の調子がだんだんに変わって、何かを非難する口調になる。そしてしまいに癇癪を起こし、おいは天草に帰るけん連れていけ、と言いはじめる。そして定《き》まったように、天草ん家はこげな狭か家じゃなかった、そうつぶやく。

子ども心に、おじいさんがまた理不尽なことを言いはじめたなと思い、しだいにおびえる感じになった。父がぴしゃりと言いこめてしまうのをどんなに望んだことか。だが父はおじいさんのそばに行くと、もう少しゆとりができたら故郷《くに》に連れて帰るから、しばらく辛抱してくれ、としずかな口調でなだめるのだった。

その場は納まるのだが、定まってまた思い出したように同じことが繰り返された。そして父はまたなだめる。

繰り返しわけのわからないことをいうおじいさんをなぜ父は怒らないのだろう、とけげんに感じるほどだった。そんなこともういわんでくれ、今はそれどころではないのがわからんのか、と怒ればいいのにと、どんなに思ったかしれない。

ほとほといやになったときは、スーッと遊びに行って夕方まで帰ってこなかった。でも飽くことのない父親の態度に、しまいには何かしらが伝わってきた。

大げさな言い方をすると父から学んだ最大のことは、このことだった。わたしたち子どもに背中を見せて、いつも諄々とおじいさんにおなじことを説いていて、感情を走らせることも、言葉をはしょることもしない父の姿は、わたしには生涯超えられないだろうとおもう。

父からは、魚を食わないのなら坊主になれ、とお説教をされたり、ふて腐れて拳骨をくらわされたりしたが、その場で反抗するだけで、そんなことはなにも残っていない。しかし、おじいさんとのそのやりとりは残った。あそこまでこらえていられた父の振舞いは生活の温度になって潜在した。

戦争中、わけのわからない粉食を配給されて喰わされていた。わたしと弟は喰い盛りで、喰えさえすれば何でも平気で喰ってしまっていた。ふと気がつくと、父と母は喰っていない。ちょっと食べてやめているのだが、やめたふりをしないでなんとなくやめていた。

あるときそのことに気付いた。これは子どものために遠慮しているな、と思ったけれど、口にしたらおしまいとわかって、どちらも気付かぬふりを通した。この親たちへの信頼は、戦争を切《せつ》ない、きついとおもわなかった理由のひとつだった。

おじいさんとおばあさんが半ばぼけてからの家のなかの暗さは、わたしに影響を与えたと思っている。自分ではわからないことだ。だがこの暗さは孫にとってまともに受けとめるべきだとおもえる。

ものごころがつきはじめた頃、母はまだ元気で、悪さや口ごたえが重なるとよくどやされた。すぐ怒られた。だがわたしが十代半ばになるころには温和な慈母に変っていた。

母の労苦の写像は確実に胎乳児期のわたしの無意識に恨みがましく残されたにちがいない。

父母が天草から東京に出てきて、月島の辺りにとりついて少し経ってから、わたしは生まれた。わたしが生まれた場所と一緒に漠然と胸の辺りにしまい込まれたものがあったと思っている。

父は大戦（第一次）後の不況を乗り切れず、造船所を閉じ借金を放り出して単身東京に出てきた。月島辺りの造船所で大工さんとして雇われ、少し経ってから、一家を呼んだ。

天草をすてた頃、母は兄と姉の手をひき、わたしを胎内に入れていた。月島辺りに住みついて半年経つか経たないうちにわたしは生まれたとおもう。父母にとって生涯最大の出来ごとの影響は、子どもの兄や姉よりも腹中のわたしに対するほうが大きかったのは疑いない。

知らない場末の町と小さな借家、故郷をすてた侘しさと貧しい生活、祖父母の世話、侘しさと心細さを除ける方法はなかっただろう。この母のイメージが輪郭をもつようになったのは、二十年も経たあとだった。

少年もまた、いまでは殺傷したり、親から殺傷されたりする。だがほんとは、そんな子は一歳未満までの胎乳児期に、すでに大抵は母親から殺傷されているにきまっている。濃《こま》やかにつよめに育てられた胎乳児だけが心（魂）の大事さを知っている。

父からはときどき食い違いの拳骨をもらった。それが生活上の苛立ちによるのか、それとも情愛によるのかは、すぐに見分けられた。少年の敏感さは動物以上の敏感さだ。

周りもみんなそうだったせいか、暴れまくってズボンをカギ裂きにしてめくれていても、運動靴の爪先がバクバク開いていても微妙に黙っていた。

父の晩年、孫の顔を見るといってやってきたわたしのアパートは、いつも路地の奥にあるところで、気落ちしていた。気づくと、たしかにそのとおりで、団子坂の家、その前のアパート、無意識が引っ越し荷物も入りにくいところを択んでいた。

子どものとき遊びまわった路地への執着が染みついているという解釈で安心できた。子どもの世界には貧も富もない。老人の世界もそうだ。

学校さえなければ一日の生活が遊びと睡眠だけからできている。そのときの遊びにほとんど性の匂いはない。その時期への望郷は消し難いような気がする。

小学校へあがるとすぐに、あした月謝をもってこいの世界が先生からはじまった。もっていかないことがたびたびだった。そして忘れましたというのが言い訳の言葉だった。

当時、月謝は三十銭くらいだったにちがいない。それくらいなら払えそうにおもえたが、お金が介入する世界に馴染まなかったので、朝から晩まであくせく働いている父を見ると、気の毒な気がしてなかなかいい出せなかった。つまり呼吸の合わせ方がわからなかったと言ったほうがいい。

この微妙な幼稚な、しかし無邪気でない気持をあらわす言葉がないため、先生には、忘れました、というのがよかった。忘れました、が何回かつづくと先生はあきれて、だらしないからだということになった。ちゃんともってこい、と怒るのだがほんとうは忘れたわけではない。そのことを先生に理解してほしかったが、わかってもらう言葉がなかった。

たまたま優秀な六年担任の先生は、父兄向けの学校通信で「本校は東京市下で最低の、できの悪い学校だ」とあからさまに書いてよこした。

東京市のせいか京橋区のせいかは子どもにはわからないが、小学校には沖縄出身で、この先生は優秀だと思われてはいないだろうなという先生や、熱心だと思われていないだろうなという先生たちがいて、そのことが子どもにもわかったくらいだ。だから、子どもが親に気をつかって、しかたなく月謝を忘れたといっていることくらいわかってほしいと願っても、とうてい無理な話だった。

親に気をつかって月謝を忘れたという生徒は毎回何人かはいた。先生たちは、おまえたちはしょっちゅう忘れているじゃないか、というだけだ。それはちがうんだよ、というわけにもいかず、言葉は、はい、と返事をする。そんなことが何回かつづいた後に父に言い出して月謝をもっていった。

先生たちはその調子だが、父のほうは逆に、子どもにそこまで思わせるものではない、ということに早く気づいてくれればとおもうのに、仕事の切迫感にかまけてそういうことに気がつかなかった。

こういう子どもの幼稚な、でも無邪気でない大人びた気の使い方はどこへ行くのだろう。現在でもほんとうはよくわからない。少年に訪れる束の間の、かげろうのように果敢ない聖《セイント》の心なのだ。やがて大人になるとえげつない業つくばりになるにちがいない。

社会はいまでもこういう愛しき気配りの聖性を永続させる方途をもっていない。いまも少年たちは、金銭についてではなく、精神の方途について同じ思いを繰り返しているとおもえる。

衰退する街

月島、佃島地区で生まれ育ったから、この界隈についてもうすこし踏み込んでみよう。

木下杢太郎以来、詩人や画家は大川端趣味と一緒にこの界隈を東京にある植民地の雰囲気として主題にした。

戦前、社会運動にとってはセツルメント運動の対象になった。またその反対に子どもたちで中沢別荘と呼んでいた銀行家の別荘もあった。子どもには埋立地の原っぱと町の路地は東京には珍しい遊び場だった。

興隆する街、衰退する街ということでいえば、月島や佃島は、中央区全体がそうであるように、個人の居住地の減少とともに衰退する街だといえる。それはいかようにしても、いたしかたのないことだ。

昔にくらべれば商店街はりっぱになり、この頃はもんじゃ焼き屋に若い人がやってきたりする。だけどこの地の過疎的要素は、東京湾に新開の埋立地をつくり、住居や商業地を造成しないかぎり、変りそうもない。

佃渡しで築地明石町から、相生橋で深川、越中島から隔離された人工の孤島で、住人は、あの家の誰それはどうしたという消息に精通していた。子どもたちは、運河筋の民家や町工場や路地のすみずみまで心得ていた。独特の小世界で、一種の雰囲気をつくっていた。

この界隈は、子ども同士いじめたらすぐしっぺ返しを食らうような、荒っぽいところもあったが、極端に下町的ないい場所でもあった。大人たちでも、三軒長屋の隣の家に、お米を貸してくれ、といって借りたり、いろんな日用品を平気で貸し借りしていた。

その意味ではいいところなのだが、江戸期からの伝統はなにもなかった。築地明石町や深川辰巳から、わずかに下町の伝統が流れてきて、胎内には軽犯罪人の寄せ場と、摂津（今の大阪）佃村の漁師の頑固な江戸期が内閉されていた。

キンちゃんと呼ばれていた

小学校の頃、近所の悪ガキからは「金ちゃん」と呼ばれていた。化学の学校で上級生になった頃、クラスでは「哲ちゃん」と呼ばれた。理屈っぽいことばかりいいたがったからだ。

家では父母は「金（きーん）」と呼び、兄は「金公」姉は「金ちゃん」と言った。なぜ家のものから「金ちゃん」と呼ばれるのかはわからない。比較的インテリの叔母さんに、どうして「金ちゃん」というのか訊いたことがある。

「タカアキ」と呼ぶのが面倒臭いので、「タカキ」になり、それから「タカキン」になって、それがまたつまって「キンちゃん」になっちゃった、と説明してくれたが、しかしそう説明されても本気にはなれない。

ここ十年くらいわたしは、琉球の言葉についていくらか知識をえた。すると、これまで要領をえなかった「金ちゃん」と呼ばれる意味が、すこし判った気がした。

琉球語では、「さん」とか「くん」、あるいは「様」や「殿」などの尊称の接尾語に当たる「金」という言葉がある。太郎さんを尊称するとき、「タラ（太郎）キン（金）」もしくは「タラ（太郎）カネ（金）」と呼ぶ。

わたしの家は天草島だったから、地域からいえば、奄美、五島列島とそう変わらない。「金ちゃん」の「キン」は琉球語の尊称の接尾語と考えてまずまちがいないとおもう。

夏目金之助（漱石）の「金」も、尊称の意味で使われて名前になっている。

それとともにわかってきたのは、「金」と同じ意味で尊称として使う言葉に「供（ク）」という言葉もあった。その使い方の典型的な例は、刀匠や銘刀の関の孫六（マゴロク）である。琉球語で「マゴロ」とは、「真五郎」で男らしい男子の意味で、それに尊称の「共（ク）」をつけて孫六という呼び名が完成する。つまり、「男らしい男の子さん」の意味が孫六である。

琉球語では、尊称を「金（キン）」といったり「供（ク）」といったりする。わたしの「キンちゃん」は、「隆明金（タカアキキン）」が「隆金（タカキン）」になって、しまいには「キン」だけが残って「金ちゃん」になったにちがいない。

その意味では、それまで唯一のよりどころとしていた叔母の説明は、ちょっとちがっていた。父たちからも「キン」と呼ばれていて、ほんとうの名前を呼ばれたことがなかった。どうしてそう呼ばれていたのか長い間ときどきふと首をかしげたりしたが、すぐ消えてしまった。

未明の社会ではよく仇名をもって呼ばれるというのは、世界中どこでもおなじだ。また職業や住んでいる地名をつけて呼ばれることもある。わたしの呼び名は、そういう複合にちがいない。いつも「キンちゃん、キンちゃん」と入口で呼びながら誘いにくるのは、隣家の野口という同級生だった。わたしが存在しているのとおなじ仕方でいまも彼はどこかで存在しているはずだ。

悪ガキとの別れ

今氏塾《いまうじ》に行くようになったのは小学五年生の頃だ。どこからか親たちは、東京で最低の小学校だから勉強しないと上の学校には行けない、と聞き込んできたのだ。塾は深川区の門前仲町にあった。

今氏乙治《おつじ》先生のお父さんの御隠居が、うちの家の貸ボートの母船に釣船をつないでいて、ときどき釣に出かけた。それならうちの息子のところに来なさいという話合いから出たにちがいない。

急にいままで一緒に遊び呆けていた近所のガキ仲間と遊ぶのをやめて、塾通いをはじめた。気ごころもこまかい癖も呑み込んだ仲間と急に離れた寂しさはたとえようもない。

得体のしれない使いを言いつけられて、夜半にひっそりと立ち去るような理不尽な思いにつきまとわれた。この遊び仲間と別れなければならない強い理由があるとはおもえない。まして何となくひそかに理由も告げずに消えなくてはならない。

嫌だ、嫌だとおもいながら従うほかない何ものかによる最初の選別なのだ。ほんとに拒絶するためには力がないとおもった。おまえ勉強か、と悪童にからかわれて、恥ずかしく寂しくて仕方がなかった。

ガキ仲間とは疎遠になっていったが、はじめての世界にも出会った。

少年にとって、この悪ガキたちとの別れは最大の事件のひとつだ。なぜひとは気心が知れ、もう二度と会えないような信頼する仲間と別れて、ただじぶんだけが真面目くさった表情をしなければならないのか。肉親の死を除けば、これほど辛いことはない。けれど後にこれがあらゆる別れのはじまりの痛切さだとわかった。

仲間たちが遊んでいる場所には、わたしの姿はない。そして所在なさそうに独りで行ってみると、その場所にかれらの姿はない。こんな馬鹿気たことがありうるのだろうか。ありうるとすれば誰のせいなのだ。わたしにはいまも疑問だ。

小学校を終えて化学の学校に入った。制服ではそれまでの半ズボンから長ズボンに変わった。これは悪ガキとの別れについで少年の大事件だった。もう子どもの遊びの世界に戻れない。またひとつ真面目な表情を仮面のように身につけなくてはならない。それは絶望感に近かった。

化学の学校の一年生の時分、千葉県の銚子に一泊か二泊する修学旅行があった。泊まった宿の名前は、今もあるのだろうか、暁雞館といった。

なぜその名前を覚えているのかといえば、その暁雞館の風呂に入ったときに、ちょぼちょぼとではあるが毛が生えていることに初めて気がついてショックを受けたからだった。どんなショックだと問われれば、ヘンなショックだとしかいいようがない。

言葉に表すとすれば、「誇らしげで」というと嘘になるし、ただ「取りかえしのつかない」ショックといっても嘘になってしまう。大人になってしまうのか、もう子どもではいられないのか、という名残惜しさと、奇妙な明るさと解放感が入り交じったなんともいえない感情であり、ひとつの衝撃だった。

それまでは、銭湯に行っても前を手拭で隠すようなことはしなかったが、毛が生えてきたという変化が銭湯で前を隠す所作をさせた。こうした性的な徴候やガキ仲間との別れが、徐々に小学生の野放図な時代からわたしを大人へと追いやり、もう元には戻れないのだ、という思いがわたしにつきまとった。

年齢を重ねるほどに真面目くさった仮面をいくつもかぶせられ、箸にも棒にもかからない大人の表情になる。この仮面をこわすにはまた別の歳月がいる。これはどこか間違っているのではないか。そんな気がいまでもしている。

小学生と工業学校時代を通して、自慢していいことがある。それは、学校が近所で通うのに五分もかからなかったということもあるが、その小学校の六年間と、深川の工業学校の五年間の計十一年間、無欠席だったことだ。

これは真面目の仮面をいやだいやだと内心で思いながらも、無意識に促されてかぶりおおせたことを意味している。真面目の仮面も、大人になることもいやで仕方がなかったが、おまえは嘘つきだと社会からも告発されず、社会を告発もせずに耐えられたということは、学業成績などとは比較にならないほど、わたしには輝かしいことにおもえた。いまもある懐かしさを含めてそんな気がする。

この時期につけた仮面をそのままつけて、その上に仮面をまた重ねることで、分別のある紳士に成長する少年もいるし、ささいな契機をしおに、ことごとく仮面をこわしにかかったまま老いる少年もいる。

定型、定石、極意、否、否、否。どちらも難しいことのようにおもえる。

昼間の星

少年の遊びの世界には、家周辺の近《ちか》まの遊びと、少しだけ遠出をする遊びと、多く遠出をする遊びがあった。

小学校に入るか入らないかという時期、ほとんど毎日のように、おない年くらいの仲間たちと近所の路地や家の周りで遊び呆けた。近所での遊びは、道路に蠟石で輪を描いて、片足でとびながらの石けり、路地から路地を使ってのかくれんぼや「悪漢探偵」などが、そのころ流行っていた。

「悪漢探偵」は、だれかが探偵になって、ほかの悪漢のみんなが隠れているのを探し出し、最初に捕まったやつがつぎに探偵になるという鬼ごっこの一種だ。男の子の遊びだから、隠れるとき、捕まえるとき、捕まるときは乱暴な取っ組み合いになる。それで鬼ごっこといわずに「悪漢探偵」

と名付けていた。

学校にあがってからは、べえ独楽《ごま》が遊びの中心になった。学校に入る前は、兄たちがべえ独楽をやっているのを見ていただけで、実際にべえ独楽をやったのは、小学校にいってからのことだ。あれは不思議で、いまでもよくわからないが、まるで潮が寄せるように、どこからか波がやってきてわたしたちを熱中させ、またどんな理由もないようにおもえるのだが、引き潮のように去ってゆく。もうそのときはわたしたちは見向きもしなくなっている。流行に費されるこころは潮の満ち干のようにおもえる。

小学校は、わたしの生れ育った家から掘割をひとつ隔てた向こう側にあって、家からは屋上や教室の窓なども見える。川筋では、荷揚げの広場に土俵の円を描いて相撲をとったり、舟の荷揚げ場で水遊びすることもあった。

だれとも遊んでいないときは、玄関の上りかまちのところで、だれかが遊んでいる学校の屋上を見やりながら居眠りをしていた。ウトウトするときのその気持ち良さが身体の記憶のどこかに残っている。

これは呼吸のない居眠りで、もう一つ記憶が鮮やかで、これに似ているのは、父の舟で夜釣りに出かけた帰り、舟底からひびいてくるエンジンのチャカチャカ音をききながら居眠りする呼吸のある眠り心地よさだった。

近くでの遊びがつづき遠出がしたくなると、今の晴海、四号埋立地に出かけた。大正の末から昭和の初めにかけて、江戸時代の摂津の国・佃村から集団移住した漁師たちの町、元佃島につぎ足されるように、新佃島、その次は月島が一号から三号地まで埋め足された。そこまでが東京の住居地の町筋になっていた。地名は、三号埋立地は月島三丁目、掘割を隔てて二号埋立地は月島二丁目、一号埋立地は月島一丁目だった。

遠出の遊びはまだほとんど原っぱだった四号埋立地に遠征する。そこでは、たいていの遊びは間に合い、そして大規模になった。かくれんぼをしても半日は見つからない。そして鬼が降参する。

四号地まで遠出すれば親たちの眼がとどかない、町中《まちなか》とちがった別天地だった。雑草と葦《よし》の原っぱ。ひばり、よしきり、雀、ハト、バッタ、イナゴ、コオロギ、ゲンゴロウ、水スマシ、トンボ、トンボのやご。これが生きもののお相手だった。

三号埋立地の突端の右手に佇《た》つと、大川（隅田川）の河口を隔てて浜離宮や聖路加病院の十字架がみえる。三号地には海水浴場があって、そのすぐ手前まで民家が立ち並んでいた。四号地は葦茫々の風景がつづいていた。

遠出をするときは、まだ海底の砂が積み重なっている箇所も残った四号埋立地へ行って、珍しい貝殻を採ったり、原っぱでコオロギやバッタやトンボを捕ったり、水溜まりに棲むゲンゴロウを捕ったりすることもあった。

四号埋立地の草っ原には、とくべつな印象がのこっている。その葦の原っぱは広々として、葦のかげに隠れると半日かかってもだれも捕まらないようなかくれんぼができる。葦の根っこに伏せれば、なかなか見つからないので、つい居眠りをしてしまうこともある。

草いきれと土の肌の匂いがする。

ある日の昼間、その葦の原っぱで、鬼がこないので仰向けになって寝転んでいた。よしきりが葦原を飛んでわたり、ひばりが空に上がって鳴いていた。葦の間から青空を見ていると、昼間であるのに、その空に星が見えた。大人になってから、ほんとうに昼間に星が見えたのか、と疑問を抱いたが、へんなところで、一人で、真っ昼間、星が見える空を眺めていたという印象は強く残っている。

後年、柳田國男の『望郷七十年』（朝日新聞社）を読んでいると、つぎのような一節を見出した。


「その美しい珠をそうっと覗いたとき、フーッと興奮してしまって、何ともいえない妙な気持になって、どうしてそうしたのか今でもわからないが、私はしゃがんだまま、よく晴れた青い空を見上げたのだった。するとお星様が見えるのだ。今も鮮やかに憶えているが、じつに澄み切った青い空で、そこにたしかに数十の星を見たのである。昼間見えないはずだがと思って、子供心にいろいろ考えてみた。そのころ少しばかり天文のことを知っていたので、今ごろ見えるとしたら自分らの知っている星じゃないんだから、別にさがしまわる必要はないという心持を取り戻した」

これを読んでわたしは、昼間の星を見たのはけっして夢か幻のたぐいではなかったことを信じた。

少年にとって遊びが生活のすべてであり、ときに仕事だ。家の近隣や街筋での遊びは親たちの子育ての倫理の支配下にある、といっていい。親たちの眼がないときには、町中の大人たちの眼の倫理があった。それがわずらわしくなったときは、遠出で医《いや》した。

それは子どもたちだけの秘密の遊び場だ。ここまでくれば大人のしつけの外にある世界になる。少年はそんなとき、孤独と不安と心細さのなかに解き放たれる。そして耐えている。

四号埋立地

少年の世界は、性がうち寄せてくるまでの束の間、内向的だ。嬰児までの母との原型がそのまま延長される。現実の遊びの世界はまるでマジックの世界に棲むようにおもえる。

四号埋立地でトンボやバッタをとったりかくれんぼをして、そのまま家路につくにつれ父母のいる世界にもどってゆくが、ときとして、このマジックの世界に入り込んだままのこともある。

ある日、四号埋立地でいつものように遊んでいると、どこかのおじさんがやってきて、集まれや、といった。持っていた箱の中には飴玉やお菓子が入っていて、子どもたちみんなに立ち幅跳びをさせ、遠くに跳んだものからその飴玉やお菓子をくれるという。だが、このおじさんの正体が子どもには不安におもえた。どこかで怖いなと思いながらも、飴玉とお菓子に釣られてみんなでワーワーいいながら、立ち幅跳びに夢中になり、そして正体不明のおじさんは、みんなに飴玉とお菓子を配り終えると、何事もなかったかのように行ってしまった。

後から考えても、この正体不明のおじさんの振舞いはわからなかった。まったくわからない。ほんとは子どもが好きで、無邪気に遊ばせたかっただけなのに、内向的で子どもに態度を合わせられず、ぎこちなかったのかもしれない。謎めいていて不思議にあとあとまでの印象がある。

四号埋立地からは、三号地を隔てる橋を渡らなければ街筋には帰れない。町に入れば父や母や兄たちの領分に入ったということだ。すると日常生活の匂いがしてくる。そして子どもたちの秘密のイメージが消えてしまう。

五年生か六年生の夏休み、京橋区の小学校の虚弱児というのをあつめて聖路加《せいルカ》病院（子どもたちは「セイロカ」といっていた）の付属保健館の世話で健康合宿がやられた。わたしは虚弱児に選ばれた。虚弱だとおもったことはなかったが、嬰児のときの重い肺炎の跡がたたって、毎年レントゲンの撮り直しをやっていたので虚弱児の資格は充分もっていた。

合宿は保健館の看護婦さんの管理で、一週間ほど四号地の一角で行われた。起床、体操、朝食、昼まで学習、看護訓練（ホウタイの巻き方、副え木のあて方など）、午後は昼寝、マスの遊び、女の子みたいなクローバーの花輪造り。

普段の遊び場の一つだったから、悪ガキ仲間が寄ってきて囃し立てる。これは辛かったが、一面では悪ガキたちの知らない規律のようなもののもっともらしい真面目さの意味を味わった。

看護婦さんたちは遊びも勉強も人工的なことをおしえた。教室以外で味わったことがなかった。悪ガキ仲間の遊びも勉強も自然な流れでしかやらなかったから、この一角には人工の柵がある感じが出来上っていた。

化学の学校に入ると、博物の宿題で、やや本格的な植物の押し花標本の提出を求められた。怠け者には無理で、まだ柔らかく花や葉脈から汁が出てくるような標本をいつも出すしかない。

博物学に興味をもつためには理科室の標本ではなく、ゲーテを読むようになる年月が必要だった。人体に興味をもつためには理科室の骸骨ではなく、三木成夫《しげお》を読むような成熟が必要であるように。しかしその時にはもう遅いのだ。わたしは今、植物医師だったらなあとおもう。少年を教育できるのは鬱然たる大家だけだ。大学生を教えるのは今とおなじで、馬鹿な小学校の教師でたくさんだとおもう。

提出日直前になってから間に合わせに四号地で採った押し花をつくるものだから、いろいろな植物を本の間で押しまくって、名目だけの標本をつくった。

この押し花も、高学年になったときの昆虫標本も、四号埋立地の葦原でにわかに集めた。四号埋立地は、夏休みも終りに近くなって人の気もなくうそ寒さと後ろめたさの限りで、独りでする押し花や標本造りの嫌な思いをのこした。

植物の標本造りも、人体解剖の知識も万人に必要なものだ。だがそう思わせてくれる博物や理科の教師はいなかった。教師はただ自分を理学的な趣味を少年のときから持ちこたえた少数者だと思い込んでいる。これで少年が博物学や身体の知識を必要不可欠だとおもうはずがない。

家からちょっと裏に入ると路地が縦横にあった。かくれんぼや鬼ごっこは路地裏でいくらでもできたのだが、わざわざ四号埋立地まで押し出していくのは、自分のなかに内向する気配を時に満たしたかったからだ。

三号地の海水浴場は、品川沖につき出したよしず張りの家が三軒ほど立ち並んでいた。当時ですら墨田川の水は半分汚れ、東京湾の水も半分汚くなっていたが、それでもまだ海水浴はできた。

小学校の高学年頃は、その海水浴場にときたま通っていたが、わたしが海水浴場に行くときは、近所のガキどもと連れ立ってというよりも、二、三人でとくべつに行くことが多かった。

小学校の五年生頃から深川門前仲町の私塾に通ったのだが、そこの今氏先生は万能の人で、水泳も教師の免状を持っていて、夏の昼間は海水浴場のひとつで教師兼見張り番をしていた。当時の水着は、わたしたち子どもはふんどしだったが、大人の男はひと昔前の上下の続いた紺か黒の水着で、女の人のはそれにスカートのようなひだのついたものだった。今氏先生は、その水着姿でよくやぐらから高飛び込みをして、泳いでいる人たちを、見惚れさせるほど格好がよかった。

遊びの世界

べえ独楽と朝礼

その頃の女の子の遊びには遠出はない。その代り家の中の遊びは多様な面白さがあった。また、家のまわりの道路の遊びも色彩があった。家の中は、姉や近所の女の子たちの遊びをのぞくと、お手玉、おはじき、それから竹を十五センチほどで切りそろえたもので掌や手の甲でやる遊び。綾取り。ときどき姉たちの仲間に入って遊んだ。不器用で、お手玉は三つになると扱いかねた。おはじきは面白く、巧かった。この面白さは、ビリヤード、ゴルフ、コリントゲーム、スマートボールなどの大人の遊びとつながっているにちがいない。

女の子が家の近くで遊ぶときは、縄とびか、昔ながらの「とおりゃんせ」とか「かごめかごめ」などだ。輪ゴムを長くつなげて、片足がゴムにかかればいいし、かからなければ縄をもつ方に交替する。男の子は邪魔してとんでみせた。

昔ながらの女の子の「とおりゃんせ」や「かごめかごめ」は、流石《さすが》に少年を誘い込む力があった。姉や近所の姉の遊び友だちを筆頭にして男の子も加わった。「往きはよいよい帰りはこわい」も「うしろの正面だあれ」も、女の子と結んだ手の温みがいつまでものこった。この姉や女の子たちとの親和の想い出がなかったら、長じて異性へのときめきは成立しなかったようにもおもえる。

べえ独楽は、学校では禁止されていて、先生に見つかると怒られる遊びだった。べえ独楽やメンコは、勝てば相手のものをもらえるのだから賭ごとといえば賭ごとだ。禁止するのはごもっともな話だったが、だからといって禁忌をおかすときめきを含めてこの魅力は格別で、やめることはなかった。

べえ独楽をやるときには、交替で曲り角に見張り番をたてて、先生が来たぞ、というとズックでできた床《とこ》を片付けてどこかに消えてしまい、去ったぞ、というとまた集まってやっていた。よほど運が悪くてたまたま先生に見つかると、名前を登録されて、翌日か翌々日の朝礼で列の前に呼び出されて、二度としないか、とお説教をされるのだった。

べえ独楽を材料にして、朝礼で怒鳴り散らしてお説教をする張り切った先生がいた。またかと思いながらもうしろめたい気で聞いていると、生徒の列のうしろで肋木《ろくぼく》に寄り掛かってその怒鳴り声を聞いていたわたしたちの担任の先生が突然、「聞こえません」と大声で怒鳴り返した。

実際は、聞こえないどころではなく、八方に響き渡る声で怒鳴り散らしていたので、明らかにそのお説教に対する批判と反感からでた「聞こえません」だった。生徒の列と先生のあいだに一瞬水を打ったようなシーンとした空気が走り、次の瞬間には運動場いっぱいにシラけた沈黙がおおった。

列の最前列で、たまたまべえ独楽を見つかった生徒たちは、ますますうなだれてしおらしくなった。うまく免れた生徒のわたしたちも、「聞こえません」といいたくなるくらいだったのでびっくりした。「聞こえません」といった担任の先生は、怠け先生だったが、なんとなく好きだった。なぜ自分がその先生を好きなのか、そのとき分かるような気がした。

誤れる正義感だといえばそれまでだが、べえ独楽やメンコ遊びを禁じてしまう先生たちの規律が大人のもので、子どもの遊びごころをすこしもわかってくれないと思っていても、平静に説教されたら承服するほかないことだったに違いない。だがなぜそんなに怒鳴り散らされなくてはならないのかという不服は生徒の胸にくすぶっていた。

この先生は怠け者で、自分が授業をやりたくないと、五、六人の主だった優等生を呼び出して、ムチをもたせてかわるがわる代わりに黒板に向かって授業をやらせたり、そばに寄るとときどき酒の匂いをさせていたりもした。

いうところの教育委員にあたる視学官が授業視察にくるときは、その前日に主だった優等生を集めて、なにを質問するか指示するのだった。わたしは理科の時間の質問を割り当てられて、蚊はどうしてブーンと鳴くのか質問しろ、という指示をうけたのをおぼえている。つまり、八百長授業をやったりするとんでもない先生なのだが、悪びれた様子もなくて、好意をもっていた。

小学校を卒業するころは、先生は月島第一小学校に転任していったが、卒業してからわたしが挨拶に行ったのはその先生だけだった。挨拶にきました、おうきたか、というどうということもない短い訪問だったが、それでよかった。

小学校の禁止された遊びは、男子はべえ独楽、メンコが中心で、女子はおはじきが中心だった。隠れて遊んでいた。

これくらいの賭けの要素は遊びごころに属していて犯罪ではない。大人の競馬、競艇、競輪とおなじで、禁止するほうが阿呆なのだ。

やめるものなどもちろんいなかった。勝ったときのこころおどりも、負けたことの口惜しさも、先生や親たちからくる喜怒哀楽とはちぐはぐした。大人はじぶんを棚上げし、子どものときの自分を忘れる。

べえ独楽は、ほんとうは「ばい独楽」だとおもう。「ばい」という先の尖った巻き貝は、円錐形に沿って渦を巻いている。その形が「ばい」に似ていることから「ばい独楽」といわれ、転じてべえ独楽となったのではないか。

べえ独楽の種類は、渦を巻ぃている円錐形の背丈が高いものや低いもの、材質の鋳鉄が固いものや柔らかいもの、渦の形が均一できれいなものなど、いろいろあった。なかでも、材質がより固い鉄でできていて、緻密で重たく、しかも背丈が低いものはひじょうに強い独楽だった。ほんとうの意味でいえばべえ独楽ではないのだが、それを持ち出してこられるとふつうのべえ独楽ははじき出されてしまうから、その種類はその種類同士で戦わせていた。

佃んべえと呼ばれていたべえ独楽があった。円錐形の渦巻きのはじまりがきちっとついていて、しかも同じはばできれいにしあがっているひじょうによくできた独楽で、駄菓子屋さんで一銭で二つ買えるふつうの独楽よりも少しだけ重たく、緻密だった。佃んべえは、勝負に勝ったらとっておきたいと思うほどのできばえの独楽だったから、佃んべえが登場すると、みんな色をなして勝負し、夢中になってやりとりするのだった。

どうしてそういう呼び名がついたのかはわからないが、佃んべえは、佃島からしか出てこなかったように思えるので、たぶん佃島だけで密造されていたべえ独楽だったのではないだろうか。佃島は、江戸時代、大坂の佃村から徳川家に呼ばれてきた舟御用達の漁師の町だった。そこには錨《いかり》造りの子孫たちがいて、その代々の錨造りの家が二軒だけあった。

昔は、佃島の前の海で、幕府御用達の白魚が採れたというが、わたしが子どものころはそんなものはすでに採れなくなっていて、はぜもめったに釣れないという濁った状態だったし、漁師さんはあがったりで、もっぱら海苔を養殖して採るくらいしかしなかった。そんなことで、錨造りも必要がなくなっていて、それまで錨を造っていた人が佃んべえを造ったのではないかとおもう。むろんこれはただの推測だ。

べえ独楽に勝つために、みんなはそれぞれ工夫して手を加えていたが、それにもルールがあって、無制限の加工を許されているわけではなかった。べえ独楽は上から見ると底円形をしているが、みんなは、べえ独楽の底円をやすりで削って角をつけ、円錐の項点を削って針のように細くして補強した。底円に角をつけることによってはじきやすくし、項点を細くすることによってなかなかはじき飛ばされないようにすることは反則とみなされなかった。それ以外に、うんと削って背を低くしたりすることは許されてはいなかった。

べえ独楽を加工するにはそれぞれに秘密の場所があって、そこでコンクリートを砥石がわりにして、お尻をとんがらせたり、角ばらせたりした。

べえ独楽は、勝負に勝てば相手の独楽が自分のものになるという一種の賭ごとだし、隠れて内緒でやることでしだいに過熱し、わたしの小学生時代の遊びのなかでも大きな部分を占めていた。

悪事まがい

べえ独楽は学校の先生禁制の賭ごとということもあって過熱した。しかしどこから流行の波がやってきて、過熱し、飽きて波が去ってゆくのかよく分からなかった。いつの間にか流行り出し、いつの間にか衰えてしまうのが不思議だった。

ファッションには仕掛人がいる。子どもの遊びの流行には仕掛人が見つからなかった。本能的な遊びごとの欲望があるのかもしれない。また子どもごころのはやりすたりの世界は、流行が去っても自分たちだけはやめない、ということはなかった。波が去ると、自分も皆と一緒にシラけてしまう。

仲間たちの一人が親が引き出しに入れておいた小銭を失敬してきたのを、みんなで買い食いして費《つか》ってしまうことなどちょくちょくやった。おまえは明日もってこい、などという悪ガキもいて、父が散らばせておいたり、引き出しに入れたままになっている小銭を失敬しては、駄菓子屋さんに行ってお菓子を買い、みんなで分けて食べたりよくやった。

それは子ども仲間ではべえ独楽やメンコなど、賭ごと遊びの延長線だった。順番ぐりが半分、いたずら遊び半分のなかに無邪気な賭けの気分が入っているあいだは悪いとおもっていなかった。おまえあしたもってこいよな、と順ぐりにもってくる話になってしまうから、もっと額が大きくなったり、遊びごころがなくなってしまうと、親たちの偽善の禁止に口実を与えてしまう。買ったお菓子は、みんなで平等に分けて食ってしまうところもいたずら仲間の連帯感だった。

今は、恐喝まがいに金を要求されたいじめで死を選んだ子どもたちがいて問題になっている。無邪気さがなくなって大人の世界に地続きに結びつくような社会のせちがらい進展が、まるで以前とちがってしまっているのかもしれない。

金を要求した子どもが悪い、と一概に言う気にはなれない。じぶんも子ども時分に同じようなことをやっていたからだ。そんな悪さの面白味がわかる仲間のほうがずっと面白く、いい子ども仲間だとおもっていた。

どこで邪気と区別するのかといえばなにもない。あえて区別するとすれば、額の大きさと、遊びの要素つまり面白さの要素あるいは冒険やスリルの要素があるかないかだけだとおもえる。ただはっきり言えることがひとつある。親や先生が介入すればたちまち盗みや脅迫の重苦しさが必ず加わってきて、最悪の事態になってしまうことだ。少年のやる悪には、悪というより動物じみたマジックの世界の出来事といったほうがよい部分がある。

別な言葉をつかえば、遊びということだ。大人には一様にそれを悪としか思えなくなる。残念だが制度となった親（ＰＴＡ）や先生は大人の尖兵なのだ。

後に米沢市の高等工業学校にいたとき、全寮制で生活していたが、学校裏には桜桃や林檎畑の林がつづいていた。寮生仲間で、きょうはおまえだ、とかいって、代わりばんこにリュックサックを背負って夜の畑道をとおってもいい、いい、できて、寮の一部屋に集ってよく食べた。

十代も半ば以上すぎた青春期になっても、遊びの要素は入っていた。農家の人がせっかく栽培している作物を無断でしかもリュックサックで大量に取ってくるのはよくない、と真面目になって誰かが言い出せば遊びの要素はこわれた。そして、行為の全体が瓦壊した。後にはほんとうの盗みしか残らないからだ。

農家の人はたいていのことではがまんしているのだが、ときどき寮の舎監に、おたくの寮生がきて作物を取っていった、と苦情をいってくる。舎監もそれを聞くと寮生に事情を聴かないわけにいかないので、一人ひとりに、おまえ夕べさくらんぼを取りにいったろう、とか事情聴取をするのだが、みんなしらを切って、夕べは寝てました、という返事をする。

舎監も寮生も忍び笑いでごまかすほかなかった。眼にあまることはするなというお説教だけですんでしまう。しかしそれとても一旦真面目に対処されると、泥棒以外の何ものでもなくなってしまい、ちがうことに転化してしまう。

逃げ道がなくなるように追いつめれば、いっさいの遊びは消えてゆく。そしてあとには偽善と言い抜けしかのこらない。わたしたちが市民社会の板子一枚めくったときの感じは、いまでもおなじだ。

果物屋さんの店先から果物をくすねる競争をしたり、女の子に声をかけて定めた場所まで連れていくなどというやや悪どい競争もした。

これは一人ではできない悪さだが、なぜ集合するとこんなことになるのかといえば、多少の悪どさが気にかかっても、皆の気がそろっていたずらができたときの感情のその気持ちよさと解放感のほうが大事におもえたというほかない。

米沢は、米沢織の絣の名産地で織物工場がたくさんあり、そこで働く織工さんが大勢いて、よく彼女たちが街を歩いていた。判定人と称する役割の人間がいて、どういうやり方でもいいからどこそこまで女の子を連れて行ったら勝ちということになる。

これでも遊びなのだが、客観的にいって遊びで通用するかといわれれば、ちょっと怪しいことになってくる。なぜこんな際どい遊びをしたのだろう。すれすれの限度まで遊びごころを悪に近づけたかったにちがいない。わたしたちの社会が悪とみなしているもののなかには、遊びが真面目にすりかえられる判断力の突然変異が含まれており、それを簡明にさばく判断をもつことができるのは平等で均質な感性が流通するところまでだからだとおもえる。

性の匂いと懐かしい遊び

少年には内向的で懐かしい遊びがあった。二つちがいの姉や、その仲間の女の子が遊びの主役になって、「かごめかごめ」や「とおりゃんせ」をやって遊んだ記憶だ。

あまりそういう遊びをやっていると、悪ガキの仲間から、女と男とマメり、などとからかわれる。べえ独楽やメンコのような賭ごとに近い外向的な遊びとちがって、そこには内向的なやさしさをふくんだ遊びがあった。

「かごめかごめ」は、まんなかに目かくしをした鬼がいて、手をつないで周りをぐるぐる回りながら、

かごめかごめ
籠のなかの鳥は
いついつ出やる
夜明けの晩に
鶴と亀がつついた
うしろの正面だあれ

の歌を歌い、歌い終わって、

といって止ったところで、真後ろにいる子の名前が当るとその子が鬼になって真ん中にしゃがんで目かくしをする。これは女性的なテンポと温和さがあった。

「とおりゃんせ」は、両側から二人が向かい合って手でアーチをつくり、

とおりゃんせ
とおりゃんせ
ここはどこの細道じゃ
天神さまの細道じゃ
ちょっと通して下さんせ
御用のないもの通しゃせぬ
この子の七つのお祝いに
お札をおさめに参ります

と歌いながらみんなで連なってそのアーチを潜り抜け、歌い終わったところで、

往きはよいよい
帰りは怖い
怖いながらも通りゃんせ、通りゃんせ

とアーチをおろし、そのときに延ばした手のなかに入ってつかまった子がつぎのアーチをつくる役にまわる。そこには遠い記憶のような心細さがあった。

姉さんとともに、女の子と男の子が一緒に遊んだこれらの遊びは、いま考えても内向的で懐かしさがこみ上げてくる。内向的であることがなにかといえば、そのときにはわからないのだけれ

ども、性の匂いがする兆しということのようにおもえる。

女の子と遊ぶのはいいな、という感じと、年上の女の子はやさしいものだな、という感じが無意識のうちに入っていて、内向的でもあるし、その内向的なところを口に出して説明できないので、一種の懐かしさとして残っている。

小学校の高学年になると、成績がよくて顔がきれいな目立つ女の子がいると、性の匂いを感じたし、そういう女の子は、男の子の注目を浴びたりからかいの対象にもなった。少年たちは、そういう女の子に憧れをもつのだけれど、憧れをじょうずに表現することができずにからかいで表現した。

わたしが今でも鮮やかに覚えているのは、顔がきれいで成績がよかった三人の女の子である。そのうちの一人は、いい女の子だなあ、と憧れていたが、長じて地区の鉄工所の息子と結婚してしまった。

なんとなく浮かない感じがしたのは、その鉄工所の息子は格別目立たないおとなしい子だったので、ちぇっ、あんな子のところに嫁に行ったのかよ、とどこかで思えたからだ。

しかし別の意味でいえばそれはよくわかることだった。地区で鉄工所を営んでいるといえば階層は上の部に属する家だ。うちの息子があの女の子がいいといった、あるいは、うちの息子の嫁に、と請われれば結婚は成り立ったであろうことは想像できた。。

大部分の親は月島の町工場や魚河岸に勤めていて、そういう家の子どもたちは、小学校を卒業すると職に就いて働いた。

わたしの悪ガキ仲間で、野球がうまくスポーツ万能で少年野球のキャッチャーをやっていた仲よしがいた。ふところが大きくすばらしい資質だった。こんな子がこの社会で立派な場所に行かなかったらおかしいとおもっていた。彼は小学校を出ると魚河岸の兄ちゃんになった。ふところが広くて、いまでも懐かしいほどだ。暴れん坊でありながらおおようで、素晴しい資質の男だった。

だが昔も今もこの社会はこういう男に与える場所などどこにももっていない下らない社会なのだ。教師も駄目、学校も駄目、この社会も駄目、彼みたいな男がみるみる枯れてしまうようにしかできていない。だけどどこかでこの珠玉のような人柄を磨きあげる場所がなくてはならないはずではないか。彼を思うといまでも泣きたくなる。

わたしは化学の学校に行ったから、その子とも別れ別れになってしまった。一年ほどして、正月に会おうや、といって会う機会があった。一年間お互いにちがう環境にいてそれから会ってみると、まるでちがってしまっていた。お互いに、ちがっちゃったな、とはいわなかったが、もう取返しのつかない何かが変っていた。誰のせいなのだ、ただ悲しかった。

わたしの学校にはやかましい学校規制があったけれども、その仲間だった子のほうは酒を飲むことから始まってあらゆるやかましい規制がとっぱらわれてしまっていた。あっ、こんなにちがっちゃうんだ、という思いをお互いにしたはずだった。

学校と職場の有無がこんなにもひとの関係を隔ててしまうのが悲しかった。学校の有無は、あのふところの深く大きい彼の心を浅くする権利はない。またわたしを規則ずくめで縛って魂を小さくする権利もない。

佃島や月島は、今でいう中央区、その当時でいう京橋区に属していた。わたしの家がその典型だけれど、地方で借金を放り出して出奔してきたり、一稼ぎしようと九州や東北から出てきた人たち、本所、深川、河や海べりとおなじ貧しい下町の住民が多く住んでいた。

東京の人でも魚河岸に勤めているおじさんや、荷船を引っ張って墨田川を行き来しているポンポン蒸気の持ち主などが舟のなかや佃島・月島界隈に住んでいた。わたしの小学校には、ポンポン蒸気の持ち主の子どもがいて、登校した場所と下校する場所がちがう子がいた。あらかじめ、きょうは何時頃どこそこに舟を停めているから、と親との約束ができていて、そうなるのだ。

また、佃島や月島は、前述したように特別衛生地区ということになっていた。学校の保健室には川向こうの築地明石町にある聖路加病院の看護婦さんが派遣されていた。その看護婦さんたちは、子ども心にも憧れたくなるような異質の未知な表情をもっていた。

今でも看護婦さんの模範的モデル・ケースには二つあって、一つは聖路加病院の看護婦さんでキリスト教的精神が模範とされており、もう一つはみだりにデレデレしてもいけないしみだりに愛想をふりまいてもいけないしみだりに冷淡でもいけないというように、科学的態度で看護するのがいいという看護婦さんたちだ。

聖路加病院の看護婦さんは、モダンな制服で垢抜けて颯爽としていた。そして子どもたちを呼び捨てにして「さん」とか「君」とかつけないので、奇異な感じを抱かせた。道で出会うと、ヨシモト、と声を掛けてくる。恥ずかしかったが、悪い感じではない懐しさがあった。いま考えても、その看護婦さんたちとの接触は懐しく思い出される。なぜ懐しいのかと問いつめられれば、べつに懐しいほどのことはなにもないのだけれども、年上の異性の匂いを感じとっていたからなのではないだろうか。

その頃、日本は日中戦争に入りかけている時期で、天皇の誕生日だった四月二十九日の天長節などの祝祭日には、学校で式典が行われ授業はない。式典では、御真影《ごしんえい》と称する天皇の写真が内蔵されている講堂の飾り幕が上げられる。それに最敬礼をするのが常であった。

最敬礼のふりをして上目遣いにようすを見るのだが、飾り幕のようなものを開けると、天皇の肖像写真が飾られており、その前には三方《さんぼう》の上に紫の袱紗《ふくさ》に包まれた教育勅語が置かれている。校長はその紫の袱紗に包まれた教育勅語をおもむろに取り上げて開き、「朕惟《ちんおも》フニ……」と最後まで読み上げる。

生徒はもちろん先生方も、校長が教育勅語を読み終えて三方に戻すまで頭を下げっぱなしなのだが、さらに上目遣いでいつものように周囲の様子を盗み見すると、聖路加病院の保健館の看護婦さんのなかに一人だけ、いつも勇敢にも頭を下げないまま静かに立っている人がいた。

あれはなぜだろうといつも不思議におもったが、あとで考えるとその看護婦さんは、確かなキリスト教の信者だったのだとおもえた。

　女優さんや俳優さんが、テレビなどで、初恋は幼稚園のときです、などというのをきくと、当り障りのないように初恋の年齢を下げて性の匂いあるいは性の芽ばえの記憶を初恋と言っているのがわかる。

　二年生になったある朝、うすぼんやりと目が覚めると、とてつもない快感を感じたことがあった。それは、頭のいい顔のきれいな女の子の一人を夢うつつで思い浮かべていたときで、そのときは快感を感じたというだけでまったくわからなかったが、遺精の初めだった。

　その頃、言葉やからかい合いでは、すでに性を意識していたが、もちろん遺精がなんであるかは知る由もなかった。今の子どもたちは、パソコンにはまっちゃった、などとちがった言葉遣いをしているが、その頃のわたしたち子どもは、「はまった」という言葉は性交を表す言葉として使っていた。しかし、あいつとはまったろう、などと仲間同士からかい合っても、それがどういうことなのか、ほんとは知らなかった。

　同級生の一人に、わたしが級長さんになると副級長さんをやったりする、頭のいい床屋さんの娘がいた。だれがいい子だと思うか、という仲間同士の話でわたしが思ったのは、その子のことだった。顔はちっともきれいじゃなかったけれど、頭がべらぼうによく無口でいて活発な子で、いちばん好意を感じていた。

先生の身びいき

界隈で頭がよくて顔のきれいな子というのは、芥川龍之介風にいえばたいてい中産下層階級から中産階級の、クラスに一人か二人の子だった。そういう子は、服装もなんとなく整っていて、わたしたち悪ガキから見ると、わがままで物怖じしない澄した（ガキたちは「スカした」といった）ところがあった。

男の子にしてもおなじで、中産階級の子は優等生が多かった。そのうちの一人は、なおかつ美男子でもあった。女の先生で、授業中にいつもあからさまにその男の子の顔ばかり見て授業をやるのがいた。ねたみやワルな正義感がないまぜになっておもしろくなかった悪ガキ仲間は、チャンバラ本を回し読みしたり、かってにおしゃべりをして授業の邪魔をすることがたびたびあった。

一度、度重なる授業妨害に女の先生が泣き出して、職員室に引上げたことがあった。泣いて、黙ったまま授業をやめて職員室に帰ってしまった。すると、担任の男の先生がやってきて、なんだおまえたちは、と一人ひとり立たされてブン殴られてしまった。それがわたしの立たされたいちばん最初でもあった。

女の先生は担任にいいつけたにちがいない。わたしたちは、いやな先生だな、と思うようになった。後年その先生は京橋区にある学校の校長と結婚して人の奥さんになった。女の先生でいやなやつだと思ったのは、その先生が初めてだった。

わたしたちをブン殴った担任の男の先生もいやな先生だったが、じつはそのいやな理由がわからなかった。彼は、小学校の先生だったけれども東京の高等師範学校を出ていて、よくできて授業は抜群にうまいし、もしかすると時代のせいもあるのかもしれないが、少年団運動の推進者でもあった。

少年団運動は、地域で小学生の有志を集めて少年団を作り、制服を着て訓練するのがふつうなのだが、その先生は、小学校に少年団運動を導入した。小学校に少年団を作って団長になり、体操をやったり、少年団の歌をうたったり、手旗信号を覚えさせたり、整列して駆け足をしたりという訓練をし始めた。放課後と昼休みが使われた。

また自ら率先して、パンツいっちょうになって校庭の周りのドブ掃除をやったり、悪いことはなにひとつせずにことごとくいいことをしたものだから、傾倒する若い先生も出てきたりして、学校の雰囲気がガラリと変わり、きちっとした規律のある学校に変身してしまった。

しかしなぜかいいことをしたり、説いたりする優秀な先生も生徒も、好きになれなかった。そういう風潮のなかで、禁止されたべえ独楽をやっていた生徒が朝礼で怒鳴り散らされるということもでてきたのだ。

こんな先生が小学校にいるのは珍しいといわれるほどで、いいことばっかりだという文句のつけようのない先生だったが、子どもごころにどうしてもこの先生はいやだ、と思えてならなかった。

わたしは、若さにまかせて父にさまざま反抗したが、父のことを好きだったひとつの理由は、このだれからも文句のつけようのない先生のほんとうのところを、父らしい眼で見抜いていたことだ。

偽善、自己欺瞞、空威張り。

この先生は帰りがけに学校を出て、わたしの家の前を通って佃島の渡し場から築地の明石町に出てゆくのだが、家の前を通り過ぎるときに、たまたま父が目撃するようなことがあると、父は天草弁で、また通るバイ、にしごうでよかふりして、と評していた。

天草弁には、「にしがむ」という言葉があったが、この「にし」はタニシなどの巻貝の総称で、その「にし」類を嚙み潰すと苦みがあるのでこういう表現をするのだとおもう。内陸では苦虫を嚙み潰し、海では「にしがむ」ということになる。

父がいった、にしごうどるバイ、とは「にしがんでいる」、つまり苦虫を嚙み潰しているという表現だ。空威張りしていると言いたかったに違いない。わたしが怒ってプンプンしているときなども、またにしごうどるバイ、と父にからかわれていわれたことがあった。父もこの先生のことは好きではなかったらしく、からかってそう評していたが、わたしは、父の勘のいいところだな、とおもった。

子供ごころにも、とくべつに威張っているぞ、という感じがしてならなかった。彼は、剣道三段。体育の時間に正課でもないのに剣道をやらせて、地区の小学生の剣道大会でも強い部類の学校に押し上げたりした。そういう、しなくていいことばかりをしている先生だった。

後年、この先生はほかの区の区会議員に立候補して当選し、教育区政のことにたずさわるようになった。わたしはなんとなく、あの先生ならやりそうだ、わたしたちの小学校にいるときからその徴候があったな、とおもう。

少年は好悪の感情からできた物語を生きる。そこにある好悪も身びいきも、偏った思い入れも半ば以上無意識で、あてにならないし、どこへつながるのかもわからない。けれど、それ以外に大人の生きる意味と拮抗できないのだ。

小学校一年生になりたての四月に、最初の身体検査があった。新顔のあいだでまごまごしているわたしたちを世話していた六年生になりたての女の子のひとりが、わたし、この子の世話をするわ、といって傍らへきて、注射のところの腕まくりや、消毒の世話をしてくれた。

加藤さんといって六年生の副級長さんだと、あとでわかった。わたしはいまでもこの女の子の顔をおぼえている。

これは少年になる直前の無償の片想いのはじめだったとおもう。そしていまも街中で、買い物の店先で、盛り場のすれちがう群衆のなかで体験しているものだ。真の恋愛感情はこういう無償の片想いがなければ解放できないものだとおもう。名作のなかの異性とおなじく永遠のものだ。

今氏先生の私塾

小学校にあがりたてから授業時間が嫌いだった。高等工業や大学では自分で勝手に解放したが、小学校、化学の工業学校と、授業時間のもっている偽の真面目さ、偽の厳粛さが息苦しくてやりきれなかった。

小学校にあがる前に近所の仲間たちと路地で遊び惚けていた快楽感や、授業の合間の遊び時間の束の間の解放感の切なさや、放課後の校庭での遊びや、家に帰ってズックのカバンを放り投げ、すぐ遊びに行ってしまう日課。それはわたしにはふつうのことで、授業時間の偽の真面目さはまったくきらいできらいでたまらなかった。

わたしのほうがおかしいのかな、強迫神経症なのかな、と思ったりもしてきたが、学校は遊びの雰囲気以上のことにしちゃいけない、といまでも本音を言えばそう思っている。

小学五年生のころから通っていた私塾は、まったく自由で、かってに行ってかってに空いた席に好きに座って、きょうは算数をやるとか国語をやるとかを自分で決めてやって、もちろん飽きたらとなりの子としゃべろうがなにしようがなんら咎められなかったし、自由にさせてくれた。

塾の今氏先生は、感受性が強いくせに弱虫だ、とか、強情で邪悪なところがある、とか、わたしたち一人ひとりの性格や性質をぜんぶ知ってくれていた。そしてそのうえで、よくできる子はできる子なりに、できない子はできない子なりに、それぞれの子にふさわしいやり方をしてくれたから、自分はわかられている、という安心感がいつもあった。

きょうはよく勉強したとかしなかったとかもいわなかったが、帰りがけにノートを提出すると、分量の多少にかかわらずひとつひとつ見てくれて、まちがっている箇所は、ここはこう考えたらいい、といいながらていねいに赤字を入れて日付を書いてくれるのだった。親がそのノートを見れば子どもが塾でなにをやってきたかがわかるようになっていて、親から見ても申し分のない先生だったのではないだろうか。

塾の謝礼は、ペン立て様《よう》の筒が勉強部屋の棚の上にあって、月ごとにここに入れておけ、というのでそこに入れておくようになっていた。しかし、月謝がいくらかはいっさいいわないで、親が聞いたところで、おたくのできることでいいですから、としかいわなかった。わたしは、親が封筒に入れてくれた三円をペン立て様のものに入れていただけで、ほかの子がいくら出しているかは聞きもしなければいいもしないし、ぜんぜん知らなかった。

シモーヌ・ヴェイユではないが、先生は、職業として塾をやっていたので、けっしてボランティアをやっているわけではなかった。無料だとはいわなかったし、いくらでなければいけない、ともいわなかった。ただ、それぞれの家でできるだけでいい、というだけだった。もちろん、月謝が少ないからていねいに教えないなどということはあろうはずもなかった。

一般的にいえば、自分にお金があって子ども好きだったりすれば、うかうかするとボランティアとして子どもに教えたりするようなことにもなりかねないが、今氏先生は、きちんと職業としてとらえてわたしたちを教えていた。

わたしの家は、ボートを造っていて深川門前仲町の黒船橋の袂にボート屋さんの店を出していたが、今氏先生の親父さんは、隠居さんで釣り好きで釣船を一艘もっていて、うちのボート屋にその釣船を繋いでいた。そんな縁もあって、わたしは、佃島から橋ひとつへだてた深川区（今の江東区）の門前仲町にある今氏先生の塾に小学校五年生の頃から通いつづけた。

受験学習が主で塾通いをするのだから、小学校六年生を終えて受験がすめば塾にも行かなくなるのがふつうだが、そこで塾通いをやめてしまう子は一人もいなくて、引き続き塾通いをしていた。わたしも、化学の工業学校の四年生くらいまで引き続き通ったが、今氏先生から、昼間は小学生の子供だけだから夕方に来い、といわれて、夕方から夜にかけて通った。

その頃ときどき一緒に出遇ったのが、後に詩人グループの「荒地」同人としてともに活動した府立第三商業学校の生徒だった田村隆一や北村太郎だった。わたしは、受験塾の延長線上で学習に通っていたが、彼らはすでに大人で、大人びた詩を書いていて、その詩を見てもらったり詩の話をしてもらうために、今氏先生の塾に集まっていた。

これも後になって知ったことだが、「荒地」同人の早くからのメンバーのなかには、学習塾として今氏先生のところに通っていた島田一郎、清の兄弟もいた。当時は年上であるにも拘らず、島田くん、と呼んでいたが、それは今氏先生からくんづけで呼ぶようにと言われていたからだ。弟の島田清は、「荒地」の年刊詩集などを見ると詩が一つ二つ入っていて、お兄さんの島田一郎は、鮎川信夫が編集した詩集をもっている。鮎川信夫は、今氏先生の間接的な話を聞いていたかもしれないが、塾の生徒ではなかった。

わたしは、化学の学校の上級生の頃、童謡まがいの詩を書いていたが、田村隆一や北村太郎が今氏先生ともっぱら詩の話をしているのを聞いていて、大人の詩を書いたり読んだりしているな、と感心した。

あの幼い感性が言葉でうまく解放できたときの愉悦感と快感はたとえようがなく、深入りしていった。すると具体的な課題をもった学業の勉強がつまらないようになってくる。性の魅力も未知であるために限度もなくひろがって、すべてが大波にゆられて漂流する世界におもえた。

今氏先生の塾には、女子高生もきていたが、彼女たちも小学校六年生までの学習塾が終わっても、引き続き通っていた。この時分になると、性の匂いといっても具体的になってきて、あの娘が好きだな、という感情がはっきり芽ばえていた。この頃のわたしのある女子高生に対する淡い恋愛感情と今氏先生のことについては、「エリアンの手記と詩」(『抒情の論理』未來社)としてやフィクションを交えたかたちで描いている。

今からひと昔前、小林秀雄や河上徹太郎など仏文系の批評家たちは、アンドレ・ジイドやポール・ヴァレリーを盛んに日本に紹介していた。わたしは、ジイドの小説が好きでよく読んでいた。なかでも初期の『アンドレ・ワルテルの手記と詩』が好きだったので、当時のことを書いたものに「エリアンの手記と詩」という題をつけた。

「エリアンの手記と詩」は、この塾通い時代に出会った人をモデルに、多少の真実とフィクションを交えたかたちで書いたものだが、そこがわたしの黄金時代の最後であり、最盛期であった気がする。

同年代や年上の女子高生が一緒に勉強していたが、彼女たちは、今でもバレーボールの強い深川の中村高女や日本橋高女、九段の白百合高女の生徒で、塾の近くや遠くから通ってきていた。塾のなかでの異性的な関係については、大胆なことはできずに、ただ思っているだけか、ときどき言葉に表すくらいしかなかったが、自由な雰囲気でなんの制約も感じなかった。

工業学校の上級生になって文学書に凝り出した頃になると、今氏先生は唐紙障子をあけて、どれでもいいからもっていって読んでもいいぞ、読んだら返しておけ、と自分の蔵書を開放してくれた。わたしは、そこから勝手に本を引き出して、自由に読ませてもらっていた。

たぶん学業について大して破れ目がなく、そのまま小学生のころより大人びた感性をもつようになっていたので、それなりに信用されているなとおもっていた。

わたしは詩からはじまって文芸書に深入りしていったが、山形県米沢市の学校へ行って東京を離れたために、文芸への関心の半分は自然にたいする感性の方向に解放されてとてもよかった。畦道のそばのちょろちょろする何でもない流れがわたしにははじめて見る深い慰安だった。

勉強も、遊びも、スポーツの面からも、今氏先生の塾は、子ども心に理想の環境にあった。わたしにとってこの塾通いの日々は、生涯の輝いた時代だとおもえる。

今氏先生の学習塾には、昼間二十二、三人の小学校の生徒が通い、夜はそれよりすこし少なくて十六、七人の旧制の中学や商業学校や工業学校の生徒が通っていた。

塾の建物は、いちばん下に隠居した先生の親父さん一家がいて、左官業をやっていたお兄さんが同居して後を継いでいる。中二階には本がつまっていたり道具が置いてあり、三階が勉強をする塾になっていた。勉強部屋には、板に四本の足がついているだけの机が並んでいた。今氏先生の家はその塾の裏手にあって、奥さんと子どもと住んでいた。

今氏先生は、わたしたちに判っているかぎりでは、早稲田大学の英文科を出ていた。定かではないが早稲田高等学院時代くらいまではたぶん詩人か小説家になろうと思っていたのではないだろうか。というのは、『暢気眼鏡』の作者尾崎一雄が、「群像」に載せていた回想録で、早稲田の高等学院のときに今氏さんと一緒に創作活動をしていたことを書いてあることからも、そう考えられる。

今氏先生が小説家を断念したのは、いろいろ理由があったにちがいないが、ひとつ推測を働かせてみると、自身では、早稲田の先生になろうと考えていたのではないかということだ。

小説家になることも先生になることも両方できそうだったので、どちらを選ぶか自分でもあやふやだったのではないかというのが年経てからわたしの抱いた結論だった。英文科なのに旧制の工業や商業の高校程度の物理や商業簿記、数学まで教えられるほどの独力の勉強をしていた。それが資質かなと思えたのだ。尾崎一雄から見ると、「今氏は学者肌だ」と思われていたらしい。

このかけがえのない先生も、一九四五年の三月十日、江東地区の大空襲のときに、一家もろともにどこかで焼死された。大空襲のあと、わたしは今氏先生の家を訪ねたが焼跡がくすぶっているだけだった。月島の親戚の無事を確かめただけだった。今も大阪方面に先生のいとこの方がおられて、一年に一度くらいはがきをいただいたりする。奥さんも子どもさんも東京大空襲のときに亡くなったとおもうほかない。

いまでは受験塾は予備校に変貌し、教育産業になっている。だが少数の個人の私塾は、いまも学校制度に失望した少年たちの砦みたいに膨大な影響を与えつづけているに違いない。制度は解体して、私塾のほうに近づけたほうがいいのではなかろうか。そう思えるのだが、あくまでもそれは少数の人たちが抱くユートピアで、少数の私塾の先生が独力でそのユートピアを支えてゆくにちがいない。

しかしながら、学校制度と医療制度とは、支配的な制度観にまかせておくかぎり、少年たちや病者の魂から遠ざかるだけだろう。

学校崩壊とか学級崩壊という言葉が活字や映像をにぎやかにしている。その意味はさまざまだろうが、知人の私塾をしている夫婦はそのひとつの理由を語ってくれた。

よく出来る子、中位の平均的な子、出来の悪い子が、正規分布風にならず、いまはそれぞれ三分の一ずつになってしまっているという。出来る子に合わせれば出来ない三分の一は不登校、ぐれる。出来ない子に合わせれば出来る子はそっぽを向く。中位の子が大多数ではなく三分の一なので、これに合わせることは無意味だという。これではやっていられないので、教師をやめて夫婦で塾を開いている。

これは確かに学校制度の崩壊というべきだ。分布の正規性がないことは、学校制度の崩壊だと言ってよい。

少年と文学

「書く」ことのはじまり

『初期ノート』（試行出版部・一九六四年）は、最初に物を書いた断片だ。少年期から青年前期にかけて書いた詩やメモの類が集められている。

『初期ノート』に載っている詩のなかには、少年の時期に書きはじめたものと、少年の自分をあとから振返って追憶されたものとが混じっている。

「くものいと」「うら盆」「冬」などの詩がそのときのもので、「エリアンの手記と詩」などは少しあとになってから回顧的な主題を書いた。

くものいと

くものいとに
息を吹きかけながら
明日の日の
小さな声を

にはとこの
ざやめきに
真実きいた
軒端のくものいと
くもは居ないよ
息ふきかけて
夕焼　小焼

これを書いたのは幾つくらいだろう。いまの数え方で十三歳か十四歳くらいだろうか。このころ書いていた詩がどうして童謡ふうなのかというと、それはやはり、わたしの感性そのものが幼かったのではないかとおもう。

たとえば、比較してみればすぐにわかることだが、小学校を出て一年か二年くらいのこの時期に、後年わたしも仲間に入った「荒地」グループの詩人の鮎川信夫、田村隆一や北村太郎、島田一郎、島田清などの人たちは、すでに大人の詩、同時代の詩人が書いているような詩を書いていた。早熟の人たちだった。

田村隆一や北村太郎は、同年かわたしより一歳か二歳くらい年上で、わたしが通っていた今氏先生の塾に集まる詩のグループのメンバーだった。自分たちが書いたものを持ちよってはもっぱら詩の話、大人の詩、同時代的な現代詩の話をしていたのだった。ところが、そのころわたしが書いていたのは童謡のような一連の詩で、現代詩ではなくて幼い詩であった。

わたしの詩への関心は、藤村の「若菜集」の七五調の詩を模倣することからはじまり、なかなか現代詩には到達しなかった。七五調がやっと自分に引寄せられるようになったのが、童謡ふうの詩になった。

もし、童話というものが幼い物語であるとすれば、それと対応させれば童謡とは、つまり幼いこころが書いた幼い詩という意味しかなく、そういう意味で童謡ということだ。

西条八十《やそ》はそのころ流行歌謡の詩人としてもてはやされていたが、もちろん童謡や七五調の詩としても才能のある詩人だ。佐伯孝夫は流行歌謡の作詞家として西条八十の系統の人だと今氏先生が教えてくれた。今氏先生は早稲田では日夏耿之介《こうのすけ》の難しい詩が好きだった。

童謡は大人が子どものなりふりあるいは心になぞらえて書いているもので、いうなれば意図的に幼さを装っているところが不満だった。その装っているところがわざとらしくみえる。北原白秋や西条八十の童謡でも少しそうだ。わたしはべつに装ったわけではなくて、それが精一杯だった。そういうものが自分にとっては詩だったのだ。

田村隆一や北村太郎はまだ少年から思春期の前期に、もう大人の詩を模倣して、自分に引寄せることができていた。幼さを装うのとは逆に、大人を模倣しているのだが、それだけ早熟だったのだ。

その時代にそんな詩しか書けなかったことの意味は、はっきりしている。資質の世界が大部分幼い感性からできていたからだ。

なぜそんなものを書きはじめたのかと問われると、結局、文学とか芸術というものは自己慰安からはじまるということになる。そうしてはじまったものが、自己慰安から少し離れて、形式的にも内容的にも自分で自分から離すことができるようになってくる。

それと同時に、人がそれを読んでどう判断するか、どうわかってくれるかという形式をだんだんもつようになっていくとおもう。自己慰安から芸術性がはじまるというのがわたしの考えで、いまでもそうおもっている。

そして結局は自己責任でおわる気がする。

田村隆一や北村太郎のような早熟の詩人たちにとって、自己慰安は潜在しているだけで、きちんと同時代的な詩の形式あるいは様式を獲得したところから、詩がはじまっている気がする。わたしには、自己慰安が「書く」ことのいちばんはじめ、ものを言葉で表現することのはじめだった。

喋ることが他者にとどく言葉としてもどかしくなって、通じないのではないかという思いを、「書く」という行為がいくらかでも解放してくれた。

まず、自分で自分が納得し、満足できるには何かを書く、あるいは言葉を定着することだというのが、いちばん重要な課題になってきた。

客親的にいえばそれは自己慰安で、自分を自分で慰めていることにしかならない。そういうかたちで、わたしの「書く」ことがはじまった。

胎内からの怖いイメージ

うら盆

うら盆で
　灯籠流せ
　　灯籠流せ

舟の下で
溺れた子が
抱いて帰る

『初期ノート』にのこるこの「うら盆」という詩は自己慰安そのものだった。書いたときは、なぜこういう詩を書いたのか半ば無意識だった。いまだったら分析的にはわかるような気もする。

隅田川（川筋の子どもは大川と呼んでいた）に架かっている橋がいくつかある。いちばんかっこうのいいのが清洲橋で、家からいちばん近かったのは東京湾に出て行く河口近くの永代橋だ。いまは桜橋という新しい橋もできている。

そんな橋の橋げたが、川の水の中に入っている部分と橋を支えているのが見える部分の境い目は、大川でも川水が小さな渦を巻いて流れがわかる。舟で通りながら見ると、いつも冷たく暗く怖い感じがした。自分でもとても特殊な感じで、少年にも至らぬ幼いときからわたしにはそれがあった。

そしてその感じとすぐに結びつくのが、舟で溺れるとか川で溺れるといった溺れた子のイメージだった。

川で溺れる人間はいまは珍しいが、わたしたちの子どものころは大川にはときどき溺れた大人の死体とか子どもの死体が流れてきた。そういう水死体のことを「土左衛門《どざえもん》」といって、「おい、土左衛門が流れてきたぞ」と聞くと、みんな急いで駆けて見にいく。

溺れた人間のイメージと、橋げたを見ると川の流れがそこでちょっと渦巻いて暗い感じがして、この感覚は、いつも重なって出てくる。それは少年以前の幼年時代からの、たびたび浮かんでくるわたしの怖いイメージだった。

溺れると舟底に吸い寄せられるぞ、という父や兄の話すことも耳にのこっていたかもしれない。大人になってからも舟べりで水から上がるときなど怖い感じがまといついてくる。

きっと、これらのぜんぶ含めて「うら盆」という詩になった気がする。

「灯籠を流す」という言葉については、そのころは隅田川から分かれて入ってくる小さな運河、掘割があって、そこで見た光景がもとになっている。その掘割には船の荷を揚げるための河岸があり、それは水に斜めに入っていく傾斜のある河岸で、そこでよく近所の人たちがお盆の灯籠流しをやっていた。そのイメージも自分のなかでぜんぶ一緒になっている。

灯籠でもうひとつ思い出すのは、ボートの灯籠のことだ。父が造っていたボートは注文のほかに、貸ボートもあった。母や父の姉にあたる伯母など動員して貸ボート屋をいくつか開いていた。夜の貸ボートは、舳先にロウソクを立てて紙を張って三角柱になっている明りを置く。それを灯《とも》していないと夜間はボートを貸したり借りたりできなかった。その三角形のボートの明りが灯籠流しの灯籠というイメージと重なっていたとおもう。

先にも言ったように、父や兄がよく話しているのを傍で聞いていたが、泳ぎで水に入るときや上がるとき、舟のそばに寄っていると、身体が足のほうから舟の底に吸いつけられるみたいになるという。だから気をつけないとだめだ、というようなことだ。これはその通りで足のほうが浮いて舟底に吸いよせられる。

その時代の一連の童謡的な詩のなかで、「うら盆」は自分の幼いときからのイメージが引き続き出ている。

この幼いイメージは典型的なこととおもえた。

どうして大川や掘割の橋げたが怖いのか、不気味な印象をもつのはなぜか、自分ではもちろんわからなかった。幼いころからの怖い感覚はその後もずっと消えないで、深川で貸ボートをやっていたころには自分で勝手にボートを漕ぎだして遊んでいたが、大川の本流に通じる水道から出て、橋げたにかかるとものすごく怖いという惑じになった。

あとからかんがえると、そこには胎児や乳児のとき、自分が母親の胎内かお乳をのんでいるとき恐怖感をもつことがたくさんあったからではないかとおもった。

格好をつけていうと、これは胎内記憶、あるいは乳児記憶に類するものだ。いまでも大川の水上バスで橋の下を通るときこの暗い恐怖感がのこっているのを感じる。ちょっと消し難い記憶だ。泳ぐことはかなり小さいころから知っていたのだが、潜水がうまくできない。水の中に潜ることがとても怖いのだ。なにか、水の中に潜っていると怖れといり混った孤独感みたいなものにおそわれる。

たぶん根は同じものだと解した。

「幼い詩」と「大人の詩」

冬

たれが
おまへに

来い　と　言ふた
おとよ　が　死んで
　しげる　が　生れ
木の実が　からから

「冬」という詩は、記憶では神保光太郎の詩がヒントだったとおもう。「おとよ　が　死んで／しげる　が　生れ」という言い方は任意で、おとよもしげるも実在の固有名ではない。たしか神保光太郎の詩のなかに架空の固有名詞で実在感のある物語性を生む詩があったとおもう。実在の人名ではなく偶然そんな名前が出てきて、それがもたらす具象性がとても印象が強かった。それを模倣したものだ。

その種の詩では「四季派」に近い人たちにいい詩が随分あって、それはまたそのころの一種のはやりでもあった。

三好達治の短歌形式の詩。

春の岬旅のをはりの鷗どり

いい作品だとおもったが「旅のをはり」の「をはり」という表現がどうしてよく感じられるのか、なぜ「遠くな」るという言葉を印象ぶかくおもうのか、じぶんでよくわからなかった。これは追憶、過去への時間の遡行するイメージで、それが響いてくるのだと、少し後になって理屈づけた。

この時期の一連の幼い詩は、様式的にどこから学んだのか考えると、その当時の現代的な詩からということになる。北原白秋や西条八十の童謡とか生田春月などの詩については、それなりに活字で知っていた。同時代的に詩の様式的な手法を学ぶような詩では何があったかというと、そのころたしか河出書房から、『現代詩集』の三巻本が現代詩人たちのアンソロジーとして出ていた。

それは当時の現代詩人だから、記憶にある範囲で挙げれば神保光太郎、宮沢賢治、高村光太郎、それから北園克衛、村野四郎、三好達治という人たちが入っていて、そのころの現役の詩人、活躍していた詩人たちの詩を何篇かずつ集めたものだった。それがたぶん、様式的には自分でひとりでに手本にしていたとか、ひとりでに模倣していた唯一の種本であった。

宮沢賢治は「春と修羅」という詩が収録されていたが、暗い、蒼い、古代的・原始的なイメージで、変った不思議な詩人だとおもった。ただ由緒というか系譜というか、それがわからないので、どこからこんなイメージを取り出してきたのか不明だった。後にこの詩人については印象を新たにし、また深入りした。

そのほかに詩はあまり読んだ記憶がなくて、あとはそれこそ誰でもそうであるように、詩というと島崎藤村とか北原白秋という、つまり明治の七五調の詩人たちがいて、調子もいいものだからそういう人たちの詩は暗記するほど読んでいた。同時代の現代詩人の様式は『現代詩集』しか知らなかった。

この様式ということでいけばどうしても、田村隆一や北村太郎たちのように、大人の詩に深入りしていくはずなのだが、そういう深入りはしなかったし、できなかった。今氏先生は日夏耿之介や西条八十が身近な詩人だったとおもう。様式は『現代詩集』の詩から得てはいるのだが、このころは詩にはなっていないし童謡でしかないというような詩、しかも作った童謡ではなくてひとりでにそうでしかない、そういう幼い詩しか書けなかったのだ。

あとになって、同じ塾に詩の話で来ていた田村隆一や北村太郎たちに「荒地」の詩人として出会った。話の辻褄が今氏塾のことで合ってゆくのでびっくりした。あの詩人たちが「荒地」のグループを作ったのはもう戦後になっていたのだが、ほんとうは戦争中から書いてきた詩があの詩人たちにはあった。戦後「荒地」を作ったときにはもう、ひとつの新しいエコール（流派）として新しい詩の様式を作り出していた。

同じくらいの年ごろなのに幼い詩しか書けなかった自分と、そのときすでに大人の詩と大人の感性を充分理解しているような同時代の詩人たちとの落差は、やはりずうっとそこまで続いている。それからのわたしは一所懸命になって、そこから様式的に学べるものは自分なりに学んで、というふうに詩を書いていった。

過去についての自註 A

I

あるひとつの思想的な経路は、それを「個」としてみるとき、あるひとつの生涯の生活を「個」としてみるのとおなじように、それ自体、どんな普遍的な意味ももっていない。どんな大思想についても、小思想についてもこの事情はおなじことである。

それにもかかわらず、ある個人の未成熟な経路が、時間的な順列にしたがっていくらか公的な性格を帯びてよみがえるとすれば、そのかげに、言語に尽しがたいほどの愛惜の努力がかくされているとかんがえられる。こういった愛惜のまえでは、思想の巨きさと小ささとは価値をはかる尺度となりえない。かれは、だれが何と言おうと、ひとつの取るにたらぬ個人の、未成熟な時代の作品をよみがえらせるために、どこかでそれを愛惜したのである。だれが何と言おうとよみがえらせたものにとっては、その作品は、重要な意味をもっている。だが、未成熟なじぶんの時代を、あばき出された本人にとって、何が感懐となるだろうか?

羞恥、自己嫌悪、といったものは、過去がすべて羞恥、自己嫌悪の別名にしかすぎないとかんがえているものにとっては、いまさら驚くべきことではない。謙虚も傲慢も、あるばあいには、メダルの裏表のように、ひとつであるとかんがえているものには、いま、ある愛惜の努力によって、必然的にじぶんの未成熟な過去が公刊されるという、傲慢さとまちがわれやすい事態に出遇っても、いうほどのこともなければ、管々《くだくだ》しい弁明をも必要としないだろう。

あるがままの過去を、ないように見せかける必要から、わたしは遥かに遠ざかっているし、ことさら体裁をとりつくろわねばならぬ根拠も、もっていない。これは、わたしが虚偽から遠いからではなく、わたしの思想が、「自然」にちかい部分を斬りすてず歩んできたし、いまも歩んでいるからである。

すべての思想体験の経路は、どんなつまらぬものでも、捨てるものでも秘匿すべきでもない。それは包括され、止揚されるべきものとして存在する。もし、わたしに思想の方法があるとすれば、世のイデオローグたちが、体験的思想を捨てたり、秘匿したりすることで現実的「立場」を得たと信じているのにたいし、わたしが、それを捨てずに包括してきた、ということのなかにある。それは、必然的に世のイデオローグたちの思想的投機と、わたしの思想的寄与とを、あるばあいには無限遠点に遠ざけ、あるばあいには至近距離にちかづける。かれらは、「立場」によって揺れうごき、わたしは、現実によってのみ揺れうごく。わたしが、とにかく無二の時代的な思想の根拠をじぶんのなかに感ずるとき、かれらは、死滅した「立場」の名にかわる。かれらがその「立場」を強調するとき、わたしは単独者に視える。しかし、勿論、わたしのほうが無形の組織者であり、無形の多数派であり、確乎たる「現実」そのものである。

Ⅱ

誕生したとき、すでにある時代の、ある環境のなかにあった、という任意性は、内省的な意識からは、どうすることもできないし、また意味づけることができないものである。わたしのかんがえでは、さまざまなニュアンスをもった「存在」論の根拠は、つづめてみれば、かれ自身にどんな意志もないにもかかわらず、そこに「在った」という初原性に発している。この初原性に意味を与えようとすれば、「類」と「個」としての人間という概念をあみださざるをえない。「類」は生まれもせず、また死にもしないで継続するが、「個」は生まれたり死んだりする、というように。

しかし、「存在」論が、現在、ある時代的な意味をもって主張されるのは、生まれたり死んだりする「個」そのものが、現代では、あまりに自己自身からも、「自然」からも、みじめに遠ざけられているからである。このような時代では、人間の任意な「存在」そのものが愛惜され、いたわられ、意味づけられなければならないという欲求は、拒むことができないようにみえる。

Ⅲ

わたしは、ここでわたしが「存在」してしまったことも、それがひとつの時代を通過してしまったことをも、意味づけようとはおもわない。ただ回想におちいらずに、ひとつの回想的な時代の「個」をとりまく条件をいかに描きうるかに腐心したいと思っているだけだ。

すべての「個」にとって、黄金時代が少年期から青年期の初葉にあるように、わたしの黄金時代は、戦争と、それを前後にはさんだ僅かの時期にあった。しかし、戦争の終結は、強引にこの黄金時代に亀裂をつくったということができる。

印象法をつかって描写しなければならないが、わたしの、「個」の黄金時代を象徴するのはひとりの私塾の教師、無名の教師である。かれは（と呼んでいいであろう。その教師が戦災死した年齢は、ほぼ、わたしの現在の年齢またはそれ以下である）、国語から数学、外国語にいたる万般について、ほぼ中学校（現在の高校）の高学年にいたるまでの全課程をわたしたちに教えることができ、野球から水泳にいたる全スポーツについて教えることができた。いまでは理解できそうだが、かれの万能は、何よりも才能の問題ではなく、自己の生涯をいかにして埋葬することができたか、の所産であった。劇《ドラマ》が、かれのどの時期にあったか推量できないが、たしかに劇《ドラマ》が、かれを「個」の生涯から埋没させ、そのかわりに少年期から青年期の初葉にいたる形成期のすべての過程について、万能を獲取させたのである。かれほどの万能を、かれよりもスケールが大きかったとはいえ、東北の詩人宮沢賢治以外にわたしは知らない。

この無名の教師が、なぜ、自己を埋葬させたとかんがえられるか、を裏づけるひとつの証拠をあげることができる。

月末になると、わたしたちは、親から手わたされた包み紙の謝礼をもって私塾へゆくのだが、それは「勉強部屋」(と呼んでいた)の棚の上にある箱に入れるためであった。かれは、かつて謝礼を要求したことがなく、ただそこへ入れておくことを指示した。貧困な親にとってその額は三円(当時の金)であり、富者にとって十円であったろうが、謝礼の額について他の生徒がいくらであったかを知らないし、謝礼の額を指定したのを、たれからも聞いたことはない。ある月、支払わなかったとしても、かれの教えるという態度は変らなかったはずだ、と断言することができる。この受動性のなかに生活の放棄があり、わたしは、おぼろ気ながら、それをひとつの思想として推察することができた。

やがて、わたしは塾生の高学年になったころ、学習とかれの塾の「勉強部屋」につまれた文学書や哲学書を雑読することとが相半し、「書く」ということを覚えはじめた。(そのいくつかは、もっとも初期のものとして、ここ【注・『初期ノート』】に収録されている。)

わたしの回想では、この「書く」ということの初発性は、「性」的な示威の初発性と偶然にか必然にか一致している。その私塾には同年代の女生徒がほぼ同数おり、その雰囲気は自由であった。「性」的駘蕩と禁欲的な勉学とが拮抗し、いずれが勝利をうるのか、じぶん自身にも判断できない状態にあった。その均衡がひとつの黄金時代の象徴であり、それは敗戦によって黄金時代が切断されるまで破れることはなかった。ただ、動揺が内的にくりかえされただけである。

いまにしておもえば、深川区(現在の江東区深川)にあった私塾の無名の教師は、そのような「性」

的な駘蕩と禁欲的な勉学との均衡についても、たくみにわたしを方向づける教師であったようにおもわれる。そして、それは「書く」ということについてわたしの直接の教師であったことを意味している。この時代に、わたしは、ここに収録されていない、現在では、おそらく誰にも発見することができない、割合におおくの訳詩と稚拙な詩をかいたが、そのごく一部分が、現在の資料発掘者（川上春雄）によって、辛うじてとらえられている。

後年、照合したところでは、『荒地』の詩人、北村太郎、田村隆一なども、わたしなどとちがって一種の早熟な詩的少年として、この教師を囲んで時として集まる詩的グループのメンバーであった。しかし、この私塾の教師は、わたしにとって何よりもひとつの態度の教習場であり、その意味は、わたしにとって詩作よりも、もっと深い色合をもっていた。わたしが、いくらか会得した、放棄、犠牲、献身にたいする寛容と偏執は、父とこの教師以外から学んではいない。

Ⅳ

ある種の個人にとって父親が、いままでの葛藤の対象から、急にいたわるべき存在にみえてくる時期があるように、ある時期から、この優れた教師が、そのような存在に視えはじめた。そのときの、かれの寂しい笑いをいまでも思い出すことができる。青年期にはいりかけた傲倨は、すでにじぶん自身がこの教師を必要としないまでに成長したと錯覚させたのだが、後年、気付いたところでは、そうでなかったのである。その時期からこそ、はじめてこの教師を全て理解する契機をえたことを意味する。だが、それが人間に判るのは、青年期を過ぎ去ろうとするときである。わたしは、もはや書物以外に教師を必要としないとおもいはじめたのだが、そのとき、この優れた教師は、もはや、この傲倨な少年には何を言っても通じないと諦めはじめたにちがいなかった。かれの寂しい笑いは、べつのことではかなり鋭敏な感受性と理解力とをもちながら、生活については、「貧乏人の箱入息子」といった程度の理解力しかもたなかった少年であり、弟子であったものの理解を拒絶するほかなかったときの笑いであった。

V

わたしは、工業学校を卒業する一年まえに、自己形成の最大の場であり、自由であることの意味をおしえた最初の学校である私塾をやめており、その一年後に、米沢高等工業学校（現在の山形大学工学部）へ去った。

昭和十七年四月、生れてはじめて東京をはなれ、やっと雪解けをむかえたばかりのこの山間の盆地の街へ、列車から降り立ったときのことをいまもおぼえている。鉛色の空からは、みぞれまじりの雨がぽつりぽつりとおち、眼の前には、だだっぴろくみえる街のメイン・ストリートの一つが、まっすぐに延び、両側には異常におしひしがれてみえる低い家並がつづいていた。この暗いさびれた街で、三年暮すのかとかんがえて、おもわずそのまま帰ろうかとおもったというのがそのときの本音である。

東京からはなれることは、何よりも第二の乳離れを意味した。なぜ、東北の地をえらんだか、という点には、定かな理由を想い起すことができない。ただ、東北という風土が、わたしの意想のなかでは、きびしく暗鬱で、素朴で、というようなものとして存在しており、それは、当時のわたしの嗜好と心境に合致していた、ということができる。この想像の東北は、ある点で現実と一致しており、ある点で予想とちがっていた。

何よりも、はじめて茶飯事のように接するようになった「自然」が、ここでは最大の師であり友人であった。それはどう回想をめぐらしても、わたしを飽きさせたことはない。三年間の集団生活で得た少数の友人との葛藤と友情とは、ほとんど「個」を訪れたその後のすべての人間的関係の原型であった。それらについては、すでに回想的主題として、「書き」とめているはずである。この時期には、「書く」という行為は、かえって減少した。自然や身近の人間にむかって、直かに「書く」ことのほうが多かった。

東北の「自然」は、けっして巨きくもなければ、けわしくもないが、やはりその独得の風貌をもっている。うまくいいあらわすことができないが、それについては、東北の詩人、宮沢賢治が、詩作のなかに絶妙に定着している。一言にしていえば、動きやけわしさが、つぎの瞬間にはじまるかもしれないのに、それ以前に冷たく抑制している「自然」とでも言おうか。身をすりよせようとすれば、少しつめたく、怖れを感じさせるには、何となく親しい単純さをもちすぎているといった感じである。街をとりまく丘陵から、その後方に並んでいる吾妻連峯にいたるまで、この感じはかわらない。また、幾度か、別の土地へもでかけたが、この印象はほぼ同一であったとおもう。

この土地では、書物が間接の師であった。何度かかきとめたように、ここでも詩人高村光太郎、宮沢賢治、作家横光利一、太宰治、批評家小林秀雄、保田与重郎の名を書きとめておこう。これらは、あきらかに、雑読のあいだからわたしに、影響を印したといえる文学者の名である。高村光太郎は『智恵子抄』や改訂版『道程』によって、宮沢賢治は『名作選』や草野心平編の『研究』によって、横光利一は長編『旅愁』（途中）までの諸作品によって、小林秀雄は『無常といふこと』までの諸作品によって、保田与重郎は、できうるかぎりの批評作品によって、太宰治は『富嶽百景』や『佳日』や『お伽草子』によって。

この影響のうち、病がこうじて、それを模倣した詩をかき、ついに花巻の詩碑までおとづれさせるほどわたしを誘ったのは宮沢賢治であった。その閲歴、その詩作、その実践によって、もっとも身近さと可能性とを自分に引きよせて夢み、また、何よりも「自然」への視方を、自然を通してそこに刻印された歴史と科学とを視る方法を、かれの作品と生涯はおしえた。日常そんな「自然」にかこまれていたので、この詩人の方法の有効性は、すぐに検証することができた。これと対照的に、人間の歴史、古典の内的世界を視る方法をおしえたのは、保田与重郎と小林秀雄である。わたしは、あるとき自然科学の仮面をかぶり、あるとき人間の内的葛藤の歴史を自己意識のなかに仮装した。これらは、すべて無意味にちかいほど浅薄なものであって、解説として以外には、語るに価しない常識的なものにすぎなかったといってもよい。それは知的大衆の誰でもが通った程度のひろがりで、その程度の深度でしかとらえられていなかったと卑下してもよい。これは、わたしのこの時代の手習い程度の作品をみれば、すぐに了解されよう。

ただ、定かにはわからないが、他の何人ももたないものを、未成熟なままわたしだけが秘しもっていると感じていた。もとより、この主観的な感じには何のうらづけもないもので、ただ倣倨な青年期にはいりかけようとする少年がたれでも抱く、ありふれた思いにすぎなかったといえる。しばしば、このような幻想は、青年を途轍もない方向につれていく。そして、ときには、瓢箪から駒がでるように、とるに足りぬ仕事とひきかえに、かれを「個」の生涯の放棄にみちびく。もしも、戦争、敗戦とつづく外的世界からくる強制が、わたしの「個」に断層をみちびかなかったとしたら、わたしは、きわめて平均的な生活人のなかに全てを充たして間然するところがなかったであろう。だが、戦争と敗戦は、たんに外的な事件ではなく、わたしの「個」をも、どこかでつきくづしていて、どうすることもできない力ででもあるかのように、決定的な生活の瞬間に、わたしを襲うようにおもわれた。

これらはすべて最も激しかった時期の、戦争期にあたっている。それを忘れていたわけではない。

保田与重郎をいくらかの例外とすれば、わたしは、文学の世界からは戦争の影響をうけていない。現に、農村奉仕などで戦争そのものを実践していたわたしにとって、文学という間接性のなかから戦争を択びだすなどということはナンセンスであった。記憶にあやまりなければ、文学に戦争を導入したものは、むしろ転向期以後の左翼文学者である。ここには、ひとつのやむを得ない必然的な倒錯のようなものと、同時に、文学の理念における古典左翼時代の根本的な誤謬が横たわっている。わたしは、この問題を、肉声をこめて語り、自己解剖してみせた、古典左翼を不幸にして知ってはいない。それらは、「立場」を現在性に還元するために、重要な問題を、秘匿するか、あるいは、避けて通ったにすぎない。ただ、かれの「個」が捨て身になれば万人にとって有益性をもたらすという問題を。歴史は、かならず復讐するものである。その秘匿した点に集中するかのように。かくして、かれらは、自らの力では、永久に現実を変ええないで、他力だけを頼みにする論理を、勢いにつれて行使し、勢いの衰弱とともに失うという循環をくりかえすにすぎない。

誤謬は再生産され、歴史的にうけつがれ、またおなじ行路をゆき、青年はやがて老いる。しかし、思想の生命は、このような循環のなかには存在しない。戦争体験の思想的展開は、わたしども、二三のものによって生命を保たれて現在にいたっている。

米沢時代の末期になると、わたしたちは、ひとりひとり動員先へ散り、そのまま兵営にゆくものと、学校へ行くものとにわかれた。幾日おきかに、少しづつ櫛の歯を抜くように「今生《こんじょう》の訣れ」の宴を張り、それを、かつてみぞれ空に心細そうに降り立ったことがあるその駅頭へ見送り、騒ぎ立て、喚き、帰り道は、悄然とうなだれて寮へかえるという日々がつづいた。わたしは、教官室の隣の部屋でガリ版を切り、それをとぢて二十部たらずの詩集をつくった。それが『草莽』であり、わたしの資料発掘者が、今度これを入手しているのは、わたしには、奇蹟のようにおもえる。それは、少数の知人たちが懐ろにして、郷里へ、動員先へ運んだはずである。ここには、さきにわたしに影響を印したと述べた文学者たちの思想と手法とが、色濃くかげをおとしている。

Ⅵ

戦争とは「個」の体験にとって何か、平和とは「個」の体験にとって何か、を語ることは、現在でも困難である。それが「類」にとって何を意味するか、を問うことも決して易しいことではない。レーニンの『帝国主義論』は、この問題に論理をあたえた数少い古典的著作のひとつということができようが、わたしたちが、「個」と「類」の接点の「存在」において、戦争と平和の問題のからみあった泥濘の構造をとりあげようとすれば、依然として困難は、困難として残るのである。わたしの考えではこの困難をとりあげるのは、決して不必要なことではない。すくなくとも、わたしたちの現実的な体験が語りかけるところでは、「類」の論理は、何らかの度合と形式で第二次大戦中の日本では死滅している。この死滅はただ、「類」と「個」とが交錯する接点の思想を深めることによってしか回生できないということは、「特殊」の「普遍」として明瞭なことである。この明瞭さを理解しないふりをすることは、ただの勢力論にしかすぎないから、勢力の消滅とともに消滅するものである。

わたしたちの思想は、坐して大勢力の出現を夢みることはできないし、救世主をどこかに求めることはできない。不滅の思想的な根拠から、どのような勢力の消長にもくじけない思想としての拠点を構成する宿命を担っている。わたしたちは、何ものをも、勢力としては頼まないのであり、これを了解するものを受入れるが、これを拒絶するものを立去るにまかせ、それを追おうとも引きとめようともしないだけである。

わたしたちは、記憶が確かだとすれば、昭和十九年に、個別的に動員先から山形県左沢《アテラザワ》に集まって徴兵検査をうけ、ふたたび動員先へ、兵営へ、散っていった。

そして、十月、わたしは、東京工業大学へはいった。それは、一握りの学生だけにゆるされた特権であった。それが嫌でさんざん家人を手こずらせたが、また、一面では、その特権を擁護するために自己嫌悪に沁みこむような体験もした。これは別の文章に触れたことがある。

学業にうちこむという雰囲気は、じぶんのなかにも、周囲にもすでになかった。空襲に慣れっこになって、しまいには防空壕にはいるのも面倒で夜間の空襲には、そのまま寝ているということを覚えたのと、東京の疎開家屋を引き倒すことに動員され、どうすれば日本の家屋は、簡単に倒れるかを体得したりした。ほとんど講義もないままに、昭和二十年四―五月頃、研究室に配給され、二、三人の学生仲間と、動員先の富山県魚津市の日本カーバイトの工場で、ある中間プラントの組立をやることになった。福井工業専門学校の集団動員の学生と魚津中学（現、高校）の集団動員の学生が、わたしたち二三とおなじ作業を手伝ってくれた。動員決定の頃、ガリ版のクラス雑誌に「雲と花との告別」を投稿し、わたしは魚津市に去った。じぶんでこのガリ版をみたのは、おなじように新潟県糸魚川に動員されていた友人を訪れたときである。

この間、人々の想像と外れて残念だが、結構暇もあり、愉しくもあり、立山に登ったりする余裕もあった。工場の労働者にも交わったし、さまざまな職人仕事のまね事も覚えこんだ。ひとびとは理解しないかもしれないが、集団とか組織とかの体験と機能については、今日、口先きでその必要をとなえているものたちよりも、わたしたちの年代は、はるかによく修得しているはずである。

思想的にまた生活的に何の責任も負っていなかったという理由で、わたしの戦争体験は、それほど苦痛ではなかったし、体験の拡大という意味では、この時期にもっとも多くのものを摂取し得たとおもう。遊びについても、自由についても、ときとして現場にあるために当面した不快な思いをのぞいても、戦後わたしが体験したよりも自由であった。どんな戦争や専制のなかでも、「個」は、それを体験しないものが考えているよりも、はるかに多くの自由をもっているものである。ときとして、ぶるぶるふるえるような緊張と恐怖とを体験する瞬間があるとはいっても。また、どんな「平和」のなかでも、わたしたちは、絶えず不安と緊張のなかにあることもありうる。もし、「平和」ということを、ひとつの構造として理解するならば、だ。

こういう問題について、虚像をまじえずに他人に語ることは難かしい。戦後文学のなかに登場した多くの戦争抵抗を主題にした小説は、わたしには嘘を語っているか、特殊な体験のドキュメントとして意味をもっているか、のどちらかであるとしかおもえない。そこに普遍的な根拠をしめし、後代にバトンを引継ぐべき主題的な意味をはらんでいるものは稀である。それらを、実在の戦争や、そのなかの「個」の体験的な意味に還元しようとすれば、多くは戦争と平和について、虚像をうるにすぎない。

ある現実的な体験は、体験として固執するかぎり、どのような普遍性をももたないし、どのような歴史的教訓をも含まない。ただ、かれの「個」にとって必然的な意味をもつだけである。この体験の即自性を、ひとつの対自性に転化できない思想は、ただ、おれは「戦争が嫌いだ」とか、「平和が好きだ」という情念を語っているだけで、どんな力をももちえないものである。うまく展開されているかどうかは別としても、この即自的な現実体験をひとつの対自性に転化することによって、「個」の体験を普遍化し、いわば対他的な「類」の存在にまでいたろうとする努力は、わたしたちによってのみ戦後開拓されてきたのである。

体験の対自的な思想化ということは、とくに日本のばあい不可避であり、不可欠であるといえる。このような構造をあたええない、どんな普遍的な「立場」も、すくなくともわが国では、永久に不発におわるだろうと断定することができる。しかし、この思想化が、一種のスコラ主義や停滞におちいったとき、その作業といつでも訣れうるものでなければならない。思想が現実と逆立する契機は、いつ、どこにでも転っているようなものである。すなわち、わたしたちはいつも「立場」主義者とおなじ危険に、裏側から対面しているのである。

この時期の「雲と花との告別」には、東北の詩人宮沢賢治の言彙と思考が、ふかく影をおとしているることをよく理解できるとおもう。

詩碑を訪れて

私が花巻を訪れたのは昭和十七年十一月の下旬だつた　丁度私は学校の授業のてんつうかぶれてゐるのにどうしても満足出来ず、おまけに自分の日々の生活はまるで生きてゐるのか死んでゐるのかも判らないやうなものであつたのにあいそうをつかし、どうやら例の神経衰弱症が頭をもたげてゐる頃だつた　宮沢賢治の詩文などはいくらも読んではゐなかつたが、到底そこいらの英雄豪傑に対するよりも、この人には多面的な慕しさを感じてゐたので、このまま帰るのは惜い気になり、その頃新聞の報告に花巻病院の院長氏が宮沢賢治といふ随筆を著はした由が述べてあつたのを知つてゐたので、この人を訪れて見る気になり私は駅の前の道を一町程行つた処の巡査派出所で病院の在所を尋ねた　出て来たそこの奥さんらしい人はこの風来坊に対しても快よく対応して呉れた

さて病院は花巻小学校と女学校と共に城跡の高台にあつたが、思つたより立派な門構へで少々這入り苦しく、とう〳〵そこを素通りして四辺を低徊した　何となく去り難く意を決して私は院長に面会したいと申入れた

出て来たのは看護婦さんであつたが、院長は今休息中だと言ふ　私は病気の事でうかがつたのではないと言ふと、その人はお名前はと私に尋ね返した　私はもうそろ〳〵うるさくなりかけてゐたが引込みはつかず、米沢高工に居る某々だと臆面もなく名告りをあげた　女は少し笑ふと一度は奥に引込んだが、しばらくして院長はお会ひになるそうですと言つて出て来た

私は案外うまくいつたのに驚いたが、ふと自分があたりまへの文学青年と同じ道を歩んでゐるのに気付いてみぢめな気持になりかけてゐた

するとその後から少し年輩らしい看護婦が出て来て、先生は二時からお会ひになるさうだと言つて私の姿をうさんくさげに見てゐた

私は院長があたりまへの人であつた時の自分のみぢめさを考へて堪へられなくなつたので、二時までその辺をぶら〳〵してくるからと言ひ捨てて門を去ると、もうこの花巻には用事はないやうな気になつたが、流石に去り難くて私は又駅のところの派出所へ行き、先の御礼を述べてから花巻には宮沢賢治さんの遺跡があるそうだがと尋ねて見た　その奥さんはにこ〳〵しながら私も行つたことはないがと言ひながらその道を教へて呉れたが、ここから幾里もありますと言つて時計を見くらべて危ぶんだ

私はその道が丁度黒沢尻の方へぬける方向であつたので、折角来たのですからと、大いに気をよくしててく〳〵と町の中を歩いて行つた　随分道もまちがへたが最後にそれらしい上町といふ辺へ来て、道を行〔きかかつ〕た女の人に訊ねた　その人は賢治さんの遺跡ならと言つてこの道

を真すぐ行きそれから何だとか言つたが私にはその方言が全くわからず、言葉がわからないのですがと本音を吐いてしまつた　その人は笑つてゐたが、あそこの宮沢商会と屋根看板をかけてあるのが賢治さんの生家だから尋ねて見るとよいと言つた

私は驚いて今は誰が居るのかと尋ねると、他所から人が来てゐるやうだがお父さんとお母さんは生存して居られると言ふ　私はその女の人に御礼を言ふと兎も角と言ふ気でその家の前に立つた　家は自転車や電気器具の商店であるらしく、事務机の前に主人らしい人が二人の客を迎へて何か商談らしいものを取り交してゐた　私は賢治さんの遺跡を訪れて来たと言ふと丁寧に道すぢをかいてくれ、私の求めに応じて黒沢尻の方向へぬける道をも教へてくれた　好もしい感じの人であつたが、私のやうな下らない文学青年が幾度も同じやうに訪れて来るたびにこの人は地図を書いて、好もしい感じを与へて呉れるのだと思ふと有難い気持になつた

こうやつて私はもう一度近所の百姓さんの稲こき小屋で道を尋ねて、小高い所にある宮沢さんの詩碑のところへやつて来て腰を下した　ちよつとした広場になつてゐて、松の木立の間から見下すと、北上川が静かに流れやつてその岸辺は畠続きの静かな風景であつた

その岸辺に庵を結んで自ら田畠を耕やしてゐた宮沢さんの姿が彷彿として来てそれはそれは懐しい気持になつた　唯それだけの単純な感じで、兼ねて考へてゐたやうに私自身に対しては何ら新しい啓示のやうなものは現はれては来なかつた　私は宮沢さんは平凡な人だつたに違ひないと信ずる気持が起り、最一度「雨ニモ負ケズ」の詩碑をふりかへつた

風が涼しく鳴りわたつてゐつたが、私の心にかすめたのは賢治さんに対する敬慕と言ふよりは
唯客観の静けさだつた

哀しき人々

或時、私達三人は、その中の一人Tの下宿に集つた。その中の他の一人Kは、火鉢の火を突きながら、若し俺達に斯う言ふものに俺はなりたいと言ふ事があつたらここで言ひ合はうではないかと口を開いた。外は雪であつたかどうか、私は忘れた。冬の寒い晩だつた。私達は何か愉しい計画の相談の為に集つたのだつた。Kは何故そんな事を言ひ初めたのか、私には、不可解で、又現在でも依然として不可解な思ひ出だつた。私達三人はそれからしばらく火鉢の火を見つめながら黙つてゐた。Tは着物、私とKは制服だつた。やがてTはとても自然に「黙つてゐても、人に悪い感じを起させないやうなものになりたい」と言つた。私がそれを聴いて如何に感じたかは、私の性質と、Tの美しい精神を述べなければほんとうは書きあらはせない。

次に私は斯う言つた。「頭髪を無雑作に刈つた壮年の男が、背広を着て、両手をポケットに突込んだまま、都会の街路樹の下をうつむいて歩んでゆく。俺は若しなれるのならそんな者になりたい。」

私も心にそう思つてゐたことをその通り言つたのだが、あまりすらすらとこれだけの事を言つた訳ではない。はにかんだときのくせで、「俺はね」といふやうに「ね」を矢鱈に連発して、これだけ言ふのに自己嫌悪を幾度か飲呑まねばならなかつたが、言つた後では実にすがすがしい気になつた。

最後にKは、これも彼のくせで「そうか」「そうか」と口ごもりながら、首をかしげるのだつたが、彼は終に、彼自身の「未来」について語らうとはしなかつた。これもKの快活で、何時も我々を元気付けて呉れる素晴しい美点を描かなければ、ほんとうは「そうか〳〵」といふ言葉の意味の複雑さは表現することは出来ない。

Tは現在一切の連鎖を断つて軍務に精励してゐる。彼は「だまつてゐても人に悪い感じをおこさせない、そう言ふものになりたい」といふ事を、恐らく一生の念願として行けるやうな稀有の美しい人間である。

私は又、「頭髪を無雑作に刈った壮年の男が、両手をポケツトに突込んだまま、都会の街路樹の下をうつむいてゆく、もしなれたらそういふものになりたい」といふことを、一生の念願とするより外に能のない、下らぬ人間である。

そしてKはどうか。彼は真の意味の人生のハ者であり得る素晴しい人間である。彼は今南方に行つてゐるのである。

さて、この話には後日がある。私達が動員先を引上げて卒業式のために北の国の街に集つたときである。Kは一緒に飲んだ席上で、俺達は失業したら皆で会社を建てやうと言つて、私達を励ました。私達は、満場一致で彼を未来の社長として選任し誰も後悔するものはなかつた。彼は、それから南方へ行つたのであるが、彼がTのため最後に残した手紙には、「君も来い、会社設立は夢にしたくない」とあり、それは、私達が東洋のロマンチストと呼んでゐたKの孤独の哀愁が身に迫つてくるもので、Tはそれも自身の美しい精神に照して、何か深く感ずる処があるらしかつた。

　そして最後に私は、Tに「若し君達が会社を設立したら、俺は何日何処に在らうとも駈けつけて、若い青少年たちを集めて、国史と化学と、それに文学や絵画音楽を教へ、美しい心を抱いて日本の国のために死地に入ることの出来るやうな人をつくり、そしていくらかでも日本の国を美しくしたい」と言ふ手紙を、例の通り、「何処かの講談にあるやうですが」などといふ簿汚ない言ひ訳を照れくさそうに付け加へながら、書いた。しかも御丁寧に私は、「美しい心を抱いた人を育てて、それがどうしたのだ、と言はれると何とも答へられません。僕は以て何々せんといふ事を考へられないからです。強ひて言へば、それだけ日本が美しくなるからだと言ふより外ありません」などと、又々まづい蛇足を加へた。

　そしてTはその美しい精神に照して、私の妙な便りを丁寧に読んで幾日も考へる処があつた、と私に便りをくれた。

　私は哀しき人々と題したが、何も私達三人が哀しき人々であると思つたのではない。人は誰でも幾許か、哀しき人々であるやうな気がしたのである。若し私の言ふことが間違つてゐると言ふのなら、その人は、君はどう言ふものになりたいかと訊ねられて何と答へるだらうか。

II 戦後

戦争の夏の日

あの北陸の夏の日は暑かった。そしてわたしの記憶のなかでは、晴れた日がいまでも続いている。北陸といえば暗い裏の日本という印象はまったくなかった。わたしは二、三人の学生仲間と魚津市の外れにある日本カーバイト魚津工場に徴用動員できていた。仕事は過硫安をつくるための中間プラントを建設し、やがて動かすためであった。過硫安から過酸化水素を作りロケットの燃料につかうという構想の一環であったのだろうとおもう。

わたしは怠惰な学生であったが、戦争にたいしては無私で献身的であった。文科の学生たちは軍隊に動員され、高工時代の同級生たちもほとんどすべて軍隊に入っていた。いわばたえず特権的な感じから追跡されていた。だからこそ一途に純粋に献身的な思いへ、じぶんを追いやっていたのかもしれない。福井工専の学生と魚津中学の生徒が作業を手伝ってくれていた。献身的であるくせに怠惰の味を知っていたわたしは、一度もかれらを叱りとばして作業に駆りたてることができなかった。思い通りにならないと、苦笑いしながら黙ってやってしまうほうであったとおもう。日々の愉しみは、昼休みや日暮れ前の時刻、すぐ裏の港の突堤や工場の裏を抜けて海岸へ出て、北陸の暖かくないだ海で泳ぐことであった。また東京では思いも及ばない大どんぶりの大豆入りのご飯が、工場の食堂で食べられることも魅力であった。じっさいに魚津にいたあいだ、飢えたという記憶がない。月ごとに支給される手当も、五円か六円の高額で使いようがないほど潤沢であった。

ある日、富山市の方向に空が赤く映えて燃えあがっていた。とうとう北陸の都市も灰燼《かいじん》に帰する日がやってきたのかと思いながら、畑と低い丘のつづきの空を眺めやっていた。東京下町で空襲を体験していたので、かくべつ驚かなかったが、この次には魚津の街にも空襲がやってくるにちがいないという感慨がしきりに沸いた。ふと気がついてみると荷車に家財道具を積んで街外れの方に避難してゆく街の人たちがいる。これにはわたしの方がびっくりしたが、むしろ空襲に慣れっこになって虚無的に動じなくなったわたしの感じ方のほうがおかしかったのだ。富山市の火の手は魚津から、じっさいよりも遥かに近いように視えたので、急いで避難してゆく街の人たちの感じ方のほうが正しかった。

北陸の風景や人々の心は静かで温和で温かいのに、戦争は日ごとに切迫した息づかいで破局の方に近づこうとしているように思われた。このちぐはぐな感じは、わたしの内面を徐々にひき裂いていったとおもう。こんなに静かで平和であってよいのだろうか。空は晴れ、水は暖かく、漁港には漁船がしずかに影をおとしている。工場では、ゆっくりとわたしたちの中間プラントの建設はすすんでいる。なにも起こらないで、このまま日々は過ぎてゆくだろう。けれど新聞を覗くと、いまのじぶんの日常とはかけ離れたところで、都市は焼かれ、戦線は撤退し、マヒした交通や郵便のことが報じられている。これでいいのかという焦慮は、静かな日常とは別の世界でどんどん急迫してゆくように思われた。

やがて広島に「新型爆弾」が投ぜられたという報道が伝えられた頃から、新聞の記事にさまざまな矛盾が目立つようになった。政府の発表や報道と、軍部の発表と報道が、誰の眼にも食いちがってみえ、それをとりつくろう意思も感じられなくなっていた。そして八月のよく晴れた暑い日、工場の広場に集まるように言われたわたしたちは、とぎれとぎれしか聞きとれないのだが、綴れ織りを綴りあわせるように解読すれば、敗戦宣言とわかる天皇の放送を聴いた。

時間が停止した。頭のなかで世界は、白い膜を張られた空白になっていった。その時間が過ぎるとわたしは独りで寮に戻ってしまった。

部屋に帰ってとめどもなく泣いていると、異様におもった寮の小母さんが《喧嘩をしたか、寝てなだめるのがいい》という意味のことを言って、真っ昼間だというのに蒲団を敷いてくれたのを覚えている。もちろん、そのときわたしはもっと喧嘩をしたかったのに、誰かにとめられたのであったろう。あるいは、水さかずき、白装束、死ぬ気で鉄火場に出かけたつもりなのに、巧くかわされて生き恥をさらしたといった心境かもしれなかった。

子どものときとおなじように、しばらく泣き寝入りして眼を覚ますと、いつものように港の突堤に出て、波に身をまかした。どこまでも泳いで行きたかった。その日から外見はひとたちと一緒に笑い、造りかけた中間プラントを壊し、データの書類を焼き、工場の石炭運びを手伝うなどといった後始末の作業をしながら、心のなかは生きていることの恥ずかしさでいっぱいであった。なぜ、世界は停止して空白なのに、笑ったり食べたり、作業をしたりしているのだろう。そういうことが合点がゆかなかった。敗戦のときは死ぬるときと思いつめたものが、生きているのは卑怯ではないのか。じぶんは寮の小母さんが喧嘩でもして泣いているのだと誤解してくれたのをいいことに、そんな振りをして生きているのではないか。わたしが世界がひっくり返るほどの事態を感じているのに、なぜ空はこのように晴れ、北陸の海はこのように静かに、水はこのように暖かいのだろう。工場は昨日とおなじようになぜ在るのだろう。こういう疑問が頭の中をいつも渦巻いていた。わたしはこのときに感じたすべての疑問を、じぶんなりに解決しようとして生きてきたのではなかったか。その事をよく知るということがその事の解決であるということはありうる。

わたしは〈戦争〉ということ、〈死〉ということ、〈卑怯〉ということ、〈喧嘩〉ということ、〈自然〉ということ、〈国家〉ということ、名もない〈庶民〉ということ、そういう問いを、北陸道の、戦争の夏の日に知ったのであった。もう何十年になるだろう。

過去についての自註B

Ⅶ

戦後、わたしは、どんな解放感もあたえられたことはない。聖書があり、資本論があり、文学青年の多分にもれず、ランボオとかマラルメとかいう小林秀雄からうけた知識の範囲内での薄手な傾斜があり、仏典と日本古典の影響があった。戦争直後のこれらの彷徨の過程で、わたしのひそかな自己批判があったとすれば、じぶんは世界認識の方法についての学に、戦争中、とりついたことがなかったという点にあった。おれは世界史の視野を獲るような、どんな方法も学んでこなかったということであった。ひそかに経済学や哲学の雑読をはじめたのはそれからであり、わたしは、スミスからマルクスにいたる古典経済学の主著は、戦後、数年のうちに当っている。いま、それらのうち知識としては、何も残っていないといって過言ではない。このような考え方、このような認識方法が、世の中にはあったのか、という驚きを除いては。これは、すべて自己自身に向けられたときの驚きであり、自己批判であって、すくなくともわたしは戦争期の自己について、他に向って自己卑下や弁解をすべき負い目を何も持っていない。そんな負い目をどのような思想家、実践家にも感じたことはない。また、ことさら不幸な時代に生きたとも考えていない。戦後、すぐに「書く」という行為としてわたしの念頭にあったのは、戦争期から継続していた宮沢賢治についてのノートをまとめることであった。これは、大凡、出来あがったところで、ある出版社に送りこまれた。一冊の著作を、宮沢賢治について最初にもちたいというわたしのかんがえは、種々の事情で実現されなかったが、その代りに千代田稔という日本名をもった朝鮮人の編集者を知り、その人を通じて荒井文雄氏と知り合い、二人で『時禱』というガリ版の詩誌をはじめた。主としてこの時期の詩の習作で、わたしは米沢時代にたいする回顧を主題としている。残像のなかでは、東北の「自然」が強烈に印象にあり、それは外界にたいする虚無のなかでのわずかな自由であった。（この『宮沢賢治』論の原稿は、戦後の洪水で失われた。）

それと一緒に、大阪の藤村青一氏の主宰する『詩文化』に詩を投じ、この人から云いしれぬ恩恵をうけた。そこで知合った諏訪優氏らの『聖家族』に参加し、二、三の詩を発表した。諏訪氏は早熟であり、善意であった。わたしの思想的混迷と彷徨は、ある時期から、この得がたい詩友を失わせ、同時に詩的創造をも失わせた。

ここあたりで、わたしは単に回想的な事実を並べているわけだが、それには理由がある。この時期はあまりに生々しい記憶として現在につながっていて、それを対自的に語ることができないのである。炯眼な、現在の資料蒐集者（川上春雄）は、それを知っているだろうと推察されるが、ただ語らないだけであろう。

一行の詩もかけない時期に、雑多な書物を読んでは、独語をノートにかきつけた。それが、わたしの『初期ノート』の主要部を形作っている。もし、わたし以外の人物が、このノートを精読されるならば、現在のわたしの思想的原型は、すべて凝縮された形でこの中に籠められていることを知るはずである。緊張度は可成り高く、ノートのこの部分を公刊することについては、わたしは、水準についてすこしもひけ目やためらいを感じていない。

大学を出たが、敗戦直後のことで思うような職がなく、新聞広告でスリーブをつくる町工場につとめたが、そこでの苛酷な労働条件は、三カ月しか身体をもたせなかった。そのあと、硬化油をつくる小企業に就職し、油の水素添加の仕事を、大学の実験工場をかりて、やっていたが、労働組合をつくりあげたという理由で、数名の工員たちと職を失った。この間、水素添加技術をおしえるために、北鮮系の朝鮮人の工場に技術を教えにいったりした。わたしは、たった一年半の会社生活で心身ともに疲れてしまい、ゆとりを得るため、特別研究生の試験をうけて、大学へ舞い戻った。わたしのかんがえでは、科学者でありうるかどうかというのは、現在までのところ日本では、才能の問題よりも、より多く生活環境と経済的基礎の有無の問題である。それとともに特殊才能の問題である。幼少時からある分野に特別な関心と修練を課さずに科学者となることは不可能であるということを、身をもって体得してからは、二年間の研究生の生活の後、ふたたび化学工場につとめることに定めた。ある時期から、ここでも、労働組合の仕事を負い、あたうかぎりの準備ののち壊滅的な徹底闘争を企てたが敗北におわり、たらい廻しのように職場をめぐりあるき、ついに本社企画課勤務を命ずという辞令によって捕捉されるに至って、不当労働行為であると主張して転勤を肯《がえ》んぜず、つめ腹を自らの手できって、退職した。これは、ふたたび科学技術を職業とする道を自ら永久に閉ざしたということを意味する。こういうありふれたつまらぬことを書きとめるのは、わたしの才能をかって重役秘書に任ずるというのを、わたしが断ったという誤伝があるからである。企業家たちは、組織者としてのわたしの才能を認めざるを得なかったろうが、べつに重役秘書に任ずるといったわけではなく、企画課という、ほかに課員のいない新設の課に、わたしを配置しようとしたのである。もちろん、わたしは、争議の人事と資金の企画に才能を発揮したから、それは適任であったにはちがいなかった。

研究生時代の後期は、詩集『固有時との対話』に、組合運動時代は、詩集『転位のための十篇』に対応している。研究生時代の前期がこの「初期ノート」や、「時禱詩集」に対応しているのである。

わたしは、どのような小さな闘争であれ、また、大きな闘争であれ、発端の盛り上りから、敗北後の孤立裏における後処理（現在では闘争は徹底的にやれば敗北にきまっている）にいたる全過程を、体験したものを信じている。どんな小さな大衆闘争の指導をも、やらしてみればできない口先の政治違動家などを全く信じていない。とくに、敗北の過程の体験こそ重要である。そこには、闘争とは何であるか、労働者の「実存」が何であるのか、知的労働者とは何であるのか、権力に敗北するということは何であるのか、を語るすべての問題が秘されている。わたしが、安保闘争敗北後に来たるべき情況を可成り正確に判断し、そのなかで組織的壊滅をかけてたたかった者たちの心事を、わたしなりの仕方で断乎として擁護してきたのは、おおく、この時期の体験に依存している。敗北のすさまじさを労働者と大衆の「実存」の本質に照して体験しないものには、指導ということの意味を理解することは不可能である。

また、現在の情況の下では、徹底的に闘わずしては、敗北することすら、誰にも許されていない。かれは、おおくの進歩派がやっているように、闘わずして、つねに勝利するだろう、架空の勝利を。しかし、重要なことは、積み重ねによって着々と勝利したふりをすることではなく、敗北につぐ敗北を底までおし押して、そこから何ものかを体得することである。わたしたちの時代は、まだまだどのような意味でも、勝利について語る時代に這入っていない。それについて語っているものは、架空の存在か、よほどの馬鹿である。

Ⅷ

わたしは、いわゆる、はやすぎた自伝を素描しようと試みたのだろうか？

そうではない。ここ（『初期ノート』）に収録された断簡には、わたしの所有している思想の最良の部分が存在するとともに、その最良な部分にいたるまでの、少年期の手習いの基本が、現在の資料発掘者（川上春雄）によって可能なかぎりの努力であつめられている。それが、思わずしてわたしを回想に誘うだけの愛着を感じさせただけである。わたしは、この資料発掘者の情熱の所在が、どこにあるのかを推測しようとはおもわない。それを推測するためには、わたし自身いくらか、自惚れに安住することを必要とするからである。だが、「書く」という行為者としてのわたしは、いまはじまったばかりである。安住するいとまは、いまのわたしには存在していない。ただ、おまえの愛惜する著作をあげろといわれれば、ためらいなくここに収録されたものを最上のものの一つとして自薦するだろう。すくなくとも、わたしの「書く」ものに関心をいだいている少数のひとびとは、ここに収録された断簡のもつ意味を愛惜することができるはずである。なぜならば、わたし自身がかけ値なしにそれを愛惜しているからである。

わたしは、表現者としてわるくない位置にあるというべきであろうか。かつて、どんな大思想家や大文学者も、わたしが、ここに収録したような稚拙なものを、死後にしか公刊したことはなかったとおもえる。著書によって糧道が充たされたという体験はわたしにはないが、このような熱心な数えるほどの少数の注視者をもったという手ごたえは、いく度かは体験したことがある。

ひとびとは、こういう断簡、手習いの類いをあつめて公刊するという一種の愚挙に、傲倨さをみないで欲しい。むしろ、この場合にかぎってわたしは、いつもより謙虚であり、図々しくなく振舞っている。ひとつの時代を、表がわだけとって裏がわをすてることもなく、裏がわをとって表がわをすてることもなく、「類」としてのわたしと、「個」としてのわたしが、からみあってはなれない「存在」としての立場から、かんがえぬき趣向してきた軌跡の原型がここには保存されている。どんな改竄も加えてはいないし、すべては、現在の資料発掘者（川上春雄）の個人的な努力に負っており、いささか無責任ともとられそうな発言を敢てすれば、わたし自身が記憶から忘れさっていたものが、過去の亡霊のように眼のまえにつきつけられたとき、驚き、赤面し、あるいは懐かしがる、といった様々な感懐を催したこともあった。戦争と戦後の混乱を、少年期から青年期にかけて走行し、彷徨したひとりの「個」を観察しようとする興味をもつものにも、かけ値のない素材を提供しているはずである。

過去とは、すべて泥濘のようなものの別名であると感じてふりかえることを拒絶してきたわたしも、おもわず足をとられ、愛惜の念にかられて、しばらく立ちとまらざるを得なかった。それだけの力が、この、現在の資料発掘者（川上春雄）の努力のなかにはあった。これは本人にとって感謝や当惑を超えた何か、である。

敗戦期

ひどく切迫した情況から追いつめられると、人間は連帯感をなくしてしまい、自分がつみかさねてきた過去の体験をくりかえし反芻し、それによって行動するほかになくなってしまう。わたしが、はじめてそれを感じたのは、敗戦期であった。都市は、空爆にさらされてほとんど廃墟にちかく、生活の機能は半ばマヒ状態になっていた。権力の分配機構をあてにできなくなった人々は、自力で生活財を手に入れ、自力で生命の危険から自分をまもらなければならなかった。廃墟のあいだに住み、苛酷な被害をうけ、先のことにあてどがない、という共通の現実にたちかえるときだけは、異常なほど連帯感をかんじたが、こころは、それぞれ自己防衛の本能に武装されて孤独なことは、何かことが起るとすぐに争いがはじまることからも、よく理解された。この体験は、わたしの人間理解に決定的な影響をあたえた。ほんとうは、世代ということも、若年ということも、じぶんのことをふくめて信じていないが、戦争の極限状況を共通の内的体験によってくぐりぬけた孤立した任意のグループという意味では、その概念を肯定しなければならないとおもう。

戦争のような情況では、たれもその内的体験に、かならず生命の危険をかけている。だから、この体験を論理づけ、それにイデオロギー的よりどころをあたえれば、もはや他の世代にたいして和解するわけにはいかない重大な問題を提出することを意味する。わたし自身にしても、戦争期の体験にたちかえるとき、生き死にを楯にした熱い思いが蘇ってきて、もはやどんな思想的な共感のなかへも、この問題を解決させようとはおもわなくなってくる。おそらく、このような見地は、決定的な分裂と対立を拡げてゆくみちであるが、敗戦が日本の近代史にあたえた最大の意味は、この世代によってまったく異質の戦争体験をつきつめてゆかざるをえなかった意味を徹底してえぐりだすよりほかにあきらかにされえないのである。

わたしが、高村光太郎にたいして微かな異和感をみとめたのは敗戦期であった。この感じは、戦後拡大されてゆくばかりだったが、このことを検討しなければならないとおもいはじめたのは、かつて、あの廃墟のなかの生活で、おなじ連帯感に結ばれていたと信じた人々が、ほとんどばらばらに動きだし、ばらばらに戦争体験の意味づけをやりだして、どこに共通の戦争をともにした事実があったのかを、疑わざるをえなくなったからである。ことに、戦争に抵抗したという世代があらわれたときは、驚倒した。もし、そういう世代があったとしたら、どうしても戦争期に出遇うとか風聞をきくとかすることがあってもよかったはずだ。わたしは、戦後、インテリゲンチャによって語られてきた抵抗体験というものを、内心のわずかな痕跡を拡大してみせているのだ、という以外にすこしも信じていないが、ただ、何人も、程度のちがいこそあれもっていた戦争にたいする抵抗感と、戦争にたいする傾倒感の、いずれを拡大して意味づけるかは、見解のわかれるところであろう。わたしもまた、自身の懐疑と、実行にたいして根拠を与えねばならないのである。

もしも、高村光太郎にたいする最初の異和感が、敗戦期にやってきたのでなかったら、その思想や生活や詩業を検討してみようなどとかんがえもしなかったろう。少年のころ傾倒した一人の詩人に、ある時期から異和感をもった、などということはたいして意味があろうはずがない。問題は、やはり思想や芸術の機能が、人間の生死にかかわりをもっているところにだけあり、すくなくとも敗戦期には、わたしにとって思想や芸術は生きたり死んだりの問題であった。高村光太郎の思想と芸術とを検討しようとするとき、かれの生涯が一貫して思想と芸術とを生死の問題においてとらえた近代古典主義の最後の詩人であることを理解するのである。凡百の詩の技術家たちをこえて、高村にこだわるのは、かれが詩人だからではなく、こういう確乎たる実行者としての風貌《ふうぼう》を生涯うしなわなかった最後の一人だからだ。

日本の敗戦は、昭和二十年（一九四五）八月十五日である。八月六日には、広島に、八月九日には長崎に、「新型」爆弾が投下され、八月八日、ソヴェト軍は宣戦を布告して、中国東北地区（満洲）に進撃をはじめていた。わたしは徹底的に戦争を継続すべきだという激しい考えを抱いていた。死は、すでに勘定に入れてある。年少のまま、自分の生涯が戦火のなかに消えてしまうという考えは、当時、未熟なりに思考、判断、感情のすべてをあげて内省し分析しつくしたと信じていた。もちろん論理づけができないでは、死を肯定することができなかったからだ。死は怖ろしくはなかった。反戦とか厭戦《えんせん》とかが、思想としてありうることを、想像さえしなかった。傍観とか逃避とかは、態度としては、それがゆるされる物質的特権をもとにしてあることはしっていたが、ほとんど反感と侮蔑しかかんじていなかった。戦争に敗けたら、アジアの植民地は解放されないという天皇制ファシズムのスローガンを、わたしなりに信じていた。また、戦争犠牲者の死は、無意味になるとかんがえた。だから、戦後、人間の生命は、わたしがそのころ考えていたよりも遥かにたいせつなものらしいと実感したときと、日本軍や戦争権力が、アジアで「乱殺と麻薬攻勢」をやったことが、東京裁判で暴露されたときは、ほとんど青春前期をささえた戦争のモラルには、ひとつも取柄がないという衝撃をうけた。敗戦は、突然であった。都市は爆撃で灰《かい》燼《じん》にちかくなり、戦況は敗北につぐ敗北で、勝利におわるという幻影はとうに消えていたが、わたしは、一度も敗北感をもたなかったから、降伏宣言は、何の精神的準備もなしに突然やってきたのである。わたしは、ひどく悲しかった。その名状できない悲しみを、忘れることができない。それは、それ以前のどんな悲しみともそれ以後のどんな悲しみともちがっていた。責任感なのか、無償の感傷なのかわからなかった。その全部かもしれないし、また、まったく別物かともおもわれた。生涯のたいせつな瞬間だぞ、自分のこころをごまかさずにみつめろ、としきりにじぶんに云いきかせたが、均衡をなくしている感情のため思考は像を結ばなかった。ここで一介の学生の敗戦体験を誇張して意味づけるわけにはいかないだろう。告白も記録もほんとうは信じてはいないのだから。その日のうちに、ああ、すべては終った、という安堵か虚脱みたいな思いがなかったわけではない。だが、戦争にたいするモラルがすぐそれを咎《とが》めた。このとき、じぶんの戦争や死についての自覚に、うそっぱちな裂け目があるらしいのを、ちらっと垣間見ていやな自己嫌悪をかんじたのをおぼえている。翌日から、じぶんが生き残ってしまったという負い目にさいなまれた。何にたいして負い目なのか、よくわからなかったが、どうも、自分のこころを観念的に死のほうへ先走って追いつめ、日本の敗北のときは、死のときと思いつめた考えが、無惨な醜骸をさらしているという火照りが、いちばん大きかったらしい。わたしは、影響をうけてきた文学者たちが、いま、どこでなにをかんがえ、どんな思いでいるのか、しきりにしりたいとおもった。そんな日、高村光太郎の「一億の号泣」は発表されたのである。

　一億の号泣

綸言一たび出でて一億号泣す
昭和二十年八月十五日正午
われ岩手花巻町の鎮守
鳥谷崎神社々務所の畳に両手をつきて
天上はるかに流れ来る
玉音の低きとゞろきに五体をうたる

五体わなゝきてとゞめあへず
玉音ひゞき終りて又音なし
この時無声の号泣国土に起り
普天の一億ひとしく宸極に向つてひれ伏せるを知る
微臣恐惶ほとんど失語す
たゞ眼を凝らしてこの事実に直接し
苟も寸毫も曖昧模糊をゆるさゞらん
鋼鉄の武器を失へる時
精神の武器おのづから強からんとす
真と美と到らざるなき我等が未来の文化こそ
必ずこの号泣を母胎として其の形相を孕まん

わずかではあるが、わたしは、はじめて高村光太郎に異和感をおぼえた。すでに、敗戦が、わたしをおそろしく孤独なところへつきおとしているのを、あらためてしった。戦争がつくっていた連帯感がもう消えかかっているのだ。

いまでは、こんなことをいっても誰も信じまいが、わたしの異和感は、高村の天皇崇拝が、骨がらみであるのを知ったためでも、天皇の降伏放送にたいして、懺悔を天皇個人に集中しているのが異様だったためでもない。わたしがもっていた天皇観念は、高村と似たりよったりであった。わたしには、終りの四行が問題だった。わたしが徹底的に衝撃をうけ、生きることも死ぬこともできない精神状態に堕ちこんだとき、「鋼鉄の武器を失へる時　精神の武器おのづから強からんとす　真と美と到らざるなき我等が未来の文化こそ　必ずこの号泣を母胎として其の形相を孕まん」という希望的なコトバを見出せる精神構造が、合点がゆかなかったのである。高村もまた、戦争に全霊をかけぬくせに便乗した口舌の徒にすぎなかったのではないか。あるいは、じぶんが死ととりかえっこのつもりで懸命に考えこんだことなど、高村にとっては、一部分にすぎなかったのではないか。わたしは、この詩人を理解したつもりだったが、この詩人にはじぶんなどの全く知らない世界があって、そこから戦争をかんがえていたのではないか。

　わたしは、絶望や汚辱や悔恨や憤怒がいりまじった気持で、孤独感はやりきれないほどであった。降伏を肯《がえ》んじない一群の軍人と青年たちが、反乱をたくらんでいる風評は、わたしのこころに救いだった。すでに、思い上った祖国のためにという観念や責任感は、突然ひきはずされて自嘲にかわっていたが、敗戦、降伏、という現実にどうしても、ついてゆけなかったので、できるなら生きていたくないとおもった。こういう、内部の思いは、虚脱した惰性的な日常生活にかえっていたから、口に出せばちぐはぐになってしまうものであった。こころは異常なことを異常におもいつめたが、現実には虚脱した笑いさえ蘇った日常になっていたのである。わたしは、降伏を決定した戦争権力と、戦争を傍観し、戦争の苛酷さから逃亡していながら、さっそく平和を謳歌しはじめた小インテリゲンチャ層を憎悪したことを、いっておかねばならない。もっとも戦争に献身し、もっとも大きな犠牲を支払い、同時に、もっとも狂暴性を発揮して行き過ぎ、そして結局ほうり出されたのは下層大衆ではないか。わたしが傷つき、わたしが共鳴したのもこれらの層のほかにはなかった。支配者は、無傷のまま降伏して生き残ろうとしている、そのことは許せないとおもった。戦後、このときのわたしの考えが、初期段階のファシズムの観念に類似したものであることを知った。降伏という事態によって、いままで社会には貧富の差があり不合理だというところから富者に嫌悪感をもっていたわたしは、やはり、漠然とであるが、社会には支配者と被支配者があり、戦争でも、敗戦でも、平和になっても、支配者はけっして傷つかず、被害をうけるのは下層大衆だけなのではないか、とはじめてかんがえはじめた。わたしは、出来ごとの如何によっては、異常な事態に投ずるつもりであったことを、忘れることができない。

わたしたちの少年期から青年期の前半にかけた時期は、天皇制下における右翼と軍部ファシズムの擡頭と戦争とに終始している。試みに年譜をとってみる。

昭和七年　上海事変　血盟団事件　五・一五事件（8歳）
昭和八年　神兵隊事件（9歳）
昭和十一年　二・二六事件（12歳）
昭和十二年　中日戦争（支那事変）（13歳）

昭和十三年　近衛、東亜新秩序宣言（14歳）
昭和十五年　新体制運動（16歳）
昭和十六年　太平洋戦争（17歳）
昭和二十年　敗戦（21歳）

わたしが、右翼、軍部共演のファシスト・テロ事件を、はじめて意識的にながめたのは、昭和十一年の二・二六事件からであった。これは、少年のわたしに強烈な印象をあたえた。断っておかなければならないが、日本のマルクス主義政治運動も文学運動も、余燼があったはずなのに、まったく精神的な影響を印していない。貧富の差からくる不合理にたいする反抗心は、急進ファシストが身をもって代弁してくれるようにおもわれた。学校で儀式ごとに植えつけられた天皇崇拝観念は、おなじように急進ファシスト中のある分子が、もっとも純粋な形で代弁していた。少年のわたしは、これらの右翼テロリストたちに共感のほか何もかんじなかった。これら、農村、地方出身の独学インテリゲンチャ、青年将校は、典型的に、貧困と社会的不合理に抑圧された青年期の心情を、独断的な知識を寄せ集めて論理づけ、これを偏執的な熱狂心に結びつけている。いわば、充分に成長しきれない内的な世界を強烈な実行によって覆っている封鎖的な亜インテリゲンチャの青年を代表している。わたしは、いくらか成長するにつれて、これら右翼テロリストたちの行動から異常な革命的エネルギーを感じながら、同時に、暗い偏執の匂いをかぎとり、異和感をもたざるをえなくなったが、しかし、かれらの行動は、天皇制教育下に成長したわたしたち都市下層庶民の少年の、純粋意識と反抗心におおきな影響をあたえた。右翼テロリストたちの行動は、いうまでもなく都市庶民層を本質的な意味では、しんかんさせてはいない。かれらからみれば、テロリストたちは、たんに、単純で偏執的な、世智に乏しい青年にみえただけである。利害を目算に入れず、結果を構想することを拒否し、論理的な思考と計画を欠いていた彼等の実行は、いくらかでもブルジョワ化した都市庶民を動かしえたはずがなかった。わたしは、ほとんど思想的には右翼テロリストからもっとも影響をうけ、文学的には、日本的近代主義者高村光太郎、空想社会主義者宮沢賢治、近代的―急進的ファシスト保田与重郎、庶民的インテリゲンチャ小林秀雄、横光利一、芸術至上主義者太宰治の影響下に、少年期から青年期の前半をおくった。このような思想的、文学的影響が一人の青年にとって統一的な像を結んだかどうか、という疑問は、わたしの未熟さということで解きうることである。しかし、これが無矛盾でありえた、というところからは、近代日本の文化と社会生活と思想的な伝統との間にある断層の問題を引きだしえないことはないと考えるのだ。この問題をつきつめることによってしか、右翼テロリストたちの実行が、軍部、天皇制官僚、財閥を結合させ、社会民主主義者、マルクス主義転向者、日本的近代主義者を傘下において、翼賛政治、文化運動を展開させ、労働者の組織を産業報国会に編成せしめて、戦争に突入させるに至ったエネルギーは理解できないとおもわれるのだ。

明治以来、日本の近代社会は、政治機構から生活の末梢にいたるまで、西欧の科学、技術、文化、生活様式の圧倒的な影響をうけ、それと伝統の様式、思考方法との矛盾、衝突、混合をくりかえし体験しながら、いわゆる「日本化された近代」をつくりあげてきた。しかし、この西欧化と伝統との混和状態は、現実的な危機に直面すれば、ただちに固有の様式に分裂状態がおこらざるをえないものであった。ほとんど、西欧的な発想の影響をうけていない右翼テロリストたちの土着の思想が、太平洋戦争に突入して行く全体制の編成におおきな力を及ぼしたのは、おそらく、日本の全階級の人民が、西欧に対する劣勢意識をうらがえした点で、かれらに共感し、復讐の機会をみたからである。

このような、封鎖された排外意識を完全にまぬかれたのは、骨肉から西欧近代主義を身につけた金融資本家の一部とマルクス主義者中の例外的少数にすぎなかったといえる。年少のわたしは、右翼ファシストたちが、擬制的に資本主義の打倒をとなえ、西欧にたいするアジアの解放をスローガンとしたとき、ほとんど他の異和感は、暗い鬱屈になって内部にとじこめられざるをえなかった。かれらの偏執的な熱狂と無智なドグマは、わたしを苦しめたが、このような苦しさは克服するのが正しいと思いきめようとした。太平洋戦争が勝利におわっても、じぶんの内部的な矛盾は解放されることはあるまいとおもったが、それを肯定した。敗戦直後、高村光太郎の詩「一億の号泣」にたいしてかんじた異和感は、分析的にかんがえれば、高村の生涯の自然法的な思想が、右翼テロリストたちと、したがってその影響下にあった少年のわたしと、まったくちがった独特な構造をもっていたためである。

水難

そのとき（一九九六年の西伊豆・土肥海水浴場での水難事故）、もう終りだと思った理由は、前にも同じような経験があったからです。

家が葛飾のお花茶屋というところにあったとき（昭和二十二年）に、利根川が決壊して、大水になったことがあります。屋根だけ外に出ている床上浸水状態のとき、何かの用事を、僕が行ってきてやると出掛けて、行きは通りかかった船に乗せてもらって、高台にある堀切の駅まで行きました。ところが帰りになって、ばかと言えばばかなんですが、そのとき僕は大学生で、体力はまだあるし、ここはひとつ泳いで行ってやれと思って、着ているものを脱いで頭にくくりつけて泳いだんです。

泳いだはいいが、もう秋でしたからね。水も冷たいわけです。でもかろうじて駅まではたどり着きました。しかしまだ、駅から自分の家まで二五〇メートルぐらいあるんです。その途中で、身体がなんか冷たくなってきた。ヤバイぞと思ったので、途中の家の軒のところに手をかけてじっとしてたんです。そうしたら、だんだん冷たくなるのを待つだけで、じっとしてても駄目だし、屋根に這い上がろうと思っても、もう上がるだけの力がない。ああ、死ぬっていうのはこういうのかと思って、覚悟しました。そのときは、向こうのほうから家財道具を乗せたボートを漕いでくるおじさんがいたので、手をしきりに振って、声も出したつもりなんですけど、音になっていたかどうか、それはわかりません。何とかそのボートに乗せてもらって助かったんです。

そのときも冷たくなったから、人間、これでアウトっていうときにはそういうふうになるものなんだなということは、実感として知っていたんですよ。

土肥のときも泳いでいたら、ちょっと冷たくなってきて、これはおかしい、これは上がらなきゃ駄目だと思って、すぐに岸を向いて泳ぎました。もう岸までほんとに一〇メートルぐらいで、もしかしたら、そこは泡を食っていなければ立てたかもしれないくらい近かった。左には栈橋《さんばし》が出ていて、右には人が泳いでいる。その間で、栈橋の近くを泳いで行けば、駄目になったら摑《つか》まればいいと思って、わざとそこを選んで、岸に上がろうと思ったんです。そこからがなんか少しおかしいのですが、浮輪を使って子どもが泳いでるから、それに摑まればいいというのはわかったけれども、こっちは死にそうなのに、子どもも楽しそうに遊んでいるんだからと思ったら、遠慮しちゃったんです。みっともないというのか、悪いなというのか、とにかく摑まったらいけないな、どうせ生きた心地しない顔をしてるに違いないから、それはやめようと思った。

栈橋は木の板でつくられているから、そこに摑まれば大丈夫と思ったけれども、今度もなぜか摑まる気がしないわけです。というのは、子どものときに隅田川には橋がいろいろあって、僕のうちはボートがあったので、漕《こ》いでそこに行くと、橋桁のところは渦を巻いて相当速く流れているんですよ。その橋の下の橋桁のところを通っていくというのは、子どものときからものすごい恐怖感で、それと同じじゃないかという無意識の拒否感があったんでしょう。桟橋の桁にも摑まる気が失せた。

姉の死など

無類に哀切な死を描き得るのは、無類に冷静な心だけである。転倒した悲嘆の心では如何しても死の切実さは描き得ない。是のことは書くといふ状態に付き纏ふ逆説的な宿命である。僕には恐らく姉の死を描くことは出来ないし、況《ま》して骨髄に感得することなど出来はしまい。

姉は哀しまうとすれば無限に哀しいやうな状態で死んだ。一月十三日既に危ない病状を悟つて電報を寄せた。母に看護を頼んだのだ。

その夜病勢が革《あらた》まり、母が翌朝駈け付けた時には最早空しかつた。氷雨の降る夜、母の面影を追つて唯独り暗い多摩の連丘を見ようとしてゐたのかも知れぬ。僕にはもう判らぬのだ。だが判らぬままに、悲しみとも憤りとも付かぬ強く確かな感じが僕をおしつけて来る、近親の者が死んだとき必ず僕にやつて来るあの感じが。昔はその感じに抵抗し、藻掻いた、けれど今はそれに押し流されるままでじつとしてゐる。僕の心の鐘が曇つたのかも知れぬ、或はそうでないのかも知れぬ。

僕は十四日姉の相にもう一眼会ひたくて多摩の小道を歩んでゐた、丘辺の療養所の赤屋根が、樹々の陰にちらちらする頃氷雨が上がり落日が血のやうに赤く雲の裂け目を染めてゐた。突然明日は晴れるに違ひないといふ意識がやつて来て、この天候がもう一日早かつたら姉は死なずに済んだのにと思つた、何故そう思つたのか今でも判らぬ、けれど確かに僕は信じたのだ。薄く化粧してゐた姉は美しかつた、清潔であつた、僕が想像し、そして最後の訣れがしたいと欲してゐたその面影よりは隔絶して美しかつた。僕は大層安らかな心になつた、僕が姉の死について書き得る、今はこれが全てである。

姉の短歌は丁度これから腰を据ゑようとしてゐた時期にあつた、哀しいと言はなくてはならぬ、僕と異つて素直で美しい心情であつた姉は、自らに固有な不幸を胸中に温めて、その性来を徐々に磨いていつた、随分苦しんだが、如何なる空想も思想も案出しようとはしなかつた、常に己れの現実に即して思考したと言へようか、丁度短歌の発想がそうであるやうに。僕は確信を以て指摘する訳にはいかないが、短歌こそ姉の熱愛し得た唯一の表現形式であつたと思ふ、僕が詩稿の空白に書き散らした短歌を時折二つ三つと送ると、まるで知己を得たように喜んでゐたがいまはもう全てが空しくなつた。

姉が心臓の疲弊で苦しんでゐた頃、僕は二、三日前読んだマルセル・プルーストの一節を心の中で繰返したりしてゐた、何といふ不様なことだらう、僕には幸福とも不幸とも思へぬ平凡な家庭を、姉は死ぬ程恋しがつてゐた、何とゐふ相違だらう、やがて姉の死と同時に、あれ程深い印象を刻んでゐたプルーストの「失なひし時を索めて」のカデンツアが僕の心から遠退いていつた。

姉の死が代つて僕を領したからだ、人は語り得る部分よりも沈黙のうちに守つてゐる部分を遥かに多く蔵つてゐる、殊に他人より一層そのやうであつた姉のために、僕がこれだけ語る機会を得たのは慰む思ひがする、服部忠志氏の御好意がなかつたら姉は肉親の思ひのうちに生きつづけるだけだつたらう。

やがて姉は長い長い間の願ひであつた懐かしい我家に骨になつて帰宅した。

前執行部に代って

A　もろさと強さ

賃上要求が組合員の皆さんの納得がゆくまで押すことが出来ないままで、われわれは辞任してしまったことをお詫びしなければならない。こんどの闘争は、われわれの生活を守る闘いであったと同時に「息のつまるほど有難い」会社の家族主義的なぎまんとわれわれ労働者の独立心とか自主性とかの闘いでもあった。われわれは中途で、矛をおさめることになったが、会社の家族主義が如何にかくされた脅迫と金の力で支えられているかをはっきりと知ることができた。又、われわれの強さというものも、もろさと背中あわせのものであったことを深く考えてみなければならないのではないだろうか。

B　ね返りについて

会社が職能をとほしてやった、悪質な切くずしに乗って脱落した組合員もあった。会社のやる切くずしは全て共通で、それは「そんなことをするとおまへのためにならんぞ」ということに尽きる。しかしそれで動揺した組合員の気持は決して共通ではない。第一には、この際忠勤ぶりを示して自分だけはよくなろうという乞食根性である。第二には、本当に生活が苦しくて、自分や家族のことを考えて脅迫に心ならずも動かされた者である。第三にはかねてから組合幹部の運動方針に反感をもっていて、一石二鳥をねらった者である。われ〳〵は第一の連中とだけは、今後とも激しい闘いをつづけなければならない。第二、第三の人たちは、今後とも組合員全部で守ってやらなければならない。われわれは労働者という大きな立場にたったとき、みんな共通であり、結び合へるものなのだ。

C　青戸細胞の批判について

われ〳〵が、スト決議に破れて辞任した翌々日、日本共産党青戸細胞はビラを配布した。皆さんのなかには、それを見た人がいるだろう。われ〳〵もそれを見た。そのビラに書かれてあることは、大道において正しく、且つ労働者を守ろうとする熱意にあふれたものであった。皆さんもそう思うだろう。しかしその中で、われわれ前執行部が「ストだけが闘争の全てだと思った」とか「一部をみて全体をみない」とか書かれてあったが、それは誤りである。

青戸細胞諸君は、すくなくとも、一中産企業労働組合の闘争を批判しようと思うならば、単に表面的な洞察によるのではなく、雇用関係の内部構造と段階がどこにあるかという点まで追求した上で、批判する熱意が必要であろう。だが何れにせよ、われ〳〵の組合が、友誼団体と結びついたり、外部から絶えず批判をうけたりすることは良いことである。

D　われ〳〵の得た教訓

われ〳〵は今度の闘争で、上部団体、外部団体と結びつかねばならないことを肝に銘じて知らされた。われ〳〵は社交クラブではない。真の労働組合組織と結びつくことが必要であると思う。それからわれ〳〵は日常闘争というものがどんなに必要であるかも知らされた。地味な活動をねばりつよく続けることが大切である。そして、組合の事業と言へば、マージャンと旅行と酒宴であった昔の名残りを、徐々に克服してゆかなければならない。

（『青戸ニュース』第十号昭和二十九年一月）

文学者の戦争責任

戦後十一年たった。昨年来、詩人、文学者の戦争責任の問題が論議されてきている。それと同時に、この問題は知識人の戦争責任という形で、いわば知識人と庶民との結びつき、関係という点からも論議されている。問題は重要でありながら、展開すべき糸口はなかなか複雑であり、難しくもあり、ゆき悩んでいる。そのうえこの問題を横流しにして葬ろうとする動きさえでてきている。たれもが、傷口をかかえたまま吐き出せないでいる個処に触れなければ、問題は一歩も進めてゆくことができないようにおもわれる。

わたしは、詩人の戦争責任にかかわる最初の批評をかいたときの孤独なデスペレートな気持をおもいおこし交通整理者に堕ちてはいけないとおもうのだ。論敵はすべてうたなければならぬ。

岡本潤は、「詩人の対立」(『詩学』昭和三十一年二月号)のなかで、わたしが岡本の詩「神の声」や「エデンの島」を「残忍な非人間的な点において、岡本が抵抗している相手と優に匹敵するものである」とかいた個処を逆手にとりながら、

「ぼくの詩の最大の弱点は、そういうナマジッカな人間性やそれにともなう感傷性などを払拭し

きれないでいるところにある。」などとかいている。
わたしはその点が岡本の内部にある庶民意識に原因するものであることをすでに指摘した。いま、詩の創作方法と関連させてすこしはっきりさせておきたい。岡本は、理論的にも実作品としても、いかにして詩の表現からナマジッカの人間性や、それにともなう感傷性などが払拭できるかの端緒すらつかんでいないようにおもわれる。

〈自由〉の星の旗をかざす紳士
世界を漫遊　エデンの島へ着陸する
エデンの島は　国賓を出迎え
大臣が犬のように尻尾をふる

きのうの鬼畜　きょうの国賓
エデンの島は親方まかせ
法律も予算も　知らぬ間にできる軍隊も
〈自由〉の親方の胸三寸
〈自由〉の星の旗　ひらめくところ

エデンの島もバクチばやり
選挙もバクチ　スポーツもバクチ
男は女に賭け　女は男に賭ける

引用は、岡本の詩「エデンの島」の四・五・六連であるが、岡本は、「芸術運動の今日的課題」のなかで、アホダラ経の現代版を試みたのであって、現代詩のまっとうな作品として評価することで、実験的な意義を、無視されるのは不服であるといっている。しかし、どんな実験的作品であっても、正当な評価をまぬがれるものではないし、作者の本質的な傾向と離れて存在するものでもない。引用した連は、日本がアメリカの植民地的地位に堕していることを岡本なりに諷刺したつもりであろうが、当然成功していない。あざとい俗流コミュニストなみに新聞記事を逆手にとっているにすぎないからだ。もちろん、残忍で非人間的である。「大臣が犬のように尻尾をふる」「〈自由〉の親方の胸三寸」「男は女に賭け　女は男に賭ける」こういう表現のなかには、人間の内部の動きにたいする一片の省察もないからだ。支配者の内部にあるものは「犬のように尻尾をふる」ような単純なものではあるまいし、従属的なメカニズムの内部もまた「〈自由〉の親方の胸三寸」というわけにはまいらぬ。いわゆる「太陽族」といえども「男は女に賭け　女は男に賭ける」というようなものではない。岡本は、いやいや表現を単純化して、ナマジッカの人間性を表現から疎外した実験的な試みであると主張しようというのだろうが、その主張は成り立たない。

情況を外部からしか捉えることのできない詩人が書く典型的なスローガン詩にすぎぬ。ここで岡本が書きまくった概念的な戦争詩との類似性を想起しないとすれば、余程どうかしているといわねばならない。

理解の便宜のための図式化されたいい方をかりれば、作者の内部世界と外部的現実とがかかわりあう過程で、諷刺詩が成立する必須の条件は、作者の内部世界が現実とぶつかりあって論理化されてゆく部分が創作過程を支配するということに外ならない。作者の内部世界には、混沌とした心理的な部分と論理化されたイデオロギー的部分があり、イデオロギー的部分は外部的現実とかかわることによって、また、あたらしい心理的な部分を生み、この過程はあきらかに循環する。創作に関与するものは、いうまでもなくこの全過程だが、諷刺詩はこの心理的な過程が内部において現実とぶつかって論理化されてゆく方向に成立するであろう。そして、このことが是認されるためには、作者の内部世界と外部世界とのあいだの照応が信じられていなければならない。岡本は、ここで、内部世界を論理化することによってではなく、放棄し、疎外することによって諷刺を成立させようとしているため「エデンの島」のような無惨な作品をつくってしまうのだ。

このような岡本の誤謬は、庶民意識にイデオロギーを接ぎ木することによって成立している岡本の内部世界そのもののなかに原因を求めなければならない。いいかえれば、岡本の政治イデオロギーは、内部世界を現実とぶつけて論理化してゆく過程において捉えられたのではなく、論理化されていない内部世界を、政治イデオロギーをもって包装しているのに外ならない。このように、イデオロギーを外部から持ってくるとき、そのイデオロギーは現実的な情況に応じて、内部世界とかかわりなく変動することを余儀なくされる。岡本だけではなく、ほとんどすべてのマルクス主義文学者の戦争期の作品と、戦前の作品と戦後の作品の驚くべき類似性と内部的一貫性の無さは、おそらくここに原因があるといわねばならない。

岡本のいう「ナマジッカな人間性やそれにともなう感傷性」は内部世界の論理化を経ないで温存されている心理的な過程によって発生する。いいかえれば、わたしのいう庶民意識によって成立するのだ。しかし、詩の創作過程からただ単にそれを追放し、疎外することによって、政治イデオロギーを代置しようとする岡本をはじめ民主主義詩人の俗見を、完膚なきまで粉砕するのでなければ、わたしたちは一歩も前進することはできない。

岡本は「詩人の対立」のなかで、鮎川やわたしの見解を反論しながら書いている。

「そこに政策的に『海ゆかば』をうたわせる支配階級と、実感をもってうたう被支配階級との隔絶を見ることのできない、あるいは見ようとしない、鮎川氏や吉本氏のような『インテリゲンチャ』の見解こそが、浅薄でもあり、非科学的でもあり、もしかすると非人問的でさえもあるのではないか。」

「庶民が軍部や翼賛議員を圧倒的に支持していたなどとは、歴史の偽造者だけがいうことである。庶民は戦争指導者の指図に従っているようにみせながら、ソッポを向いていた。」

このような見解は、現在俗流コミュニストがロウする典型的、盲目的言辞であり、戦後民主革命を敗退に導いた重要な原因の一つが、かれらのこの盲目性にあったことをおもえば問題とするに価するであろう。岡本が鮮烈な素朴の結晶と賞賛する谷川雁もまた次のように書いている。

「民衆の『軍国主義』とは民衆の素朴な夢のゆがめられた表現である。その押しひしがれ、ねじ曲げられた願望のうちに発展の芽があることを知らない者に革命を語る資格はない。この願望の本質ははるかに遠い古代から民衆を横につないできた共同体の思想、平和と安息と平等への思想であって、この思想の狭い限界をうち破り、その歪曲と闘って、より広々とした国際的な階級連帯への出口をみつけることが自覚した日本人の任務だった。」

（『アカハタ』一九五六年四月三日）

これは又、プロレタリアートにたいして利益であったか、有害であったかに戦争責任の判断規準を設けなければならぬとして戦争責任の問題を横流しにしようとする「芸術運動の今日的課題」（『現代詩』八月号）における花田清輝においても同断である。

何が問題なのかはっきりしている。戦後日本の民主革命が決定的に挫折した現在、こういう言辞によってかれらの前衛的部分が、自己の戦後責任を横流しにしようとしていることが問題なのだ。いいかえれば、かれらの言辞のなかには、戦争によって膨大なギセイを支払いながら、わたしたちが購いえたものが、戦後十年で空無に帰したことにたいする痛切な実感がどこにもないのだ。かれらは、いつも大衆にたいして名目的な、抗弁の余地のない愛撫を加えながら、実践的にバカなことを仕出かして、大衆からソッポを向かれてきた。大衆のなかにある支配ヒエラルキイにたいする脆弱点を正当にみつめ、いわばその脆弱点を論理化してゆく方向に変革のすべての過程が横たわっていることを見ようとしないからだ。そこに民衆の軍国主義とは民衆の素朴な夢のゆがめられた表現だとか、庶民は戦争指導者の指図に従っているようにみせながら、ソッポを向いてきたとかいう発言がうまれ、自己の実践的思い上りを覆いかくそうとする意図が生れる。わたしたちは、こういう名分にかくれて、批判者に傍観者という名をかぶせて抑圧し、だが、自らは何もしないよりもなお悪いような実践を戦後十年つづけ、誤謬につぐ誤謬のはてに自慰的集団と化した前衛的部分のタイハイを完膚なきまでに、あばき出さねばならないとおもうのだ。

庶民が軍部や翼賛議員を圧倒的に支持していたというのは、岡本のいうような歴史の偽造ではない。厳たる事実である。庶民が支配者にたいしてソッポを向いたのは、その内部における心理的部分においてであり、混沌とした動きにおいてである。庶民の内部にあるイデオロギー的部分は、あきらかに軍部や翼賛議員を支持し、そう動いたのだった。わたしが、庶民意識を問題にした場合、その意識構造のイデオロギー的部分を云々するのは当然であり、一面だけを見ない偏見ではない。岡本などの発言の周囲には、現在、前世代の民主主義文学者の見解があつまっている。

『新日本文学』七月号「知識人の戦争体験と挫折」における中島健蔵から中野重治にいたる知識人の発言の根柢には、戦争期の自己の内部世界の問題を、経験によっておし流そうとする傾向と、戦争期においては全き仮面によるのでなければ表現自体が不可能だったという強弁がかくされている。そして、この強弁をひきはがしたとき、戦争期における知識人と庶民とに共通な、膨大な暗さが露出してくるのだ。

この点についてわたしは、わたしの他の傾向の論敵たちのいうところに耳を傾けなければならないだろう。それは、次のようなものである。

「もう一つ、ぼくには奇妙な疑問がある。それは、批判者の側に立つ、関根弘、鮎川信夫、吉本隆明、武井昭夫が、自分たちの戦争中の体験をどう思っているか、ということである。もちろん、この若い世代は、その青春のいくらかを、またはすべてを、戦争によって埋没させられたひとびとにちがいない。その多くは、まだ学生であっただろうし、自分の考えというものをはっきりとはもつに至っていなかったはずである。かれらは、自分を無垢であると考え、その汚れていない白い手に自信をもっているのだろうか?」

(『現代詩』一九五六年四月号　清岡卓行「奇妙な幕間の告白」)

「数百万の民族の生命をうばいとった戦争に、子供はいざ知らず、一点の責任もない人間がいるだろうか。問題はそれぞれの責任の質の違い、とるべき償いのあり方が違うということではないか。」

（『アカハタ』一九五六年　四月三日　谷川雁）

「秀才をうたわれる告発者は、当時きっと戦争に反対し、はっきりと歴史の方向を認識し、国賊少年囚として投獄でもされながら、戦争詩などというものは全然知りもしなかっただろう。彼がたぶん特高や憲兵に焼ゴテをあてられながら耐えている時に、悲しいかな今日の被告となった老詩人は、『もうすこし生かしてくれ……』とだらしない悲鳴をあげてしまっただろう。（中略）僕が知りたいことは、かの告発者がジュウ！　と焼ゴテをあてられながら何と叫んだろうか、ということである。」

（『今日』一九五六年四月号　平林敏彦）

この傾向には、『詩学』昭和三十一年七月号「詩論批評」における中村稔を加えてもいいとおもう。

これらの発言は、要するに批判者に戦争責任を追及する資格があるか、わたしたちはすべて戦争にたいして共犯者だったのではないかという点にある。もし、わたしが、十代から二十代はじめにかけての自分の戦争観と体験を記述することに公共的な意味があると考えるならばそれを記述することは雑作ないが、そんな自己告白に何の意味があるのだ。わたしは、わたしなりに戦争期の自己の内部的、現実的な体験を生涯にわたって重要なポイントをなす体験と考え、その考えの下に「高村光太郎ノート」（戦争期について）をかいたのだが、自己の体験を単に告白することによって公共的な問題を引出しうるなどと自惚れたおぼえはない。しかし、わたしの奇妙な論敵達が指摘するほど、それに触れていないわけではない。まずこれらの論者たちは、自ら誇る文学批評的眼力によって、わたしの詩人文学者の戦争責任にかかわる批評を読み通すべきではないか。そこに、わたしの戦争期と戦後にかけての内的格闘のあとが読みとれないようでは文学を語る資格はない。

戦争期の日本の詩、文学の問題を論ずる場合に、その挫折が、文学の方法上の欠陥、それと関連して日本の社会構造の欠陥と密接不可分の問題であるという認識が必須の条件なのだ。それと共に、戦争期の体験を、どのように咀嚼して自己の内部の問題としながら戦後十年余を歩んできたか、そしてその戦争期の内部的体験を戦後十年余の間にいかにして実践の問題（これは文学的表現の意味にとっても、社会的実践の意味にとってもよい）としてきたか、いわば戦後責任をどう踏まえてきたかということが、この問題を論ずる場合に不可欠の条件である。わたしは、一連の戦争責任にかかわる批評のなかで、この二つの条件を一度も手離してはおらぬ。わたしの奇妙な論敵たちは、たんに戦争詩をかいたとか、かかなかったとかいうことで、わたしが前世代の詩人たちを批判しているかのように故意に誤読している。このような誤読は、論者たちの文学青年的心情、典型的な日本の文学者根性からして当然なのだ。かれらは、戦後十年余、自分が戦争期の体験をどう踏まえてきたのかに申し合わせたように触れておらぬ。もともと、戦争期の自己の体験などケロリと忘れておきながら、またそれを内部の問題として強いられずに過してきながら、ただヤジ馬的批評を加えているにすぎないからだ。かれらは、戦後十年余、わたしたちが内部的にも現実的にも、戦争期の体験をふまえて、孤独な、分の悪いたたかいをやってきたことを見ようとはしない。わたしは、平和のしたでも血がながされていること、たたかいの死者はいまも声なき声をあげて消えていることを忘れることができぬ。

文学者の戦争責任という問題が、やっと端緒についた現在、わたし自身が当面した主な批判の傾向を概観してみた。俗流政治主義と俗流芸術主義とは表裏一体をなしているから、いいかえればここで摘出した二つの傾向は一つであるといってよいかも知れない。そして、この二つが事実一つになって進歩的名目を占有しているのであることに注目しなければならない。

文学者の戦争責任の問題を軸として、昭和十年代の文学と、戦後の文学を照し出す仕事は、やっと緒についたばかりである。わたし自身にとってこの課題が必然的であるかぎり、わたしの探求はつづくであろうし、だれも阻止することができないだろう。ジャーナリズムがどう取扱かおうとも、現在、批判の対象となっているのが老いさらばえた世代であり、批判しているのが興隆する世代であるというのは、ちがっている。批判されているのは進歩的名分と、多数者に擁護されてびくともしない文学者であり、批判するものは、ほとんど独力でこの重くるしい壁にぶつかっている少数者であることをわたしは忘れてもらいたくないとおもう。

「パチンコ」考

思い起してみると、わたしの「パチンコ」事始めは、いまから二十四年くらい前にさかのぼる。

その頃、ある印刷インキの会社の工場に通勤していた。場所は青戸で、会社がおわると、同僚たちと立寄るところは、小さな飲み屋か、「パチンコ」屋にきまっていた。面白いことがあると、ではなく、面白くないことがあると飲み屋、すこし清遊気分のときは「パチンコ」屋となっていたと思う。まだ、場末でもあったし、球がはいると三つとか五つとか出てくる「パチンコ」初期の台であった。

もともと手が器用なほうでもないし、遊び半分に少量の銭で時間をつぶし、頭や体を解放させればよかったのだから、儲かったという記憶は、すこしもない。それでも球が入って、三つか五つとかがでてくると、一種の快感がともなうことに感心していた。すでに、盛り場では、十個球や十五個球の台があったのかどうか、さっぱり記憶がない。京成青砥《あおと》駅の周辺や、ときに国電亀有駅の前通りで、会社の帰りに球を弾いていて充たされていた。

ごく普通のサラリーマンであり、会社の同僚であり、また工員さんでありといった仲間の世界は、退屈なものだとおもうかもしれないが、そうではない。そういう世界に、ときには珠玉のような人たちがいる。そのたまらない魅力は、たとえようもない。それらの人たちと、会社や上役の悪口をぐちりながら飲むとか、「パチンコ」遊びをすることの愉しさは、経験のないものには、わからないだろう。珠玉のような人がいそうな文学者の世界のほうが、ずっと下らない奴がおおい。

本社から学校へとばされたときは、大岡山の駅通りや、大学の正門の前で、ときどき試みた。その頃になると十個球や十五個球の台に、すべてが変っていた。そのころから「パチンコ」にたいする考え方が変ってきた。

それは、賑やかな撥く音と出る音と隣人のなかの孤独のよさともいうべきものに、ひたることであった。よき同僚たちは、そばにいなかった。ただ一人、会社から隔離されて、いわば異類のように大学の研究室に居候をしていた。〈よう、やるか〉と言っても応じてくれる雰囲気ではなかった。だんだん「パチンコ」から遠ざかるようになっていった。休みの日に盛り場に出たとき、たまに試みることはあったが、もうすでに、わたしの技術では、どうにもならないほど「パチンコ」台のメカニズムは高度なものになっていた。

わたしが、ふたたび「パチンコ」台にとりつくことがあるようになったのは、スマート・ボールのセミ・プロ体験をへた後である。わたしは失業し、就職の可能性が断たれていたとき、スマート・ボールでとった景品を売って、食糧に代えていた時期があった。そこで体得した、絶対に損をしないための秘訣は、いくつかに要約される。

(1) スマート・ボールは、玉突きのようにスムーズな押し打ちをするとき入る確率が最大である。(2) 打ち方が一定であるかぎり、一軒の店で必ず儲かる台は、幾台かに限定される。(3) 玉が入らなくなるのは、べつに憑《つ》きが落ちたのではなく、手の筋肉が疲れて打ち方が狂ったのだから、すぐに決断してやめる。(4) 自分の打ち方で、必ずもうかる台が、他人に占められていたら、その店を出る。

このようにして、プロとなるためには、よく睡眠をとって疲労をさけ、できれば手の筋肉や足腰を鍛え、開店と同時に、す早く必ずその店で儲かる台の前に坐る、という原則が得られた。ただ、わたしは、実際にはプロになれなかった。その最大の障害になったのは、技術的なことではなく、じつに、開店と同時に、その店で必ず儲かる台を占領するという行為がたび重なると、気恥ずかしくて出来なかったということであった。当時、わたしは呪文のように〈堕ちよ、堕ちよ、地獄まで〉と自らを励ましていた。しかし、へんな誇りとも自意識とも照れとも恥ずかしさともつかないものが、ほんのひとかけら残って、どうしてもふっ切れなかった。わたしは、じぶんの倫理的な残渣に絶望した。これは、いまでもかなりな挫折感としてのこっている。

わたしは、二度と、スマート・ボールや「パチンコ」で儲けようという気を起さなくなった。いうまでもなく、スマート・ボールをもとにして得たわたしの必勝法は、手の不器用な者を前提にしている。手が器用ならば狙い打ちができるし、自由に望みの側に、球を落すことができよう。スマート・ボールで得た結論は、「パチンコ」にも通用する。ほかの条件が同等ならば、玉突き打ちがもっとも入る確率がおおい。電動式のばあいは、台の内側とのたたかいのような気がするが、まだ、結論を得るほどやったことがない。

今年の二月ごろ、娘の入学試験にくっついて京都へ行った。京都は「パチンコ」の街になっていた。久しぶりに、娘と河原町三条あたりに出て、たんのうするほど「パチンコ」のはしごをやった。もとより入試の憂さを晴らすための座興にすぎなかったので、ろくに儲かりもしなかった。娘の不安がわたしに伝わり、わたしの不安が娘に伝わり、悶々の思いをただまぎらわしていただけだった。得た景品のひとつは、たまたま路上で出遭った知人にもらってもらい、もうひとつのは宿の女主人に押しつけてきた。賑やかさのなかの孤独も、へちまもない。ただの「親馬鹿」の「パチンコ」であった。

ボクの二十代

僕に二十代はないはずでした。だから敗戦は天地がひっくり返るほどショックを受けました。戦争にいって生涯は終わりと思い込んでいたわけです。誰のために、何のために死ぬのか、どうやったら死ねる気持ちになれるか思い悩み、自分で観念的に死を追いつめたあげくに突然終戦でした。この先どう生きていったらいいのかわからない。人々が解放感にひたっているのに、僕は数年間は絶望と虚無のドン底でした。それまで信頼感を持っていた物書き連中が敗戦を境に昨日までと反対に平和な文化国家などと言い出します。絶対に文学者を信じまいと思いましたね。心のどこかがくずれて、ニヒルになったものを文字にすることでわずかに自分を救っている時期が数年続きました。そしてまもなく恋愛のドロ沼に落ち込むんです。学生のころ、一緒に詩の同人誌をやっていた友人の奥さんと恋愛して、きつい三角関係になりました。その友人はいい男だったので、三者三様傷ついてみな自滅しそうになりました。〝この野郎、けしからん!〟と殴られるのがあたりまえなのに、彼は真剣に悩んだ。僕の存在と、彼女の意志もまた許容する冷静さを持っていたわけですから。

その体験は敗戦とともに僕の人生観や価値観を決定したと思います。いまでも人間が意志してできることは半分しかないと思っています。

鮎川信夫との交渉史

文学的な仕事よりも、生の人間によって影響をあたえ、ひとびとを触発し、その支柱となるといった逆説的な文学者はいるものだ。

かれは際立った個性をふりまくわけでもない。とくに鋭利な論理でじぶんをそば立たせるのでもない。また粘液質な感覚で、ひとびとを強制してしまうのでもない。そこにかれが存在するというだけですでに複数の人間を綜合した何かを発散する。鮎川信夫はそういう文学者のひとりだ。かれはお人好しでもなければ、他者に利用されやすい軽さももたない。また、いわゆる包容力ある人物ではない。ある半透明な柱のようにいつもそこに立ってしまう。

わたしは鮎川信夫の作品論をやるには最適の位置にいない。あまりに時代がくっつきすぎているからである。もっと後年代の人物が、探索するといった態度で、鮎川信夫の全業績にぶつかれば、わたしなどのとうてい気づかない意味を発見するにちがいない。それとおなじように、鮎川信夫の人物論をやるにもわたしは最適ではない。鮎川信夫とともに戦前から戦後にかけて文学と人間の両方から交渉をつづけてきた幾人かの詩人がいる。それらの詩人は鮎川の露路裏も、表通りも、迷路のひとつひとつも描けるはずである。これにくらべればわたしの鮎川信夫との交渉史は、戦後のわずかの数年であり、それもわたしの方からのほとんど一方的な交渉で、とうてい相手がどうおもってつきあっているのかなどとそんたくする余裕などない時期であった。いわば一方通行の表通りを勝手な速さで通っただけである。片面だけの、それもわたしの速さでしかとらえられない貌しか、わたしには判ってはいまい。

わたしは当時、回復するあてのない失職と、ややおくれてやってきた難しい三角関係とで、ほとんど進退きわまっていた。

職を探しにでかけて、気が滅入ってくると、その頃青山にあったかれの家へ立ち寄った。そのままとりとめのない話をしては、夜分まで入りびたったりしていた。いまかんがえると不可思議で仕方がないが、その間、ただの一度も迷惑げな様子をみせたことはなかった。また、いつもその態度はかわらなかった。わたしの勝手な坐りこみは、おそらく鮎川信夫にとっては、たいへんな精神的な負担であったはずである。それに気づくにはわたしのほうがあまりに幼なく、また他人の心を測る余裕がなかったのである。

かれは、あるときわたしにむかって、「きみのつきあい方は、どんなに親しそうにみえても、ほんとうは明日からそのまま交渉がなくなってもちっともひっかからないといったつきあいかただな」と言った。わたしは、べつに意識していたわけではないが、この鮎川の評言が人間にたいする関係について、わたしが漠然と自身に下していた判断と合致していたので、おもわずはっとなったことを覚えている。いつからか、あるいは若年のころからか、わたしにはそういったネガティヴな関係が人間について慢性になっていた。しかし、おそらくわたしは核心のところでは古風な倫理を交友について描いている理想主義者であるかもしれない。しかし、わたしの判断では鮎川信夫は、人間関係についてちょっと珍らしい西欧的な精神のフォームを身につけた人物である。

幾年か交渉があったが、わたしは鮎川信夫が好きな女性がいるのかいないのか、なぜ結婚をしないのか、いつどこで詩や詩論をかいたり、ホン訳をやったりするのか皆目わからなかった。わたしが立入ったことを訊ねたりする性癖がなく、そういうことに好奇心がうすい性格だったのか。わひどいときは四六時中いりびたっていた時期でも、鮎川信夫の私生活についてなにも知らなかった。まったくうかつな話かもしれないが、わたしの知っている鮎川信夫は、人あつかいになれたすこし粋な名残をとどめた母親と二人でいる透明な生活だけである。

わたしが、鮎川信夫との無駄話の間で、かれから文学的に学んだのは、その発想の異質さである。わたしは戦後になって仕込んだ大なり小なりドイツ観念論の系譜の発想が身についていて、そこから事物を裁断することになれており、わたしの知っている人物は大なり小なりそんな風な者が多かった。鮎川の発想はまったくちがっていた。思いがけない視点から事物が照しだされるのを感じて思わずうなったようなことがたびたびあった。

あるとき、かれがニューヨーク・タイムズの記事の話かなにかのついでに、ニューヨークの街は、こうなっていて、ここのところにこんな建物があって、と説明しだしたことがあった。ところで、その説明は、聴いているわたしにそこにどんな人間が住んで、何を朝食に喰べ、どうやって働き、どう暮しているか、といった具体的なイメージをはっきりと浮びあがらせる態のものであった。じっさいにニューヨークの街が、そのイメージにかなうのかどうかは問題ではない。かれが一度も訪れたことのない街を、他者にイメージをあたえうるように語れる想像的な才能に驚いた。わたしは、いわゆる消息通や外遊者の帰国記事のたぐいからそんなものを感じたことはない。いったいこの連中は何をしてきたんだとおもうことがおおい。かりに御当人は何でも見てきたつもりでいたとしてもだ。わたしに日本以外の国について鮎川信夫のように語れる知人は、ソヴィエト・ロシヤの社会について語るときの内村剛介くらいしかいない。そして、おそらく日本には、それくらいしか、日本以外の国について語れる者はいないと断定してよさそうである。

わたしは、鮎川信夫の発想の異質さを、年代のちがいに帰していた。きっとかれの思考をささえている方法は、わたしなどの知らぬ戦前のモダニズムの教養によるだろうと推測した。この推測は、あまりはずれなかったとおもう。わたしは鮎川をつうじて、もやもやと明るく、そしてすこし頼りなく、頭のはたらきは悪くなく、事物にたいしてシニカルであり、遊びが好きなという一時代の青春と、一群の詩的青年たちのイメージを想像することができた。そして鮎川はこの種の青春のなかで、とびぬけた資質をもっていたにちがいないとおもった。

戦争は、おそらくこの種の一群の青春にふかい倫理性をあたえた。それが、どんな戦争のくぐりかたによるかは、それらの戦中体験の記述によって知るほかはないのである。
鮎川は、『戦中手記』のなかで、交友について、つぎのように書いている。

君は僕と親しくなりはじめた頃「俺は必ず君を食ってやる」と云ったことを覚えてゐるだらうか。僕はその時以来、君ばかりではないすべての人間に対して極めて要心深い、策略的な人間になった。「俺に食はれない人間はない。Hの奴だって結局俺に食はれたのだからね」と君はおそろしい自信を正直に僕に仄めかした。君は僕にとって友人との交友に、さうした油断のならぬ毒のあることをはじめて意識させてくれたのである。僕はその時君の云った言葉によって、自分は今後どうしなければならぬか、何を怖れなければならぬかを一瞬にしてさとってしまった。僕はそれまでほんの子供だったのである。書物だけはおそろしく沢山読んでゐたので一度眼をひらくと、僕はすっかり外に対しては隙の無い偽善を身にまとひ、自分の新らしい態度にみづから満足を感ずるやうになったのであった。おそらく如何なる立派な精神の発展段階に於ても、すべてが理想的な謂はば神のこころに叶ふやうな澱みない生成を遂げるといふやうなことはあるまい。必ず途中に山もあり川もあり、苦痛や汚辱や褻瀆もめずらしいものではないだらう。むしろ精神の高さは、その醜悪、卑小に対する理解の深さによって察しられるといってよい位、精神的苦痛の諸原因はむしろ偉大な豊饒を約束する肥料とも言ふべきだと思ふ。当時の僕の小賢しき政治的偽善は貧弱な、自己を韜晦するためと自分の位置を常に有利にして置くことと、他の「怖るべき子供達」に対する自衛であった。そんなことは勿論、訳のわかるものは見ぬいてゐたことだらう。

わたしは、この種の交友を他者ともったことはない。沈黙していても他者の心は相互によくわかり、どうすれば他者は慰み、どこにその悲しみがあるのかを、黙って推測し、いたわりも温りもただ沈黙のうちで了解できるといった古風なものしか、交友はなりたたない。それ以外は、交友はない。ただ現実上の必要から事務をまじえた交渉がなりたつだけである。

わたしは鮎川信夫とのわずかな交渉の期間に、〈食う〉ことも〈食われる〉ことも葛藤もない関係に終始した。またどんな作為も鮎川信夫にもたなかった。だいいちそういうおっくうなことは性にあわなかった。

鮎川は、窮乏したわたしに、ホン訳の下仕事をくれ、ホン訳料を先払いして助けてくれた。わたしの語学力は貧しいものだったから、かれにしてみれば、じぶんで訳したほうが、ずっと手間がかからず楽だったにちがいないが、嫌な顔もせずに、どうしようもなくなっていたわたしの生活をおもんぱかってくれた。鮎川はわたしとの交渉で物心両面から何も得ることはなかったはずだ。ただとっつきの悪い、すくなくともかれの「交友」の概念にはまったくひっかかってこないわたしのほうからの一方的な無愛想なつきあいを、嫌な貌もせずにやっていたにちがいない。しかし、わたしのほうは物心の両方からたくさんの恩恵をうけた。

あるとき、わたしが夜分まで入りびたって帰らなかった日に、鮎川はボクシングの試合がみたかったにちがいない。「きみお茶でも飲みに出ないか」とわたしを誘った。青山の通りのちかくの喫茶店で、コーヒーか何かを飲みながら、テレビのボクシングの試合をみていた。「ボクシングは面白いですか」、と一向に浮かない顔でわたしは訊ねた。「面白いよ、ボクシングほど舞台裏の厳しいトレーニングを必要とするスポーツはないんだ。それがよくわかるんだ。」というようなことを答えた。かれは、けっしてきみボクシングをみないかとは言わなかった。そう言えば、一緒に出ましょう、ぼくはかえりますから、とわたしはこたえるにちがいなかった。かれはボクシングをみたくて仕方のないときも、おおよそそういう心境にないわたしに「お茶でも飲みに出ないか」という表現しかつかわなかった。いまにしておもえば、これは鮎川信夫の人間関係についての厳しいトレーニングの方法のあらわれであった。

わたしが料理を作るとき

わたしは、ごく親しい知り合いから、吉本さん、料理の本を書くといいよ、と冗談半分、真面目半分にからかわれたことがある。わたしが、巧みな料理人だからでもなければ、包丁さばきがよいからでもない。病弱な妻君の代りに、ほぼ七年間くらい、毎晩喜びもなく悲しみもなく、淡淡と夕食のオカズの材料を買い出し、料理をつくり、お米をとぎ、炊《かし》ぐということを繰返してきた実績をその人がよく知っていたからである。七年間もやっていると、料理自慢の鼻もへし折れ、味の愉しみなど少しもなくなり、ただ、そこに夕方が来るから、口に押し込むものを、す早く作るのだ、という心境に達する。そして、ウーマン・リブの女たちを、一人一人殺害してやったら、どんなにいい気持だろう、などと空想するのが、料理中の愉しみのひとつである。たぶん、わたしは死ぬまで、特別の用件で出かける以外は、この料理役を繰返すことになるだろう。そして家事から解放されたり、解放されなかったりする女達を呪いつづけて死ぬことになるだろう。だから、この文章は、料理についてのわたしの遺書のようなものである。女性が、じぶんの創造した料理の味に、家族のメンバーを馴致させることができたら、その女性は、たぶん、家族を支配《リード》できるにちがいない。支配という言葉が穏当でなければ家族のメンバーから慕われ、死んだあとでも、懐かしがられるにちがいないといいかえてもよい。それ以外の方法では、どんな才色兼備でも、高給取りでも、社会的地位が高くても、優しい性格の持主でも、女性が家族から慕われることは、まず、絶対にないと思ってよい。ウーマン・リブに理解ある進歩的、あるいは革命的亭主、昔ながらの髪結いの亭主的存在、これらは、心の奥底で、かならず女性を呪っていることを、女性は忘れるべきではない。また結婚した女性が、じぶんの創造した固有な味に亭主を乗せることができていたら、性格の不一致、性的な不一致、センスの不一致、女男出入などで、どんな波瀾をむかえようと、たぶん、決定的な破局を避けることができるにちがいない。また、女性が、じぶんの創造した固有の味に、亭主を馴致できていなかったら、たぶん、その外のことで、どんな琴瑟相和していても、イデオロギーが一致していても、いつも別離の危機をはらんでいると思ったほうがいい。わたしに料理についての体験的な哲学があるとすれば、料理の種類と味というのは、ふつう、ひとびとが考えているよりも、ずっと、空恐ろしい重さをもつものだ、ということに尽きる。

わたしにとって、その料理（おかず）を作ると、ある固有な感情をよびさまされるものを二、三記してみる。

㈠　ネギ弁当

(イ)　カツ節をかく。カツ節は上等なのを、昔ながらの削り箱をつかってかく。

(ロ) ネギをできるだけ薄く輪切りにする。
(ハ) あまり深くない皿に、炊きたての御飯を盛り、(ロ)のネギを任意の量だけ、その上にふり撒き、またその上から(イ)のカツ節をかけ、グルタミン酸ソーダ類と、醤油で、少し味つけをして喰べる。

(二) ソース・じゃが芋煮つけ
(イ) じゃが芋の皮をむき、大きく切る。量は任意である。
(ロ) 油揚を二、三枚とタマネギ二、三個を細目に切る。
(ハ) (イ)のじゃが芋と(ロ)の油揚とタマネギを、深い鍋でじゃが芋が半煮えになるまで水煮する。この時少量の水しか残らないことが望ましい。
(ニ) つぎに薄いソースを可成りの量で加えて、ふたたび、じゃが芋が完全に煮えるまで、弱めの火でソース煮する。任意に皿に分けて喰べる。

(三) 白菜・にんじん・豚ロース水たき
(イ) 白菜一個または半個を輪切りにして、平たい鍋に入れる。
(ロ) にんじん大き目のもの一、二本を皮をむいて適当な長さで薄切りにして、(イ)の白菜の間に押し込むようにして仕込む。
(ハ) 豚ロースを薄く切ったものを、おなじく白菜の間に押し込むようにして、少量の食塩とグルタミン酸ソーダの類を入れて水煮する。

(二)　別に小鉢に、タマネギをすりおろしたもの、にんじんをすりおろしたもの、七味唐辛子、練り辛子、パセリのみじん切りにしたもの、ネギのみじん切りにしたものを混合して用意する。これに醤油とグルタミン酸ソーダの類を入れたものを、薬味として、水たきを喰べる。

(一)のネギ辯《ベン》は、職なく、金なく、着のみ着のまま妻君と同棲しはじめた頃、アパートの四畳半のタタミに、ビニールの風呂敷をひろげて食卓とし、よく作って喰べた。美味しく、ひっそりとして、その頃は愉しかった。

(二)のソース・じゃが芋煮つけは、子どもの頃、母親が、じつに巧みに作った。わたしは、その味の記憶を再現しようとして、何度も試みてきたが、まだ成功したためしがない。(一)と(二)は、いずれも、他者にとって一般的とは言い難いだろう。

(三)は、す早くでき、かなり美味しく、手軽で、日々の生活のところで、冬場なら誰にでもすすめられる。ようするに、料理を繰返しの条件に叶うものに限定して言えば〈料理は時間である〉という鉄則が成立つように思われる。

時間がかかる料理、それはどんなに美味しくても〈駄目〉である。ままごと料理、それも〈駄目〉である。見てくれの良い料理、それも〈駄目〉である。なぜなら、日常の繰返しの条件に耐ええないからである。料理の一回性、刹那性の見事さ、美味さ、それは専門の料理人の世界であり、かれらにまかせて、客のほうにまわればよいとおもう。

六・一五事件と私

あの戦後最大の闘争で、たたかわない「前衛」党を眼のあたりに視たならば、前衛不在の声がおこるのは当然であった。つまりそれは、日常的にもたたかっていなかったことを意味していたのだ。

安保闘争だけが闘争ではない、日常の地味な闘争のつみかさねこそが重要である、といった類いの発言をわたしは信じない。ひとはいつも日常ほりつづけていた方法によってしか大闘争をたたかえないからである。

ところで、マス・コミによってテレビ・ドラマやミュージカルスに身をいれることに政治的な意味があるかのように錯覚していたため、闘争をぽかんと見送っていたある日共文学者は、前衛不在の声がいささか軽薄なオポチュニストの口の端にまでのぼるようになったのに業を煮やして、おれは前衛不在などということを信じない、おれの所属する政党にはシラミが三匹たかっているが、おまえたちには二匹しかたかっていないではないかといった類いの珍妙な反駁をやっていた。そして、これは現在の思想的情況のなかで教訓的な発言だなどと追従する文学者まであらわれる始末である。

わたしは、この間、擬制的なもの一切の有用性はこの闘争をもっておわったと総括した。ただし、擬制的なものの終焉は、他人目にはにぎやかな繁栄とうつるかもしれないと付けくわえることも忘れなかったつもりである。

しかし、現在のように、亡霊の声があまりに高く、あの闘争の余波を全身に浴びていま必死の思想的模索をつづけているものたちの声が、波の下に沈んでいるのをみると、時々ふと、なにもかも変らなかったのではないかという疑念におそわれることがある。せめて、わたしは賑やかな声をあげている亡霊を死体として病理的にあつかうことで満足しなければならないのだろうか。亡霊もまた自己の解体を認識せずに、人間の形をたもつことを欲しているからである。

ところで、本紙（「週刊読書人」昭和三十六年十一月十三日号）に「現代芸術運動裁断」をかいている花田清輝など、さしづめ小児病と若干の被害妄想とを併発しているのではあるまいか。被害妄想のほうはこういってやれば治癒する。あなたは楠正成などに自分をなぞらえる必要はない。平和なマス・コミで映画批評やテレビ・ドラマやミュージカルをかいている芸術家は、たとえどんなことをかこうとも討死する気づかいはないし、また、かつてみずからの組織の擬制を否定したこともない芸術家を、政治家が血祭りにあげる気づかいもないからと。

だが、小児病のほうは、芸術プロパーの場へ転地療養するほかにほとんど治癒が不可能なのではないか、とおもえるほど根ぶかいのである。それは、自覚症状がないし、神話のなかに呼吸してきたものの根柢的な症状だからである。わたしは、小児病のもっとも鋭敏な反応薬らしく、その思想的痙攣は花田清輝のばあいも、わたしについて、もっともよくあらわれている。

「かれ（針生一郎―註）は、安保でつかまって、お世話になりました、と警察に頭を下げて留置場を出てきた吉本隆明などと、なんらえらぶところのない意気地なしのようにみえます。代々木にたいして強い人物が、『芸術新潮』や桜田門にたいして弱いのでは、おはなしになりません。」

この浅はかさ、現実的な闘争過程をしらない空想的小児病質、政治的屑にふさわしいデマゴーグ振りに愛想をつかしてばかりはおられない。地方在住の知人の話では六・一五闘争は帝国主義者の手先、権力の手先の陰謀であった、なぜなら彼等は警視庁へ逃げこんだからというデマが、日共の下部にまことしやかに流布されているそうである。

たとえば、路上で巡査に道をたずねて、「どうも有難うございました」とあいさつしたところを、こういう小児病患者が目撃していたとすれば、奴は警察に頭をさげた意気地なしだとか、警察の手先だったとかいうことになるのだが、わたしは憮然としてこういう患者を政治の場から隔離する方法とたたかいについて思いをめぐらさないわけにはいかないのである。

花田の文章の拠点は、週刊『コウロン』（昭和三十五年七月五日号）の金子鉄磨君のかいた記事「全学連主流派のブレーン」であるとおもえる。金子君は好意的な配慮をこめてかいている。

「残留組の署員たちは警察口調で、多子《さわこ》ちゃんを抱いた吉本氏に『良かった。おめでとう』と言葉をかけた。『どうもお世話になりました』と答える物腰はどう見ても闘士ではない。国鉄あたりに長年つとめた職員といった様子。」

記憶にあやまりなければ、これは事実にたいする金子君のやむをえない誤認である。こういう挨拶をかわしたのは、留置場内の同房のサギ師君や小盗君たちと一回、釈放されて階段を出口の方へ下りながら、出合い頭に取調べでなじみになった公安主任と一回である。友人諸君（奥野健男、橋川文三、週刊『コウロン』記者金子君、わたしの妻子もいた）と一緒に階段を下りながら「やあ、どうもお世話になりました」、「やあ、よかったね、お目でとう」てなのんびりした挨拶をかわして擦れちがったとしたら、わたしとわが敵君のしゃくしゃくたる余裕を語る以外の何ものでもないことは自明ではないか。わたしが、ほんとうに「頭を下げ」たのなら、戦争中、右翼に「頭を下げ」てお詫びの文章をかいた花田清輝のように、友人、記者のまえでは偉そうにしてみせるだろう。

さて、六・一五におけるわたしのタイホ理由は「建造物侵入現行犯」であり、その建造物は警視庁そのものである。

おなじく警視庁内でタイホされた三十数人の学生と写真をとられているあいだに、わたしは取調べにのぞむじぶんの方針を判断した。そこで第一夜、姓名だけ名のり、住所、職業その他を黙否した。一夜かえらぬことで、家人が他に累を及ぼさぬ配慮をするにちがいないとかんがえたからだ。

第二日、はじめて住所、職業をあかした。わたしの調書にたいする方針は、一、わたしがあくまでも単独行動であるという線をまもること。二、新事実が取調べ側から立証されたときは、単独行動であるという線が守られるかぎり（つまり他に累を及ぼさぬかぎり）小出しに認めること（自分からは出さぬこと）。三、行動組織及び他に累が及ぶにいたる線では、完全に黙否すること。こういう線をこころに決めたわたしは、いささかスリルを覚えながら、まったく、スリルのある調書を与えた。

はじめの調書は、第三日目（と記憶する）、わたしが国会内集会で演説したという新事実をつかんだ取調べ側によってくつがえされた。それは公知の事実であるため認めることにし、わたしが南門のなかへはいっていくと、顔見知りがいたらしく指名をうけて喋言ったということで、第二のスリルある調書がつくられた。

わたしは、きわめて冷静に余裕をもってじぶんの方針を貫いた。（警官君はお茶も運んでくれたし、世間話もしましたよ、花田さん）。わたしも敵君もちょっと緊張したのは、いわゆる「騒乱罪」が適用されるか否かが方針として登場したときだけで、そのときわたしの演説内容に「行動目的を示唆」する点があったかどうかが問題になったが、わたしは左様な事実なしとつっぱねた。しかし、「騒乱罪」方針自体が立消えたためこのもんだいは消滅した。

さて、わたしの罪状のもんだいに入る。第一、「建造物侵入現行犯」。検事取調べで問題になったのは、「建造物（警視庁）へ侵入した際、他人の住居に入るのだという意識があったかどうか」であった。わたしは、警官隊の棍棒に追われ、追付かれたものは力いっぱい殴打されている、塀をのりこえるほかに生命を全うして逃げる路がなかったから、不作為であり、そこがどこの塀かも意識しなかったと主張した。

第二、「国会南門内集会」。この第三日目にわかった新事実では、「南門内に入ったとき何人かから阻止されたか否か」が検事調書の中心となった。わたしは、何人からも阻止されずに南門内へ入ったから（精神的にはやや離れた門外でピケを張っていた日共行動隊から阻止されたが）、建造物侵入ではないと主張した。

さて、わたしが自ら最上の方針とかんがえた方法をもって臨んだ取調べの要点はこれですべてである。わたしは、起訴されるどんな理由も先験的にはもっていなかったので、この方針を最上と判断した。もちろん、起訴するかどうかは敵君の問題でわたしの関知するところではない。取調べ検事は、お名前は、というわたしの問いに答えて「地検の増山です」と名乗っていた。花田清輝に興味があったら、ひとつわたしが「頭を下げ」たかどうか訊ねてみたらよかろう。

わたしにしてみれば、「やあ、お世話になりました」という余裕もあれば、「お元気で」という余裕もあったし、また、わが親愛なる敵君も「お目でとう」とか「よかったね」という余裕があったことはいうまでもない。

わたしは、どんな譲歩も、どんな他への不利益も行なってないし、わたしの行動組織について完全に黙否してきている。つまり、わたしは「代々木にたいして強く」なる権利も、花田清輝のような転向戦前派とたたかう権利も完全に保有しているというわけだ。

検事が取調べ中、「建造物」というのが、警視庁であるか、住宅であるかは問題ではない、ただ他人の住居という点だけが問題なのだというのをきいて、なるほど法律というのはそういうものかといいささか認識を新たにした。ところが、出所したあと、警視庁へ逃げこんだなどという諷刺詩を月刊娯楽雑誌『現代芸術』にかいているのをみて、花田清輝というのは、つくづく現実のリアリティに斬込むことのできないつまらぬ芸術家だなあという感想を禁じえなかった。わたしの六・一五体験とこの詩をひきくらべて、芸術家、思想家としてのこの人の秘密が判るような気がしたのである。もちろん、その人格にいたっては、検事以下の屑だとおもわないわけにはいかなかった。壺井繁治にしてもおなじだ。

ところで、わたしは、このささやかな症候から何をひきだせばよいのだろうか？　芸術におけるコミュニケーションの本質をしらない誤った芸術理論を信心しているため、マス・コミの影響力を過信し、みずからもしらずしらず変革するつもりのマス・コミが流布する映像にしてやられているひとつの例をひきだすべきだろうか？　それとも、大衆のうちにマス・コミから追いつめられ疎外されて存在するディス・コミュニケーションの意識を視ない誤った組織論によって、大衆的動向と屈伸性のある関係をむすぴえなくなった閉鎖集団のなかで、どうしようもないほど変質してしまったコミュニケーションの方法をつかみとるべきであろうか？

　おそらく、わたしたちの当面しているのはおなじひとつの根にある何ものかである。いまのわたしには、ひとりのつまらぬ芸術家を指弾する興味はないし、組織のなかで個性がみがかれるなどという馬鹿気たこと（いつでも生活の現実過程によってしか個性はみがかれない）を過信しているため、ちっぽけな仲間意識のパーソナルな煽動文しかかけなくなってしまった人物などになんの関心もない。

　わたしたちが当面しているのは、依然として小児病発生の根源を思想的に課題とすることであり、芸術の運動と組織とを病根からべつな形でかんがえることではないのか。

頽廃への誘い

過渡期というものはしばしば言い難いことが起るものである。頽廃が革命的言辞のうちに進行し、珠玉のような言葉は、流布されることを嫌い、一般性を郤けて、現実の底へ底へと沈んでしまう。そして凡庸な政治運動家も、優れた政治運動家も、それぞれ別々な意味でこの過渡期の力学とは無縁である。一方はまったくの思想的な盲目によって無縁であり、一方はそれを当然の基盤とかんがえるが故に無縁なのだ。いまわたしたちのあいだで、革命的前衛があらわれ、基幹産業労働者にその拠点を獲取するならば、経済的・政治的な危機において革命は成遂するなどと繰言をいっているものたちは、うたがいもなく凡庸な政治運動家の一群である。それらが死組織として転落するよりほかはないことは、過渡期のいわば力学的な必然なのだ。

安保闘争後、一年間にわたしたちが体験した政治情況と思想情況は、まさに深刻な過渡期の様相であった。まずそこで、安保闘争による躍進を謳歌したのは、たたかわざる前衛党であった。そして、たたかわざる前衛党の躍進を危惧し、焦躁にかられてプロレタリア党をつくれなどと名告りでたのもその代同物であった。烏合の衆はどれだけ集まっても烏合の衆である。他人の死臭を嗅ぎわけ、屍体を喰いちらすことしかできはしない。わたしたちは、これらの浅薄な政治劇と、それに随伴するインテリゲンチャの狂騒にたいしては、深刻な過渡期の力学を対置させなければならぬ。

しかし、いずれにせよ老いた頽廃は、自発的に死滅する。若い世代にあらわれた頽廃にたいしてメスを入れなければならない。そのひとつは安保闘争が急進インテリゲンチャ運動のブランキズムによって主導され、労働者運動を媒介しえなかったことが欠陥だと主張し、硬直した既成前衛党にたいして現象的に反スターリニズムを対置し、国際資本主義にたいし反帝を対置し、プロレタリア党をつくらねばならないという形をとって出現した。そして若いに似合わずすでにイデオロギイ環のなかに閉じこめられる部分は拡大していった。ここでは、急進インテリゲンチャ運動などは何べんやってもいいし、何べんでもやらざるを得ないのだという発想は皆無であったし、労働者の運動は現在内実は政治闘争をたたかえないほど後退しているのだという認識もなかった。そこにはプチ・インテリゲンチャに特有の労働者物神化と、硬直したモラリズムの裏がえしである策謀と、イデオロギイ宗教化とが位を占めていた。また、白髪の爺さんになるまではプロレタリア党をつくれと言いつづけねばならないという透徹した情勢判断もなかったのである。一労働者として企業に入り、しずかに確実に生涯の事業として運動をつづけようというような落着いた勇気もなかった。ただ、昨日学習した書物の言葉が今日主張され、昨日論議された結論は今日スローガンとなってあらわれているにすぎなかった。これが革命的マルクス主義の名において若い世代に行われている頽廃の例である。過渡期の波濤はこれらの頽廃に根こそぎの変革をうながすか、みずから硬直して死組織にはいる以外にはないのだ。

この一年のあいだに安保闘争後の局面について、わたしなどの判断を上廻ったとおもえることがある。それは敗北の打撃が予想外に深く広範にひろがったことをかんがえあわせて、やはりこの闘争が戦後史を劃するものであり、権力とのたたかいにおいてふり搾られた最上の力によっておこなわれたことを納得せざるをえなくなったということである。

わたしは、いちども安保闘争を勝利とかんがえたことはなかったが、その敗北の深度においてこれほど決定的であったとはかんがえなかった。プチブル・ブランキズムだから敗れたのではない。それ以外ではあり得ない必然によって敗れたのだ。学生運動のかわりに労働運動が主線に登場し、共産主義者同盟のかわりに革共同全国委が登場しても現情況ではどのような勝ち方もできないことは明瞭である。

この痛覚は、すでに一年まえに要求されていたにもかかわらず、安保闘争後一年のあいだに登場した諸勢力は、ただ組織エゴイズムをうりものにした葬儀屋にしかすぎなかった。今日、権力に抗する全勢力の頽廃を決定的に進行させ、その在り方を否定的にえぐり出すかわりに、自派勢力の拡大をしか志さなかった。それは、自らを楽天的な死組織の列に加える葬列にほかならないことを証明したのである。

わたしたちは、絶対的な力量において現在、権力に拮抗するだけの力をもたないということを憂慮し、あわてふためく必要はない。なぜならばそのばあい責任はひとりひとりの肩にかかり、既に情勢は成るようにしか成らないからだ。

しかし、このような情況において、楽天的な戦略談義に花を咲かせている組織や勢力の頽廃は正視するにしのびないものがある。過日、わたしはある学生とひとつの問答をやった。

「あなたはこの一年学生とはつき合わんそうですがほんとですかね。」

「ほんとだね。」

「なぜ。」

「馬鹿馬鹿しいからさ。きみたちはおれをあのけがらわしい進歩的文化人のひとりだとおもっている。おれはきみたちを労働者もしらず、まして労働運動もしらないし、涙といっしょにパンを呑み下した生活も体験しないプチ・インテリだとおもっている。こんな軽蔑しあった付き合いは頽廃だからな。」

「イデオロギイの一致さえあれば政治的な共闘はできますよ。」

「そのイデオロギイというのが問題ですよ。きみたちは何しろ組織の機関紙であたりかまわぬマルクス主義のオサライ論文をかく神経の持主だからね。性に合わんです。きみたちには黒田寛一のプチ・インテリ的スコラ哲学くらいが分相応だよ。」

「じゃあ、なぜ去年は共産主義者同盟と共闘したんですか。共産主義者同盟は理論的な雑輩で、黒田哲学と対馬ソ連論と宇野経済学とハッタリとの混血ですぜ。」

「ちえっ、ハッタリは革共同全国委もおなじさ。じぶんでは何ひとつ創造しようとしないで匿名で大口をたたいている学生がいるじゃないか。黒田哲学なんてのも三浦哲学のエピゴーネンだぜ。宇野経済学！　あの象牙の論理。対馬ソ連論ての は閑人の閑論さ。かれは戦争中、自らにがい目にあってきているのに、どうして日本論、日本革命論を執念をもって追及するかわりにソ連論など追及したんだ。戦争を知らない学生とはちがうんだ。

去年共産主義者同盟と共闘したのは、そこに新しい思想感覚をみたからだ。日本の現代史がはじめて産みおとしたものの影をみたからだ。日本の太平洋戦争はマルクス主義の転向を生んだ。これらの転向者は、その体験を思想的に構築することによって、いいかえればマルクス主義の土着の可能性に方向を与えることによってしか、戦後存在の価値はないはずなのだ。

ところで、日本の戦争そのものが生みおとしたおれたちの課題はなにか。それは反動的思想の体験を否定的に媒介するという逆方向から日本論、日本革命論をやることしかないし、それをやってきたさ。その結論の果てには、どうしても共産主義者同盟のような幻があらわれねばならないはずなのだ。これが、昨年共闘したモチーフさ。おれは革命的マルクス主義者だなどと自称したっておれたちは全く信用しない。吹けば飛んじゃった連中が何をやったか戦争中さんざん見てきたからね。」

「あなたの推賞する共産主義者同盟も、じぶんのプチブル急進主義を自己批判して、革命的マルクス主義者の組織、革共同全国委に同調してきましたぜ。」

「へえ、そうだとしたらとんだ買い被りだったよ。〈革命的マルクス主義〉なんてのは、福本イズムの興隆と衰退によって歴史的に戦争中完全に破産していますよ。今日の日共老世代は破産した〈革命的マルクス主義〉の居直った姿さ。革・革・革命的マルクス主義くらいがでてくるはずですよ。何かね、あの革共同全国委というのは。屑拾いみたいなけちなまねをしやがって。革は挫折し、革・革が挫折し、革・革・革が幻《まぼろし》のすがたさ。」

ここまでかいたところで政暴法反対闘争で学生デモと警官隊との衝突がつたえられた。知人から電話がかかってきた。

「昨夜の衝突では警官側は高姿勢なようですよ。今日、午後一時から政暴法反対の中央集会があるはずですが、出掛けませんか。」

「よしましょう。昼寝をしますよ。」

そうこたえて、あとに無限の独白がつづくのである。安保闘争はいわば大坂冬の陣であった。外濠は埋められた。つぎに「国家安康」の鐘に因縁をつけて政暴法を強行採決してきたとしても、内濠だけでたたかって勝てないことはわかりきっている。安保闘争を敗北とかんがえることのできたものが、必敗の情勢をよく認知しているだろう。そしてこんどもよく闘うのは敗北をしっているものなのだ。敗北につぐ敗北の道をひたばしりに走りつづけるところにしか革・革・革の幻はあらわれないのではなかろうか。

ところで、安保闘争を勝利とかんがえたものたちは、政暴法闘争でも「勝利」するだろうし、つぎに何々闘争でも「勝利」するだろう。そしてその果てには徹底他力、組織物神、自己覚醒の放棄、官僚的屑の幻しかあらわれるはずがないのだ。敗北を知りながらたたかわなければならないときは必ずあるものだ。そのことはたんなる決断のもんだい以外の何も意味しはしない。しかし、一度、敗北した方法で、二度敗北することはだれにも許されないのである。「出掛けませんか。」、「よしましょう、昼寝をしますよ。」

いま、わたしたちに必要なのは敗北の認知を普遍化することである。勝った勝ったという大本営発表式の論理が、支配者の論理とドレイの論理との和解によって成立するものであることをはっきり眼の前につきつけられるまで、徹底的に頽廃は進行しなければならぬ。日本共産党、日本社会党、経験至上主義の労働ボス、進歩的インテリゲンチャ……これらからオプティミズムの影を根こそぎ取りはらい、もはやおちるところがないまで転落させるよりほか道がないのである。

ところで、ここに「革命的マルクス主義者」と称するものたちがいる。ただ鈍い頭脳にマルクス主義文献をつめこんだだけで何も取柄はないのだが、これらの頭脳に像を結んだ「革命的マルクス主義」を、革・革・革命的に変革しなければ、永久に、基幹産業労働者に組織的な基礎をもつプロレタリア党をつくらなければ革命できないという図式から逃れられないだろう。この図式には「何を」という革と、「如何なる現実で」という革がまったく欠けているのである。歴史的な現実過程から出発するのではなく、自己の脳髄の理解力から出発する。したがって「革命的マルクス主義者」たちは、政治屑的なゴシップ、うわさ話、プチ・インテリゲンチャ的愁嘆場の濁った空気を吸いながら、硬直したよそゆきの組織論を作るという矛盾しか呈示できないのである。

「あなたは随分えらそうなことをおっしゃるが、あなたの組織論てのはどういう骨格をもっているんですかね。きかせてもらいたいですね。」

「すくなくとも前衛があって労働者運動に拠点を獲取すれば、プロレタリア革命ができるなどという白々しいことは口にしないさ。レーニンをよめば文盲でないかぎり、そんなことはかいてあるからな。さしあたって疑え、すべてを疑えというスローガンでもってレーニンの組織論を現実の波濤のなかに沈没させるのが理想だとおもう。そうはいっても、レーニン全集をよむ奴もよんで改めて感動し、宗教的に信仰する奴もあとをたたないだろう。サラリーマンになり投資信託でマネー・ビルという青年があとをたたないようにね。だから信ずべからざる忍耐がいやになったら、沈黙して言わないよりほかない。きみは、いまの時代をどんな時代だとおもっているのかね。日本の現状勢はどう評価できるのかね。」

「変革期だとおもってますよ。おおざっぱに革命前夜ですね。」

「冗談だろう。再々いうとおり深刻な過渡期だろうさ。われわれはどんな敗け方の自由ももっているわけだが、口でやれ人民民主主義革命だ、プロレタリア革命だ、構造改革だ、市民民主主義革命だなどと遊び言を喋りちらしながら敗けるようなみっともないことは、おれはごめんだね。ドスの利いた敗けかたしかしたくないね。だから、組織論としていえることは、自立組織が各種各様にある求心的な運動をつづけ、脈絡をつけては、核のほうこうへ繰込み、また脈絡をルーズにして各種各様の自立的な運動をつづけながら徐々に結晶してゆくよりほかなかろうさ。大衆組織ではもの足りなくなった自立集団があってどうしてもやりきれなくなったら、中衛組織くらいにしぼってみればいいさ。それで爪先き立ちで無理だということがわかったら、もとの大衆組織に戻ればよい。中衛でもものたりなかったら前衛的結晶をやってみて、無理ならもとに戻ればいいさ。」

「われわれのような『革命的マルクス主義者』は、そんな生ぬるいことには満足できないから既成前衛を打倒して唯一のプロレタリア党を目指すほかないわけだ。」

「そんなことをいって既成前衛と密通しそうなのは、『革命的マルクス主義者』だぜ。相似形はただ左右に移動さえすれば一致するからな。どんな意味でも大人である日本の労働者が、きみたちの『革命的マルクス主義』などに喰いついてくるわけがないじゃないか。喰いついてくるのは、同類だけだ。日本の労働者運動はね、きみたちが物神化するほど立派なものじゃない。まず、進歩的労働運動家に疎外され、そしてこの労働運動家が、かつて産業報国会運動のファッショ的指導者であったという意味で二重に疎外されている。そして日本の労働者は戦争下には天皇の絶対指令に黙々と服従し、戦後は既成党の方針に黙々と服従してきたという意味で、ドレイの体験を二重化している。いわば、いずれも前科二犯だ。どうして、いかにしてこれらの日本の労働者が階級として自立的に立ち上がる姿を幻《まぼろし》にえがくことができるのかね。こういうことに絶望したこともない奴が『革命的マルクス主義』だとは嗤わせるじゃあないか。

戦後最大の闘争といわれた安保闘争のなかで、おれは労働者運動の自立した姿、未来を予見させる幻をいちどでも、片鱗でもいい見たいとおもったが、無駄であった。ただ牛にひかれて善光寺詣りという姿をみただけだ。

何もしないで、絶望ばかりふりまくなどといわないでもらいたい。無智がさかえたためしはない。すくなくとも経験だけはおれのほうが労働者や労働者運動を知っているからな。絶望の根はもう十何年前からあるさ。」

「しかし、現に日本共産党は相対的に強大な勢力として存在し、日本社会党は大衆政党として労働運動に勢力を張っているわけだ。これらの存在を現実に否定できないで、しかも別途をたてようとすれば、どうしても反帝・反スタ・プロレタリア党をつくれという課題に集中せざるをえないでしょう。それ以外の方向は、すべて結果的に既成前衛を利することになる。あなたもそうだ。」

「なるほど、一見するといかにももっともらしくきこえる。しかし、きみとおれとでは既成前衛を否定するといっても、否定の深さがちがうし、モチーフが根本的にちがうさ。きみたちは、既成前衛が官僚主義的に堕落し右翼化している、その根源はさかのぼれば一九三〇年代以後の国際官僚スターリニズムとその従属者日共にあるという認識にたっている。だから反帝、反スターリニズムの前衛党をつくれなどという。スターリニズムの代りにトロツキズムを、さかのぼってレーニズムを、さらにさかのぼってマルクスをというように遡行する。しかしわたしのかんがえはまるでちがう。現にわたしたちのまえに前科二犯の前衛と大衆がいる。第一犯目も第二犯目もともに手に血をまみれさせてきた現実的過程である。この根源と切開の方法はどこにあるかをまずたずねる。わたしはいままでおもに第二犯目のプロセスを追及してきた。これはわたし自身にとっては十代後期の体験的もんだいだ。この否定のモチーフからは反帝・反スタ・プロレタリア党をつくれなどというスローガンは唐人の寝言以外の意味をもたない。

きみたちは日共が強大になるかもしれない、スターリニストに革命をやられてはかなわないと危惧する。まるで自分自身の鏡をみて危惧しているのも知らないでね。しかし、わたしには日共が革命をやるなどとは全くナンセンスだからその強大を危惧することも皆無である。この意味でわたしは全マルクス主義者（じつは「マルクス主義」主義者）とまったく見解を異にする。日共によって革命がおこなわれる可能性は百パーセント存在しない。これは先験的とかんがえてもよい歴史的宿命である。だから、日共のたんなるアンチ・テーゼによって革命がおこなわれる可能性は百パーセントない。つまり、反帝・反スタ組織によってね。これは明快な論理の帰結だし、現実過程の証明でもある。今日、構造的改良派から反帝反スタ派までを支配している理論の白々しさ、無思想性の根底はここにある。

わたしの思想は構造的改良派よりもきみたちのいう意味では右で竹内好や丸山真男に親近するし、またきみたちのいう意味では、反帝・反スタ・プロレタリア党をつくる連中よりは左だ。いやようするに、きみたちのようにマルクス主義にはスターリニズムとトロツキズムがあり、その領域に右翼ソフト・スターリニズムから左翼ハード・スターリニズムや、トロツキイ・ドグマ主義までがあり、それ以外は社会民主主義者やプチブル思想しかいないなどとおもっている奴は駄目さ。問題外の外だ。」

「あなたは、政治イデオロギイと思想とを混同しているのだ。あなたのいいかたはただ混沌を混沌にかえすだけで、明瞭な実践的指針などは、そんなものでは創れない。政治的実践は、おまえは既成の前衛に対決し、これにかわる政治的前衛たれ、そうでないものは去れというほかはないのだ。」

「いよいよきみたちとの対話も大詰めにきたな。だからきみたちを前衛患者というのだ。きみたちにとっては、労働者階級の根幹に基盤をもった政治的前衛なくして革命なしという命題は、先験的範疇にまで病化している。しかし、わたしにいわせれば、それは、高々原理的な（現実的なではない）真理にしかすぎない。だから、前衛患者だとか、前衛などやめてサラリーマンになったらどうかなどという半畳が入るのだ。

きみたちは、わたしがただ否定し破壊的な言辞をふりまき、現在の政治・思想情況を混沌とかきまぜているとおもうかもしれない。しかし、わたしには、それが唯一の現在の建設だという確信がある。わたしたちの現代史の近々三〇年の経過は、先験的範疇にまで病化した政治的前衛が、その舌の根もかわかないうちに崩壊したことをおしえている。いや崩壊したばかりではなく、逆に支配権力の政治的走狗の前衛として蘇生したことを教えている。これは現実の出来事であって、疑うにも疑いようがないのである。きみたちの血のなかにもその素質は混入しているさ。つまり遺伝さ。わたしたちが、実践的に現実とかかわるということは、いわばこの混入した素質の遺伝と意義のうちとそとでたたかうことを包括するものだ。きみたちは、きみたち自身と歴史的にたたかったことはない。これはいいかえれば、現実をかえるために、現実的にたたかったことはないということを意味している。ただ、頭脳の理解から入り事象に吠えかかっているだけにすぎないのだ。」

わたしたちは、いまたえずふた色の危機にさらされて佇っている。ひとつは、わたしが混沌と呼ぶ過渡期の思想、すべての既成の価値は否定されうたがわれながら、あらたな規範は形成されない情況――これらを細分化し稠密にふりわけて、粉々に砕いてある整序にゆきつきたいという欲望である。この欲望はわたしたちにすでにどうすることもできなくなっている客観的情勢の相を鏡にうつすように教えるとともに、その必然的な結果として絶望へ誘う。もうひとつの危機は、混沌を一挙にふりさばいて顔を出せば、まさに今日の現実に、その変革に出られるという錯誤である。かれはたかだか事象の面に顔を出し、やれ、人民民主革命だとか、構造的改良だとか、反帝・反スタ・プロレタリア革命だとか、ようするに今日の現実においては、言っても言わなくてもおなじ空言をもてあそぶことができるにすぎないにもかかわらず、事象への反応の連鎖から未来がひらけるというはてしない楽天にみちびかれる。この楽天は、歴史はかならずなるようになるというのと同義であるから、今日のインテリゲンチャの主観の情況を救済するが、かれら自身のほかには何ものをも変えることができないのである。

　このようにして、わたしたちのまえには、ふた色の頽廃が進行している。これらは、いわば必然性をもって出現した頽廃であるから、ただ必然性をもって、やがて影をひそめるであろう。わたしたちが、自己権力を組織化し、その組織化が、労働者の階級的組織の課題をひきだし、それに席をゆずるという現実過程がおこなわれるためには、もろもろの党派的な楽天主義者たちが思想的に死滅し、わたしたち総体の努力によってかならず止揚されなければならない。まず、なによりも必要なことは、頽廃が進行することであり、進行させることである。頽廃者が自らを革命的マルクス主義者と称しようと、新左翼と称しようと、正統派と称しようとそんなことは何のかかわりもないことだ。

「なんだ、結局全否定のくりかえしか。おれたちが、あなたにもとめるのは昼寝か、そうでなければ、具体的な革命のプログラムの提出だ。そんな非生産的な繰言はききたくもない。」

「冗談をいっちゃいけない。昼寝はすくなくともゼロだ。全否定はプラスだ。やれ、人民民主主義革命だ、構造的改良だ、反帝・反スタ・プロレタリア党をつくれなどといっているのはマイナスだ。こういう理論的な確信がなければ、昼寝もおちおちしていられないさ。まして、わざわざ否定をやってのける親切心もわかないさ。

　それよりも、わたしたちは自問自答してみる必要がある。おまえは、現在のこの情勢のうちにあって、独りで被支配階級の本質を負って立つことができる自己前衛として、猫の首に鈴をつけにゆく科学的な確信を所有しているか？　ということをね。いますぐ、答えられなくてもいいさ。

自問自答を果てしなくつづけさえすればね。現実は、やがてすべての反支配大衆にそのこたえを強制するかもしれない。匿名で、おまえはプロレタリアートの立場に立たないからプチブルだなどという吹けばとぶような理論的気焔をあげたり、じぶんが小者だということを狡猾に利用して、日共に所属しながら、反日共の革命的マルクス主義者とやらにおべんちゃらをつかって、わが身はどっちへ転んでも前衛だなどとやに下っているようにはいかないさ。

正直いって、安保闘争では大衆のひとりとしてどんな大衆行動でもやる覚悟だったが、こんな闘争で死んでたまるかという意識はたえず頭にちらついていた。六月十五日の国会内のもみ合いの最中にもね。つまり死ぬ覚悟はなかった。

そこで、あとになって考えてみた。十五歳から二十歳までのあいだ太平洋戦争中、わたしはひとかどの文学青年だったが、この戦争で死んでもいいとおもっていたし、またそれは平気であった。すると、わたしは、戦後十五年のあいだに生活的な執着をふやし、駄目になったのだろうか、それとも、思想の年輪をまし成熟したのだろうか、ということをね。そこで、わたしのなかに、ふたすじの感慨がわいた。ひとつは、戦争中のわたしは、人間とは何か、生きるとは何かということをまるで知らなかったといってもいいということだ。それだけに決断明晰があった。ことわっておくがこれは、良い悪いという倫理的なもんだいではない。事実のもんだいである。もちろん、その当時も、自分の考えていることは一人前だとはおもっていたにもかかわらず、一人前というのは、だんだん質も量もちがってくるものだということをしった。もうひとつの答えは、やはり、死の認識、死をうけいれることができるかどうかが、思想の尻尾にたえずくっついて、何だかだといっても、生命知らずが強いということが、思想をしめくくるのは、まちがいではなかろうかということだ。死は不慮の交通事故によってもおとずれるし、権力とのたたかいによっても偶発されるかもしれない。これは、生活—現実の面でおとずれる。思想は観念のなかで現実にはいる。おおざっぱにいえばべつべつのことだ。

レーニンの亜流たちは、レーニンにおいて必至であり必死であった組織論を形骸だけうけとる。そして前衛の名をかりた頽廃者をつくり出した。『禍害なるかな、偽善なる学者、パリサイ人よ、汝らは一人の改宗者を得んために海陸を経めぐり、既に得れば、之を己に倍したるゲヘナの子となすなり。』という奴だ。前衛なんてやつより、たたかいに死んだ大衆のほうが優れているのだ。レーニンよりも、ロシア革命で死んだ大衆のほうが偉いのだ。指導者や前衛などというものは、嫌だ嫌だとおもいながら仕方なしに必然に成るよりほかに救いようはないのだ。資本主義の権力者は私的利欲のうちに必然的に成立し、革命の前衛は嫌だ嫌だのうちに仕方なしに成立する。これが前衛の心情的基礎と大衆の関係だ。

もしも、大衆が、とりわけて労働者がかれの全生涯の重さを、自己意識としてとり出すことができれば、じぶんを特殊者とかんがえているつまらぬ前衛患者はけしとんでしまうだろう。そこで、太平洋戦争期と戦後十五年を経たいまのわたしとのあいだにおこなわれた変化は、駄目になったということでもあり、また成熟したということでもあるといえるが、その自問自答は、じぶんの全生涯の重さを、自己意識とし自己権力としてとりだすことができるかどうかということに帰着する。」

「あなたのいうことは依然として寝言だ。政治過程というものは、そんな空想的なことではない。かれを棒でなぐり倒すという実践だ。科学的な理論によって導かれたところのね。」

「どうせそんなことになるだろうよ。もしもそれが可能な時代がきたらね。わたしの問題にしているのはそんなことではない。きみたちの棒では石の壁はなぐり倒せるかといっているのだ。棒はどこから如何にしてつくりだすのか。全生涯の重さを、自己意識としてとりだすことによってだということだ。モザイクの棒を、ずっしりした重みにみせようとするとざらにいる革命的マルクス主義者になるほかはないぜ。きみたちとわたしとは『何をなすべきか』において訣別する。レーニンの『何をなすべきか』の読み方もまるでちがうが、現在の日本の情勢において何をなすべきかもちがう。十年後のことは愚かだから問うまい。」

「結局、並行線か。」

わたしの問答は、ここで終らなければならぬ。わたしは、現にわたしが存在している現実的な場所にかえる。そして、わたしの対話者も、まさにその固有の現実的な場所にかえらなければならない。わたしと対話者のあいだに共通の現実性があるとすれば、今日膨大にふくれあがった独占資本のもとで虫のように生き、虫のように愉しみ、虫のように愛憎し、虫のように噛みつき、といった生活に馴れきってはいないし、馴らされてはいないということだけだ。そのことがわたしたちが耐えてきた責任と今後耐えなければならない責任の証しである。

敗北の構造

只今、ご紹介にあずかりました吉本です。今日は、ひとつ「敗北の構造」ということで、お話したいとおもいます。あんまり景気のいい話じゃないので、がっかりでしょうけれども、只今、ぼくが仕事としてやっていることがそういうことだもんですから、まあそういうことでやりたいと思います。

ぼくがやっているのは現代の敗北ということじゃなくて、大変大昔の敗北ということなんです。皆さんのほうではそういうことはあんまり厳密でないかもしれないですけれども、日本の統一国家というものが成立した時期を千数百年前というふうに考えまして、千数百年前以前に、まあ小さな島ですけれども、小さな島に人間がいなかったかというと、そういうことでないので、そこではやはり、わかりやすくいうと、現代のなになに郡というようなくらいの大きさ程度の国家というものが、群立状態で存在したというふうにいうことができます。われわれが普通、日本民族という場合には、統一国家が成立した以降の、いわば文化的、あるいは言語的に統一性をもった、そういうものを想定しているわけですけれども、しかし、日本民族という場合と、日本人という場合とはまるでちがうので、日本人という場合には、すでに日本国家成立以前に、群立した多数の国家が存在していたというふうに考えることができます。

そこで、天皇制権力が、その群立していた国家を、武力的にあるいは国家的に制圧して統一国家というものを成立させたわけです。その場合の天皇制権力、あるいは天皇制部族、あるいは種族かしりませんけれども、そういうものはどこの出身だということは、全く現在でもはっきり判りません。朝鮮から、つまり大陸から朝鮮を経由してきたというふうな説もありますし、あるいは、南朝鮮と文化的には近縁関係にあった北九州における豪族が、だんだん中央に進出してきて統一国家を成立せしめたというような考え方もあります。またそれとは別に畿内、つまり現在の京都とか奈良とか大阪とかですけれども、畿内における豪族が、勢力を拡張して統一国家を成立せしめたというような考え方もあります。いずれにしても決定的な考え方というのはないわけで、その三つのうちどれかに該当するでしょうけれども、素姓がわからない勢力が、とにかく統一国家を成立せしめたわけです。しかし、わたしたちが日本人という概念を使う場合には、それをちっとも指していないのであって、日本人という概念で成立している概念は、それ以前に、郡単位くらいの国家が群立していたというような考え方からいけば、まあ少くとも三千年から四千年はさかのぼれるわけで、それ以前に人がいたかどうかというようなことを問うならば、それは何十万年前にまでさかのぼることができるわけです。

そうしますと、ここで、何が敗北したのかというと、天皇制権力自体が、統一国家をせしめる以前に存在した、そういう日本の全大衆が総敗北したというふうに考えることができます。それでは、その総敗北した時の敗北の仕方は、どういうふうにしてなっていたかを初めにお話します。統一国家以前に、郡単位程度の国家が成立しており、それぞれの内部で、国家としての法権力というものが成立して存在していました。そういう小国家が、群立していたというような状態が考えられます。それに対して天皇制の権力は、どういう出自かわかりませんけれども、それをどういうふうにして統合していったかというようなことが問題になるわけです。つまり、統合の過程における、国家としての本質構造は、どういうふうになっているのかということが問題になるわけですけれども、それには大体二つのことが考えられます。

一つは、天皇制権力が統一国家を成立せしめる以前に存在した法的権力あるいは法的国家の法のうち、都合のいい法を天皇制権力がみずからの法として吸いあげ、その結果、それ以前に存在していた小さな群立国家は、国家としての統一性のある部分を、徹底的に欠いてしまう状態が一般に考えられます。だから、ある一つの小さな共同体、あるいは国家に、おおいかぶさるように統一国家が成立したとき、その統一国家は、以前に存在していた群立状態の国家または、共同体の法的規範を、自らの規範として吸い上げることによって、以前に存在していた国家または、共同体は、法的統一性を失っていく敗北の仕方というものが一つ考えられます。

もう一つ考えられることは、こういうことなんです。その状態で存在していた群立国家における法、宗教、それから風俗、習慣、そういうもの全てを含めまして、これを共同幻想と呼びますと、その共同幻想と、それから統一国家を成立せしめた勢力の共同幻想を、交換するということなんです。つまり互いに交換したうえで、めいめいが混合してしまうということが、統合の一つの形態だということができます。だから、以前に存在したであろう法律とか宗教的儀礼、それから群立国家で支配的であったろう風俗、習慣というようなもの、あるいは不文律とか、掟とか、あるいは村落の村内法、そういうようなものすべてと、元来そこの上におおいかぶさってきたその統一国家勢力におけるそういう習慣、風俗あるいは保存している宗教あるいは法概念、そういうようなものをそこで交換するわけです。これは別に等価交換じゃないわけですけれども、とにかく交換するということ、それで交換することによって、統一国家を成立せしめた勢力というものが、それ以前からあたかも存在したが如くに国家というものを、国家権力というものを制定することができるということです。それと同時に逆に交換された群立国家における首長、大衆というものが、今度は支配的に統一国家を成立せしめた勢力の法あるいは宗教、習慣っていうものを、あたかも自らの習慣あるいは自らの法律あるいは自らの宗教というような受けとり方で、受けとるという、かたちになってゆきます。その交換によって、たかだか千数百年前に存在したにすぎない統一国家の勢力が、あたかも遠い以前から存在したかの如く装うことができますし、また交換させられたものは、あたかも自分が本来的にもっていた風俗、習慣、法というようなものよりも、もっと強固な意味で、あたかも自分のものであるかの如く受けいれる形態がでてくるわけです。それが恐らく統一国家成立期における、日本の総大衆が、全面的に敗北していったことの、最も基本にある構造だということができます。

奇妙といえば奇妙なことですが、本来的に自らが所有してきたものではない観念的な諸形態というものを、自らの所有してきたものよりももっと強固な意味で、自らのものであるかの如く錯覚するという構造が、いわば古代における大衆の総敗北の根柢にある問題だということができます。この敗北の仕方は、充分に検討するに価するので、国家といえば天皇制統一国家、という一種の錯誤、あるいは文化といえば天皇制成立以降の文化というふうな錯誤が存在するのですけれども、その錯誤の根本になっているのは、統一国家をつくった勢力の巧妙な政策でもありましょうけれども、ある意味では大衆が、自らの奴隷的観念というもので、交換された法あるいは宗教あるいは儀礼あるいは風俗、習慣というものを、本来的な所有よりも、もっと強固な意味で、自らのものであるかの如く振舞う構造のなかに、本当の意味での、日本の大衆の総敗北の構造があると考えることができます。

ぼくが青年時代以降、自分で自覚的に敗北だったな、と考えていることは三つあげることができます。一つは太平洋戦争の敗戦ということですけれども、そこでの敗北をとってみても、その時の考え方では、天皇制自体が戦争をやめよということで、勢力を温存しようとしても、支配者がそれを温存しようとしても、大衆は徹底的に戦うだろうと考えておりました。また自らもそういうふうに戦うだろうと考えていました。しかし事態は全く異《ちが》うので、そこで戦うだろうと考えていた兵士たちは、食料不足の焼け野原ですから、その中でまっさきに軍隊がヤミ貯蔵していた食料を、もう背中いっぱい背負えるだけ背負ってなんらの反応も示さないで武装解除されて、郷里へ帰るというようなのが、そのときの大衆の敗北の構造であったわけです。ぼくらのほうが飢えていたので、大きな袋をもって帰っていくだけで、流血の叛乱もなく、そういうふうにして総武装解除されて、戦争が終わり、そして終わったことによってなにが得られたのかといえば、温存された支配層がえられただけ、とはまったく意想外でした。

そこでの大衆の敗北の仕方もまた、まことに奇妙な敗北の仕方なんです。しかし皆さんは、大衆とか労働者、あるいは労働者階級というと錯覚するかもしれないけれども、大衆というものはそういうものだということは、よくよくご承知になったほうがよろしいと思います。これは、大衆に対する不信ではありません。つまり、大衆はそういう面をもっており、そのなかには、伝統的な様式もまた、存在するということです。

敗戦の時に、ぼくは動員先にいたのですけれども、そこで朝鮮人の労働者がぼくらと同じように、徴用されて働いていました。戦争が継続中は、なぜか朝鮮人の労働者は、すみっこのほうでひっそりしているっていう感じでした。ところで敗戦の日を境にして、一日ちがいで、とたんに、朝鮮人の労働者は、食堂へいっても、もう全くきのうとうってかわって、なんか声高に母国語を使って、しゃべりさざめき、それに対して今度は、日本の労働者は、小さくなって、ひそひそ話しているような感じになってきました。

それで、ぼくらはそれを、いずれにしても、どちらも愉快ではありませんでした。何が愉快でなかったのか、自分でよく考えたんですけど、やっぱり、奴隷は奴隷じゃねえのか、ということなんです。朝鮮人労働者も奴隷じゃないのか、日本人労働者も奴隷じゃないのか、その解放感も奴隷だし、そのちぢこまりかたも奴隷である、そういうことを体験的に感じました。大衆というものは、どっかちがうぞというようなことを、考えるようになった契機は、そういう体験にあった気がします。

二番目の敗北の体験は、学校をでまして、会社づとめしまして、小さな労働運動みたいなのをやってまして、そこでの敗北があります。ぼくは、その時の主犯でしたが、いったん退潮しますと、労働組合のことだということじゃなくて、純然たる職場上の問題で話しかけるというようなことも、そっぽをむいてしまうわけです。それはまことに異常な感じです。主犯と話をすると自分も共犯と思われはしまいか、というようなことだと思いますけれども、あるいはもっとちがって、あの野郎にくたらしくてしょうがないということであったかもしれません。通常の会話さえ、すでにもうできなくなってしまいます。職業上、仕事上、事務上の話で眼を外らし去ってしまう状態が存在しました。そして、大衆における敗北の仕方は、決定的には、そこまでいくだろうと感じました。ぼくにとっては、それほど真新らしい体験ではなくて、敗戦時において、ある程度考えそして把握していたことが、あらためてそこで再現されたということであったと思います。つまり、そういうことが、敗北におけるもっとも基本的な構造だと思います。

三番目のぼくの敗北というのは、まあ日々これ敗北みたいなものですけれども、まあそういいわないとすれば、六〇年のときだったと思います。このときは、もうすでに職場から追われていましたし、そのときの敗北は、分析してみとおすことができていたと思います。ぼくがその時考えたことは、こういう敗北の仕方のあとのゆりもどしといいますか、反動といいますか、それはきついにちがいないと考えました。そして、まず第一に、おれはもの書きとして、おそらくそういう世界からシャットアウトされるにちがいないとおもいました。そうだとしたらば、書くことに対して必然があるなら、シャットアウトされても、やはり書くべきもの、あるいは書きたいものは書くという場をつくらなければならないとおもいました。つまり、そのときには敗北の構造についてては、かなりな体験的な見通しをもっていたようです。いまは別にどうってことはありませんが、安保闘争後の数年間、自分なりの拠点をつくっていくことで大変真剣だったと思います。

こういう体験の構造は、大きな闘争を経過した後では、必ずおとずれるだろうと思われます。そして、現在皆さんがそういうおとずれの場にあるのか、あるいは六月決戦で景気のいい状態にあるのか、ぼくはしりません。しかし大きな闘争に敗北するということの、敗北の仕方のなかには、そういう問題は、必ずあるはずです。そして、個人としても克服していくし、組織としても克服していくことは、大変きついことだとおもいます。つまり作るのはたいへんだけど、こわすのはやさしいということでしょう。現在の情況では、羽仁五郎先生みたいな人が、やってきてしゃべればいいのですよ。しかし、ああいう先生というのはずるいわけだよ（笑）。つまり、さんざんでたらめな理論であおっといて、景気が悪くなるとどっかへいっちゃうわけですよ。

皆さんに連帯のあいさつをおくりますなんという、そういう意味の連帯というんじゃないんですけど、しかしぼくは大衆の総敗北の仕方に連帯を感じます。

皆さんには、労働者の前衛部分がいて、労働者のなかに拠点を獲得して、そして宣伝煽動活動をしなければ革命なんてやってこないという、レーニンが結果的にみちびきだしたような考え方はあるかもしれませんけれども、ぼくは嘘だと思っています。それで、それはどういうことかというと、国家権力、法権力というものは、首のすげかえができるということなんです。首のすげかえができるということは、横すべりできるということなんです。統一国家の起源のところへさかのぼっていきますと、天皇制権力は、朝鮮人であるといわれ、あるいは北九州権力であるといわれ、あるいは満州の奥地の権力であるというふうにいわれ、畿内の固有勢力であるといわれていて、どれがあたっているかしりませんけれども、まあいずれにせよ、よそからやってきて、横から統合することは、少くとも理論的には可能だということなんです。何千年も前から、国家以前の国家、つまり群立国家というものをつくってきたうちのある一つの群立国家が大勢力になって、そして他を武力的におさえていって、統一国家をしとげるというようなイメージは勿論ありうるわけです。しかし国家権力というものは幻想性を本質としますから、そんなこと無関係に横からやってきて、上にかぶさることができるのです。

こういう問題は、象徴的にしかいえませんし、また具体的にいうと文句いうむきもいるでしょうから、いいませんけれども、そういうことは、部族的な群立国家が、統一国家勢力によって支配されるなかで、種族的には異族であっても、また空間的に遠いところの勢力であっても、いっこうかまわないので、上位にかぶさることができるということです。このことは現在でも，国家についてのある種の迷信をうち破るには、有効じゃないかとおもいます。簡単ですけれども、これで終わらせていただきます。

III　主著

『言語にとって美とはなにか』あとがき

本稿は、一九六一年九月から一九六五年六月にわたって、雑誌『試行』の創刊号から第十四号まで連載した原稿に加筆と訂正をくわえたものである。この雑誌は半ば非売品にちかい直接購読制を主な基盤にしているので、連載中、少数のひとびとのほか眼にふれることはなかった。わたしは少数の読者をあてにしてこの稿をかきつづけた。その間、わたしの心は沈黙の言葉で〈勝利だよ、勝利だよ〉とつぶやきつづけていたとおもう。

なにが〈勝利〉なのか、なににたいしてなぜ〈勝利〉なのか、はっきりした言葉でいうことができない。それはわたし自身にたいする言葉かもしれないし、また本稿をかきつづけた条件のすべてにたいする言葉であるかもしれない。ただなにものかにうち克ってきたという印象をおおいえなかっただけである。

いままでいくつかの著書を公刊しているので、つながりをもった小さな出版社もひとつふたつないではなかった。しかし本稿はみすみす出版社に損害をあたえるだけのような気がして、わたしのほうからはなじみの出版社に公刊をいいだせなかった。それでいいとおもったのである。最少限『試行』の読者がよみさえすればわたしのほうにはかくべつの異存はなかった。

たまたま筑摩書房の編集者がきてよかったら出版したいとおもうから連載雑誌をみせてもらえないかという申入れがあった。ふだんのわたしなら、何をぬかすかきみたちにわかるものかと居直るところだが、本稿にかぎっては、その商品性に自信がなかったので、わたしはきわめて慎重で謙虚であった。そこで、よくよんだうえでほんとうに出版してもよいとおもったらそうしたらよいとおもうと答えて、連載雑誌を貸した。やがて筑摩書房からは出版する気がない旨の返答があった。ようするにこの出版社は独り角力したわけで、わたしのほうはとうてい本稿の試みが理解されるとはおもっていなかったので、その独り角力の結末には動かされなかった。

つぎに、勁草書房の阿部礼次氏から本稿を出版したいという申入れがあった。わたしはこのときも、よくよんだうえで本気でよいとおもったならば出版するように求めたとおもう。阿部氏はよほど非常識だったらしく、やがて本稿を出版することに決めたという返事があり、わたしのほうもそれではと快諾した。校正の過程でも、怠惰と加筆で散々な迷惑をかけたが不満らしいことは、わたしの耳にははいらなかった。阿部氏がいなかったら、本稿は陽の目をみることはなかっただろう。未知のまえで手さぐりするといったあてどないわたしの作業の労苦よりも、阿部氏のような存在や、本稿を連載中のわたしの周辺の労苦のほうが、この社会では本質的に重たいものにちがいない。わたしは本稿にたいして沈黙の言葉で〈勝利だよ〉とつぶやくささやかな解放感をもったが、阿部氏やわたしの周辺は本稿の公刊からはどんな解放感もあたえられないだろうからである。

一九六五年七月

角川文庫版のためのあとがき

この本の内容を手がけはじめたときから、もう二十年もへだたってしまった。ことこまかなことは覚えてはいないが、たいへん孤独なあてのない作業の感じと、こんなことをしていてよいのだろうかという切迫感とが、重層しておおいかぶさってきて、けわしい緊張を強いられた。そういう全体の記憶だけは、あざやかにのこっている。

この間に支えになったのは、おわりまで展開しきればわたしたちを律している近代批評の方法的な概念は変わるはずだという確信であった。また他方では、展開しきれずに中途で放棄してしまったら、役にも立たない概論をもてあそんだということになってしまう。そうなってはならないという思いであった。この孤立した環境のために、たいして気にする必要がない見解にかかわりすぎたり、反撥するほどもない見解を否認するのに、余計な力こぶがはいることにもなった。こういう無用なエネルギー消費がなかったなら、この本はもっとさきのところまで手が届いていたかもしれぬ。これは現在あらためて読みかえしてみて、いくらか残念な気がする点である。

けれど一方では、べつの思いもやってくる。未知の領域へすこしでも足を踏みいれるときには、まず場をきりひらくのに、周囲の重圧をはねのけ、そのあとではじめて本来的な作業にとりかからねばならない。これはわたしたちをとりまく宿命のようなものである。その意味ではこの本が、一種の眼に視えない論争の本の性格を背負わされていることに、かくべつの不服がない。この本の試みの意味は、はじめに自身で予感したように長い年月をかけて、すこしずつ理解されるようになった。それと平行してわたし自身にとっては、すこしずつ不満なところが眼につくようになった。わたしはもっとすすんだ足場のうえに綜合された言語の芸術論を展開してみたい衝迫をおぼえるが、現在のわたしの力量では、まだこの本の内容を全面的に超えることができないでいる。もちろんわたし以外の人がそうしてくれてもいいのである。

二十年まえも現在も、わたしたちの文学や芸術は、さまざまな迷妄にとり囲まれている。そしてそれとおなじくらいのさまざまな信仰にとり囲まれている。文学や芸術はそれ自体が迷妄や信仰と異質なそれと独立した領域であり、なによりも自由に入りそして自由に出ることができるものだ。そのあいだに捨てるもの、拾うもの、洗滌されるもの、積もるもの、などさまざまな体験が言語やイメージの領域を通りすぎる。この眼に視えない受容の体験のメカニズムを、ただ言語ということだけから始めて、解き明かそうと企てたのがこの本である。これはじっさいは無謀な企てに似て、しばしば立ち竦んだが、それだけに終ったとき達成感もおおきかった。はじめてこの本を手にされる読者を想定してこの達成感まで伝えられたらと願う。

一九八一年十一月二十五日

共同幻想論のゆくえ

「国家は幻想の共同体である」

共同幻想論という呼び方は、マルクスに由来しています。マルクスは国家について述べたところで、「国家は幻想の共同体だ」という言い方をしていますが、それがぼくの「共同幻想」という言葉の元になっています。

たとえばレーニンには『唯物論と経験批判論』という政治哲学の本があることからもわかるように、最初から、唯物論はあらゆる種類の観念論に敵対すると考えています。彼の場合は、きわめて政治的・政策的な意味合いが強くて、「唯物論はさまざまな段階で観念論と敵対的である」という言い方をしています。

ところがマルクスが「国家は幻想の共同体だ」という言い方をするときは、唯物論という限定はなくて、初めから観念として、い、い、国家というものを見ています。

しかも、ここでいう「観念としての国家」というのは、同じ意見をもったたくさんの人間が集まった集団だとか、ひとつの政府の下にたくさんの国民が集まっているとか、そういう意味ではい、なく、人間の精神の動き方あるいは指導性、統治性をさしています。国家を治めるという意味です。そういう観念のはたらきの集合体のひとつが国家であると、マルクスはいうわけです。

観念のはたらきがなければ唯物論も観念論も何も規定できませんから、マルクスの場合は、まず観念のはたらきがあって、それから唯物論という考え方があるという順序になります。レーニンのように最初から、唯物論は観念論に敵対的だということにはなりません。

したがってマルクスの場合、「国家」といったとき、レーニンのように先験的に、ある国家を違う国家に改めるんだとか、変革するんだという意味合いをもっているわけではありません。そういうふうに政治的に考えるのではなくて、自然哲学として考えている。要するに、観念としての人間の集合体のひとつが国家であるという意味で、国家のことを「観念の集合体」と呼んでいるのです。

日本ではこの「観念」という言葉を「幻想」と訳していますから、「国家は幻想の共同体である」ということになるわけです。

その意味で、「国家」という言葉はかなり広い意味で使われています。党派性とか規定性とか、そうした性質はあまりふくまれていない。一種の自然哲学として、国家を「観念の共同体」であるといっていると思います。言い換えると、人間の観念の集合体が「政府」であり、同時に「政府」のことを「国家」と呼ぶ、というのがマルクスの考え方であり、西欧的な考え方だといっていいと思います。

マルクスを読んでそれを知ったとき、ぼくが非常にショックを受けたのは、そうした国家の捉え方が、東洋的ないし日本的な国家イメージとまったく違っていたからです。

細部にわたればいろいろ議論があるところでしょうが、たとえば「日本国」といった場合、われわれ日本人がどういうイメージをもつか。一般的には、東北から西南にかけて横たわっている日本列島の土地、それからそこに住んでいる人、さらにはそこで行われている風俗・習慣や言語、そういうものを全部引っくるめて「国家」と考えているように思います。つまり、東洋的な考え方だと、土地から風俗・習慣、人種まで、そういうことを全部ふくめて「国家」と考える。わかりやすいイメージを使えば、国家とは国民すべてを足もとまで包み込んでいる袋のようなもので、人間はこの袋から外へは出られないんだと考えられてきたように思います。げんに、ぼくらも戦争中はもろにそういうふうに考えていました。

ところがマルクスなどの西欧的なイメージによれば、まず、人間は社会をつくって現実の生活を営んでいる。国家というのは、そうした現実社会の上に聳《そび》えている共同の幻想だということになります。だから、国家というのはわれわれを包み込む大きな袋のようなものではなくて、つねに社会より小さい概念である。ぼくらがその当時考えていた「政府」とか「統治者」、そういうものだけを「国家」と呼ぶのであって、われわれを骨がらみ搦《から》め捕《と》る概念ではない。そういう考え方はぼくにはきわめて目新しく思えました。

西欧の「国家」という概念はいわば、ぼくらが考える「政府」とか「政治統治者」であって、土地から人種から風俗・習慣、そういうものを全部引っくるめて日本国なら日本国と考える考え方とは全然違うんだということを知った。だから、ぼくは「あっ」と思ったわけです。

それ以来、そうした西欧的な考え方とわれわれが既成概念としてもっていた国家観念を同じものだと考えたらとんでもなく間違えてしまうぞということを意識してきました。

戦後日本では、知識的な人は西欧のそういう考え方をだいたい身につけるようになってきました。ところが現在でも、ある階層以下の経済状態の人は、「国家」「日本国」といわれると、依然として土地も風俗・習慣も言葉も人種もふくめて、われわれを包み込む袋のようなものを思い浮かべると思います。

そのあたりのことがいちばんの問題であるように思います。

「人間」を捨象した「政治と文学」論

たとえば「天皇の国事行為」という問題を取り上げますと、ある階層以下の人たちはいまでも、天皇には国事行為としてこれこれのことを行う権限があって、その国事行為というのは国家を治める政治行為であると、そういうふうに誤解しているのではないでしょうか。それに対して、知識的で西欧近代の考え方をよく知っている人は、国事行為とか国家というけれど、国家というのはやはりその時々の政府の動き方をさしていると納得しているように思います。それだけの落差がある。

すると、これから「日本国」についての捉え方がだいたい西欧の人たちと同じようになっていくのか、それとも日本的ないしアジア的なまま残るのか、そこが依然として問題だと思われます。保守的な政府は意識的に日本的な国家概念を利用して、天皇の国事行為というのは「憲法改正、法律、政令及び条約を公布」したり、「大赦、特赦、減刑、刑の執行の免除及び復権を認証」(ともに日本国憲法第七条)することだという言い方をして、知的でも何でもないごく一般の人たちに、これはやっぱり国家を治める行為であると誤解させようとするのではないでしょうか。少なくとも、誤解されたほうがありがたいと考えているように思います。したがって、こういう問題はどこかではっきりさせておかなければいけないという意味で、依然として大きな問題だよと考えています。

ぼくにいわせれば、「国事行為」なんていう言葉を使わないで、「国家の儀礼的行為」とか「祭式的な行為」といった言葉を使ったほうがいい。そうすれば誤解を生じる余地はなくなるし、そうすべきだと思うわけですが、いまの保守的な政府はそういう言い方はしたがりません。「平和憲法」といわれている現行憲法でも「国事行為」という言葉を使っているし、これから政府が出してくる憲法改正案にも同じ言葉が使われるだろうと思います。でも、それは大きな誤解を招く言葉だし、そういう使い方はやめるべきだというのがぼくの考えです。

それに関連していいますと、たとえばロシアのマルクス主義者などが「政治と文学」という場合、「政治」という言葉をどういう意味で使っていたか。「政治」という言葉を「政府の行為」というふうに限定して使っていませんね。やっぱり「国家を指導する」とか「国民を支配する」とか、そういう意味合いで使っています。西欧の「国家」概念とはちょっと違います。

そのうえでロシアのマルクス主義者は、文学ないし芸術は、政治的価値と同時に文学的・芸術的な価値を具えなければいけないといっていました。両方の価値を具えている文学がいちばんいいんだといっていた。スターリンなどは、「それこそが『求められる文学』の姿である」と、きわめて明瞭に規定しています。それを受けて、われわれも戦後すぐのころは、そのあたりのことを盛んに論議したわけです。

「政治と文学」とか「政治と芸術」といって、文学や芸術は芸術的価値と同時に政治的価値も具えていなければいけないんだと言い出す人たちがいました。でも、ぼくらにいわせれば、どう考えてもその考え方には「人間が人間である」ことや「人間性」の問題が入ってこないわけです。言い換えれば、「人間」という問題が抜けてしまう。

国家の専門家というか、職業的な政治家であれば、「政治と文学」とか「文学・芸術も国家に奉仕せよ」といっていれば済むでしょうけれども、ごく一般的に考えれば、そういう言い方では文学・芸術から人間性の問題がすっぽ抜けてしまうわけです。そうなったら、芸術とか文学というのはじつはもう成り立たないのです。「人間が人間である」ことや「人間性」が入ってこないような芸術あるいは文学というのはもともと成り立たないのです。

人間性を中心にしないかぎり芸術は成り立たないと考えれば、「政治と文学」という考え方のなかには芸術も入ってこない。人間性も芸術も抜け落ちているのに、戦後すぐのときは、「政治と文学」とか「政治と芸術」といって済ましてしまう連中が大勢いたわけです。だからぼくらは、人間性が抜け落ちたところで何を言っているんだ、と文句をつけたのです。

『共同幻想論』の契機

この問題を考えるには、一種のサークル運動を引き合いにだすと理解しやすいと思います。サークル運動には詩や美術のサークルがありますけれど、いちばんわかりやすいのは俳句の世界です。

俳句の世界では、専門家なんて意味がないんだといわれることがわりに多いように思います。というのも、俳句というのは何人かが寄り集まって五・七・五の句をよめばそれで成り立ってしまうからです。俳句というのはそうした座の文学ですから、座のなかに素人と玄人《くろうと》がいたり専門家とそうでない人がいたりということは二義的、三義的なことで、どうでもいいことなんだという意見があるようです。素人であろうと玄人であろうと、ひとつの座でいっしょに俳句をつくっていくことが芸術的な活動になっていくんだという考え方ですね。俳句をやっている進歩的な人たちはどうもそういうふうに考えているように見えます。

しかしそれは間違いであろうと、ぼくは思っています。

ただし、そうした考えがまかり通る余地はあるわけです。桑原武夫さんが俳句を「第二芸術」

と位置づけたように、俳句は五・七・五の十七文字で終ってしまいますから、芭蕉なら芭蕉、蕪村なら蕪村の句でも、素人の句となかなか区別がつけられない。そういう側面があるわけです。もちろん芭蕉や蕪村のいい句をもってくれば別ですけれど、そうじゃないと、なかなか区別はつけにくい。そこで、俳句の専門家といったり素人といったりすることには意味がないんだという考え方が流通するのだと思います。

でも精密に分析していけば、素人の俳句と専門家といわれている人のつくった俳句は歴然と違います。どこがどう違うかということは容易に判定することができる。五・七・五の十七文字しかないわけですから、ひと目でわかるほどの大差が出てくることはありえませんが、しかし違いはある。

小説作品、とりわけ長篇小説になれば、優れた作家の作品とそうでない素人の作品との違いはひと目でわかります。文体における指示性の強さとか、全体のインテグレーション（統一感）がまるで違います。大作家と凡庸な作家の差も明らかです。その由《よ》ってきたるところはどこかといえば、やっぱり「人間が人間である」という場所、ぼくの言葉でいえば自己表出にあります。人間性という問題を抜きにしたところでは芸術は成り立たないから、そのいちばん人間的なところで差がつくわけです。

そういう問題を普遍化してはっきりさせたいというのがぼくの願望でもあるわけですけれども、それをはっきりさせるには、政治的ないし社会的集団でいわれる価値と芸術の価値はどこが違うかということをいえなくてはならない。

だから、ぼくが考えてきたことは結局、芸術の価値というのは社会的・政治的・経済的価値とどこかで分かれるのだということがひとつ。

もうひとつは、その分岐点をはっきりさせることでした。

それから、政治ないし政治意識というものは人間性ということを別段考えないでも済むというか、あるいは済ませているんだということがもうひとついえれば、「政治と文学」とか「政治と芸術」といった言い方が成り立たないことがはっきりするはずだ。ぼくはそういうふうに問題を追い詰めていったわけです。

そこで、ぼくが考えたのが「共同幻想」ということでした。観念活動というか精神活動の面からこの問題を追究していけば、必ず追い詰められるのではないかと考えて、そして構想したのが『共同幻想論』という作品です。

「共同幻想」の三つの位相

「共同幻想」というとき、そこには結局、細分化すれば三つの位相があるだろうと考えました。

ひとつは個々人の「個人幻想」。夢とか想念、理念などが問題とされる領域です。

もうひとつは、実際問題としては青春期以降の人間の性を主体として出てくる問題。言い換えれば、一対《いっつい》の男女から進展していく家族や親族といった問題を追っていけば、おのずから人間性の問題に突き当るはずだ。ぼくはそれを「対幻想《ついげんそう》」と名づけました。これは「個人幻想」とも違うし、政治とか集団の理念、あるいは社会指導の理念といった「共同幻想」とも違う。「対幻想」はだいたい家族という概念をつくっていく根源になると考えられます。

三つ目の「共同幻想」というのは、いまもいいましたように国家はもちろん、社会的集団や複数の人間が集まって何事かひとつのことを成し遂げようと考えた場合に出てくる問題です。

個人幻想と対幻想、それから共同幻想――この三つの位相で、人間の観念活動は覆い尽くせるのではないかと考えたわけです。

この三つの幻想（観念）はそれぞれ違うものですから、個人幻想、つまり個々の人間の精神活動のあり方は、共同生活をはじめた男女の問題や家族の問題（いずれも対幻想）にはそのままでは適用できません。どこかで違う面があらわれながら進展していくはずです。一方、共同幻想も個人幻想や対幻想とは次元が違うし質も違う。したがって、この三つの位相をいっしょくたにして考えることはできません。

そう考えた場合、では芸術はどこに入るのか。あるいは文学はどこに入るのか。

文学の場合には言葉、音楽は音、絵画は色といった具合に、芸術の場にあらわれる素材は違いますけれど、芸術一般がどこに入るかといえば、対幻想と個人幻想のあいだに問題の根底があると考えられます。それは、芸術の根幹が精神的ないし身体的な性の問題、つまりセックスの問題に帰着するからです。

ふつう人間の言葉には、共同体のパブリックな言語と個人的なイマジネーションに属する言語があると考えられます。でも、そのふたつの言語ではどうしても解けない問題がある。文学や芸術の問題がその典型ですが、そうすると、個人幻想と共同幻想のあいだのミゾをきっちり埋めるものがないといけない。それが対幻想だと、ぼくは考えました。

だから、芸術において共同幻想を考えた場合も、「政治と文学」といったような言い方にはなりません。むしろ、地域の特性や種族としての遺伝的特性、あるいは風俗・習慣、つまり人類学とか民俗学が扱っているようなものがポイントになってくると思いました。その意味でいえば、「政治と文学」とか「政治と芸術」といった言い方は、共同幻想のなかのごく一部分を端折《はしょ》って単純化していっているにすぎないということになります。

ですから、この共同幻想のところには相当多様な問題が入ってくることになります。つまり、種族的な遺伝の問題とか伝統、あるいは民俗学・人類学の問題、もし政治問題をいいたいのであれば、人間が精神的ないし身体的に自然に対してはたらきかけたときに出てくる価値の問題もかかわってくる。自然が人間化し、はたらきかけた人間が自然化するというマルクスの自然哲学にも通底する問題で、これは対幻想と個人幻想のあいだに出てくる芸術の問題とは本質的に違ってきます。もちろん、両者がかかわってくるところはあっても、本質的には違った問題だし、また違ったふうに処理し考えていかなければいけない問題になります。

だいたいそんな関係づけができると考えました。

遠野にはすべてが集まってくる

芸術ないし文学の問題を主体にして全幻想領域にわたる問題を考えるとき、何がいちばん総合的に扱いやすいかと考えると、学問的にいえば民俗学や人類学が扱っている問題だと思います。それは長いスパンをもっているし、共同幻想にも深いかかわりをもっているからです。

そう考えて、最初に取り上げたのが柳田國男の『遠野物語《とおのものがたり》』でした。この作品を取り上げるのがいちばん検証しやすいし、個人幻想から共同幻想にいたるまでの全領域にわたる問題をふくんでいると考えました。

遠野（岩手県南東部）というところは低い山に取り囲まれた盆地で、その盆地をひとつの領域と考えると、地形からいっても交通からいってもおのずからそこに昔語りや日常生活の風俗・習慣、民話や簡単な芸術が集中してきます。遠野にはそういう利点があるので、いちばん扱いやすいだろうと考えたので、『遠野物語』を中心に据えて考えてみるという方法を採りました。

遠野は太平洋側と日本海側、両方からアクセスできます。

日本海側を考えると、古来の海上交通では津軽半島に良港があって、交通の中心になっています。したがって津軽半島まで北上したうえで、そこから少し引き返すようにして遠野へ行ったり盛岡へ行ったりする。日本海側から見ると、遠野はそういう場所に位置している。

太平洋側から見ると、釜石あたりから、そんなに高い山ではありませんけれども山を伝わって行くと遠野の盆地に当面します。

遠野はそんなふうに非常にまとまりがいい盆地です。しかも古来、太平洋側と日本海側、両方からの交通が盛んだったから、そこを中心に据えて、そこに集まってきたさまざまな物語とか民話、あるいは神秘的な話を検討していくことができる。また、政治現象に近いものや経済現象に近いものも全部そこに集まってくる。いろんなレベルの問題を考えるのにとても都合がいい。遠野はそういう土地柄です。

柳田さんが遠野に目を向けたのも、おそらく同じような狙いがあったからだろうと思います。折口信夫《おりくちしのぶ》の場合は国文学上の問題が中心になりますが、あの人も日本における政治的現象や民俗学的な現象、それに芸術現象がうまくひとつの盆地に集中しているということで遠野に注目しています。

「天つ罪」と「国つ罪」

その折口さんが、古代あるいは古代以前の日本でいちばん大きな問題として取り上げたのは、現在でいえば刑法の概念になると思いますけれど、「天《あま》つ罪《つみ》」と「国《くに》つ罪《つみ》」というものです。

古代も相当前から、もしかすると縄文時代以前かもしれませんが、そのころから「天つ罪」と「国つ罪」というふたつの刑法的な規定がありました。いろんな言い方をする人がいますけれども、ぼくの言い方では、「天つ罪」というのは要するに農耕に関する掟だと考えられます。「国つ罪」のほうは宗教法というか神法と呼ぶか、まあ神聖な法律のようなものだと考えればいいと思います。

「天つ罪」というのは農耕に関する掟ですから、簡単にいいますと、田んぼの畦《あぜ》を切っちゃいけないとか、人が種を蒔《ま》いたところにまた蒔いてはいけないよという禁制ですから、農耕がおおっぴらにやられるようになってからの掟であるということができます。

田畑には灌漑《かんがい》用の水を蓄える必要があります。田んぼならなおさらそうですけれど、水を蓄えなければいけない。そのとき、蓄えられた灌漑用の水を自分の畑とか田んぼに引いてきちゃうと、「天つ罪」に抵触《ていしょく》する。勝手に水の道をつくって灌漑用水を自分の畑とか田んぼに引いてくると、いわゆる「水争い」みたいなことも起ります。それが大きくなると、村と村との水争いにもなる。そんなふうに、灌漑用水を自分のほうに無断で引いてくることは禁制とされていたわけです。それが「天つ罪」のひとつに入っていました。これは一例ですが、水の問題とか田畑の領域の問題など、農耕に関する禁制に触れると「天つ罪」になる。

一方の「国つ罪」とは何かといいますと、これは要するに宗教法のようなものです。宗教法といっても宗教についての法という意味ではなくて、宗教自体が法であったときの法律という意味です。近親相姦や身体的な障害も罪とされて、ここに入れられます。

たとえば、ぼくが手に傷を負ったとか腫れ物ができたとする。すると、「国つ罪」にされてしまう。というのも、なぜそうなったのかというと、それは祖先のだれかが悪いことをしたからだとされるからです。つまり、祖先のだれかが罰せられるような悪いことをしたから、その報《むく》いとして腫れ物ができたり、とてつもないケガをしたりしたんだといわれるわけです。その時代の日本にあったのは神道《しんとう》だと思いますが、祖先のだれかが神の言いつけに違反するような行為をしたから、その報いとしてそんなものができたのだという理解の仕方になります。

両方とも共同体から処罰を受けることになるわけですが、たとえば西郷信綱《さいごうのぶつな》さんたちのように「歴史社会学派」といわれている人たちは、ぼくらが農耕法と考えているものを「族長法」と呼んでいます。あの人たちが「族長」という言葉を使うのは、要するに天皇の共同体から与えられる罰だといいたいのだろうと思います。それから、身体的に障害が出てしまったといういわゆる「国つ罪」は「固有法」として考えているようです。そういう分け方をしていますね。

でもぼくは、「天つ罪」は農業に関する法律と考えて農耕法としたほうがいいし、「国つ罪」は神法、宗教法といったほうがいいと考えています。そう考えると、柳田さんや折口さんが歴史以前のところまで遡《さかのぼ》って神話的段階にまで自分の考え方を伸ばしていったことがとてもよくわかるような気がします。

天皇による共同体統治が成立したのはおそらく、日本人が山地での焼畑農業をやめ、山から下りてきて平地で農業をはじめた時期とほぼ一致するだろうと思います。田んぼや畑で農産物をつくりはじめた名残は、宮中における「新嘗祭《にいなめさい》」や「大嘗祭《だいじょうさい》」に見ることができます。そのかぎりでいえば、歴史社会学派の人たちのように、「族長」といいたいなら族長といってもいいと思いますけど、でも、概念をはっきりさせるためには、やっぱり農耕に関する違反を「天つ罪」と呼び、そうではない違反を宗教法である「国つ罪」と捉えたほうがいいと思います。じっさいぼくは『共同幻想論』ではそういう規定をしています。

語り部の役割

そこで、『共同幻想論』のなかで何がいちばん問題なのかというと、主だった問題はいくつかありますけど、ひとつはやっぱり、ではこの法律といいましょうか掟はだれがつくったんだということになります。それはたぶん、朝廷的な統治集団に所属していた役人であり、その時代の知識人でもあるという人たちだと思います。そういう人たちがこの「天つ罪」とか「国つ罪」という概念をつくり出した。そう考えるのがごく自然であろうと思います。

農耕がはじまった当時の日本には、「定着民」と大陸のほうからやってきた「移動民」の両方がいて、両者が混在していたと考えられます。

後者の「移動する人」はふたつに分類できるように思います。ひとつは、陸を移動しながら商売というか物の交換をやっていた人たち。もうひとつは、漁場を移動する人たちです。

日本海側の漁業民の漁場は、九州と朝鮮半島のあいだをずっと東北地方のほうまで上っていって、津軽海峡から南下してだいたい金華山（宮城県）沖あたりまでの地域です。太平洋側はいまの東北地方のほうへ上っていって、やはり金華山沖あたりまで。ここで日本海側の漁業民と合流する。そういうふうになっていたと思います。

陸を歩きまわる人たちは朝廷の命《めい》によって、たとえば田畑の害になるような虫などを取り除く作業を主体としたり、そうでなければ農業をやっているところへいって漁場で収獲したものや衣料品を農産物と交換した。そういう仕事をしながら諸国を移動してまわった。そういう人たちが日本の神話とか民話、それから歌謡や民謡、そういったものを伝え広めながら全国各地を歩いたと想像できます。

だから「語り部」にも、朝廷つきの語り部と商業的な行為をしながら各地を移動して歩いた語り部の両方があったと考えられます。朝廷つきで、朝廷の意を受けて法律をつくったり、伝統的に語り伝えられてきたものを自分の知識で総合して神話をつくったりした人がいたと同時に、移動しながら各地の言い伝えのようなものを吸収したり伝承した人もいた。語り部にも二種類あったと考えられます。

どちらが主体かといえば、もちろん朝廷つきの語り部というか知識人だったでしょうけれど、じゃあそれだけかというとそうではなくて、各地で言い伝えられてきたものを神話とか伝説のかたちで物語的なものに仕上げていった人たちの活動も軽視することはできません。

これがだいたい原生的な時期の語り部のあり方だったと思われます。つまり、日本の農業と農業を支配する体制、さらには農産物と漁獲物などを交換する体制、そういったものがそんなかたちで交わっていたと考えられます。

このあたりがだいたい神話とか民話が歌謡などの初期の芸術的な事柄と関連している部分だと

思います。

日本の特性

日本の特性としては、宗教性が濃いということと、それから万世一系《ばんせいいっけい》ということが挙げられます。

ほんとうに万世一系であったかどうかは別にして、とにかく王朝が北と南でめちゃくちゃに交代するというようなことはなかったし、農業的な国家ができあがってからはほぼ単一の王朝がつづいたということはいえます。単一王朝のなかで、相続権をめぐって内戦が起ったり争いが演じられたりしたことはありますが、アジア内陸におけるように王朝が次々と交代して、そのたびに大殺戮《だいさつりく》が行われたり一般の民衆の生活が深甚《しんじん》な影響を受けたりしたことはほとんどありません。

吉野・熊野のほうの初期の勢力が東北地方の勢力と争うとか、朝廷の相続権をめぐる壬申《じんしん》の乱のような内戦はあったにしても、ほとんどそれは単一王朝のなかでの争い事だったといえばいえてしまう。東アジア内陸におけるように蒙古系の王朝と南のほうの王朝が時代ごとに入れ替り、その時々に応じて王朝が違う系統になるという複雑怪奇な様相はなかった。このあたりが、日本がアジア一般の歴史と少し違っているところです。

では、日本の王朝がどこを向いていたかというと、東アジア内陸の王朝がだいたい中近東をモチーフとしていたのに対して、日本の場合には、いまのオーストラリアからインド半島の先端あたりをモチーフにしていたように思います。もちろん内陸からの影響や混血の問題もありますが、それよりもオーストラリアからインド半島の先端に挟まれた地域の先住者が日本人の特性、つまり身体的特性や文化的な特性の元になっている。そうして、いわゆる「日本人」を生み出してきたのではないかと、ぼくは見ています。

ここはいまだに確定したことはいえないわけですけれども、ぼくは、どうもそうではないかなというふうに思っています。

『共同幻想論』のゆくえ

柳田さんの『遠野物語』は、土地とその土地に対するはたらきかけ、あるいは精神と身体のはたらきかけといった問題を統一的に大きな主題にしていますけれど、ぼくが『共同幻想論』をやっていて最終的にいちばん問題になったのは、政治的な統一とか社会的な指導性といったものと一般の人たちの生活の基本になっているものとがどういうところで総合されたらいいのか、という問題でした。この点はいまでも依然として問題であって、自分はこれを解けたかというと「解けた」とはなかなかいいがたいわけで、ここが最終的に現在も当面している問題の根幹になると思います。

この問題は人によってそれぞれ考え方が違うと思いますが、やっぱり考えていくべき課題であると思っています。

ロシアのマルクス主義でいえば、いちばん根底にあるレーニンの考え方は政治哲学です。いまだにレーニンの考え方が未解決のまま残っている部分と、すでにレーニンが当時の政治的ないきがかり上、観念論と唯物論とを分けて見せたという部分があります。しかし、あとのほうはすでに無効になっています。

ぼく自身に関していえば、『共同幻想論』のゆくえも芸術のゆくえもどっちのほうへ向ったらいいのかという問題は依然として難解な問題として残っています。だから、この考え方はいいよといって自分をその考え方に入れ込んでいくことができない状態で、どっちを向いたって相当むずかしいことになっているよ、というのがぼくの本音です。したがって、『共同幻想論』のゆくえといいましょうか、それを追究していく以外にないと自分では思い定めています。

これはぼく自身、マルクスの自然哲学の影響を受け取りながら、それをどうすれば、いまのこの状態から抜け出すことができるのかという問題をいまだに解決できていないということを意味していると思います。それが大きな課題として残っている。どっちを向いてもあまりいい脱出口が見えてこない。それがいまのぼくの考え方の現状です。

でも、別に諦めたわけではありませんから、どこかに脱出口を見つけていく、という試みはこれからもなおつづけていこうと思っています。

そういう問題がなければ、柳田國男さんの「常民《じょうみん》」という概念と『遠野物語』から引き出される柳田さんの考え方を追っていけばいいわけだし、文学でいえば折口さんの考え方を追っていけばいい。そういうことになりますけれども、それだけでは自分でもなかなか合点がいかないというか、脱出する契機にはならないぞと思っています。

以上が『共同幻想論』のだいたいのポイントというか、ぼくがいま主として引っかかっている問題だといえます。

『心的現象論序説』あとがき

本稿は、雑誌『試行』15号から28号にわたって連載された原稿に、いくらかの加筆と訂正を施し、項目をたてて出来上ったものである。わたしの〈心的現象論〉の構想に則していえば、総論あるいは序論の部分の全体にあたっている。ここで、わたしは、方法上の立場をほぼはっきりさせることができた。そしてわたしの立場から〈感情〉、〈言語〉、〈夢〉、〈心像〉について解析した場合にでてくる問題を、具体的に検証したところで本稿はおわっている。それ以上の問題は、継続して展開されている各論の部分にゆだねられることになる。本稿が哲学的内容として読まれようと、現在における詩と文芸批評の強いる課題が、もがいたすえにきりひらこうとした血路のひとつとして読まれようと、格別の不服はない。なぜ本稿のような試みを、一介の文芸批評家の資格で、しなければならないのか、という必然性を、うまく説得することは、現在の段階では困難な気がするので、あえて本稿の世界に足を踏み込まれる熱心な読者に、本稿の読み方について註文をつける気はすこしもない。本稿の継続を無形のうちに支えてくれたのは雑誌『試行』の読者諸氏であり、公共の場にもたらすための努力を支払ってくれたのは阿部礼次氏と、川上春雄氏である。わたしの制作した小さな礎石の上を、多様な構想を抱いた人々が踏みこえてゆくことを願う。もちろん、たれよりもわたし自身が、わたしの試みを踏みこえて、ゆけるところまでゆくつもりである。

全著作集のためのあとがき

こんど全著作集に、この本をおさめることになった。最初に公刊されてから、ほぼ二年たっている。現在もなお、続稿が書きつづけられているので、内容について、じぶんで総括する段階にはいたっていない。はじめに、けわしい山に挑むつもりで、岩場に足をかけた。すこし登ったところで、雨露をしのぐだけの空間が見つかったので、テントを張って小休止した。それが本書であるような気がする。そのあとすぐに、また登りはじめた。最初の装備が悪かったかどうか、自問するいとまもないくらいである。あの装備じゃあはじめから駄目だよ、という声と、あの装備で登高しなくてはならないんだから、気の毒だなあ、という声は、すでに聞えてきたような気がする。けれど、本人にはひき返す余裕もなければ、その気もない。ただ、ゆくだけである。誰だって、足場が崩れたり、天候が激しかったりすれば、途中からひき返すかもしれないし、そのまま立往生ということになるにちがいない。そんなことを気にしていても仕方がないのだ。また、装備が貧弱であるかどうかも、問題にする訳にはいかない。発注した立派な装備が届かないうちは、登る気がしないというのは、いつも、わたしに無縁な世界の通念に属している。それに、わが国の知的な通念では、この世界には、こんなに立派な装備がある、と陳列してくれる人物は、けっしてじぶんで登ったり、登高者に力を貸したりしないものである。どんなことも、知的な孤独を体験しないで、できることなどない。

全著作集に収録するに際して、勁草書房の田辺貞夫、芹沢真吾氏に、たくさんの手数を煩わせた。川上春雄氏には、いつも変らぬ緻密な校閲と解題をいただいた。感謝のほかない。

角川文庫版のためのあとがき

心のなかにおこるさまざまな気分や感情や判断が刻々に変化しても、言葉にしなければひとからはまったくわからないはずだ。この思いはいつもだれにでもつきまとうことがありうる。もしかするとじぶんも、相手の心のうちがわかったつもりでいて、ほんとうはまるでわからないか、間違ってわかっているのではないか。

もうひとつ、べつの疑問が、いつもおこりうる。じぶんの方が相手に好意を感じていると、相手の方もじぶんに好意を感じているようにみえ、厭だなとおもっていると相手の方もじぶんを嫌悪していると感じられるのはなぜか。このばあい相手が動物であってもかわらないようにおもわれる。

またあるとき突然に、すこしずつ刻々に、またはある瞬間だけ、外からは不可解とおもわれる言動や、まとまった人間像を崩壊させてしまったとわかる振舞いにであうことがある。何とかしてその言葉や振舞いを理解しようと追いすがるが、とうてい理解することができない。そのとき人間というものの不可解さと悲しさに、たちすくんでしまう。途方にくれるといってもよい。

さいごに、わたしたちは夢をみる。夢は平穏な湖水の面のように明るく流れてゆくこともある。またこんなことを仕でかしたうえは、生きているわけにはいかないといった慙愧にさいなまれた場面でやっと目覚めて、ああ夢であったかと安堵することもある。これはいったいどういうことだろう。

心がひきおこすこういったさまざまな現象に、適切な理解線をみつけだし、何とかして統一的に、心の動きをつかまえたい。こういう欲求はどうしても抑えがたいようにおもわれる。わたしもまた無謀にもそういう願望をおこしたのである。心のさまざまな働きのうち純粋に個体について、その個体の内部でひきおこされる部分はどれだけか。これについては、おおよその見当はついていた。そこでこの本は起稿されたのである。この類いの試みでいちばん大切なのは設定された理解線の抽象度ということである。たとえばここに一個のすずり箱があったとする。箱のなかにすずりや墨や筆が収められている。この一個のすずり箱をさして、これは四角い箱だといったとする。これは本当のことをいったに間違いない。これはどんな立場にたってもあてはまる普遍性をもっている。だがすずり箱とはどういうものかを解明するモチーフからは、四角い箱だという普遍的な真実は、ほとんど無意味にちかいものになる。

心の働きの解明についてもおなじことがいえる。さまざまな心の働きをぜんぶ包括できる理解線を設定できたとしても、心の働きを統一的に解明するモチーフにたいして無意味なら、それはなにもしないにひとしいことだ。とくに心の働きの現象という、それ自体では把みどころのないものをとらえるには、いつもこの不安がつきまとう。この不安は、じぶんの設定した理解線はすずり箱を解明するのに、これは四角い箱で、外側には模様がはめこまれて、ウルシの塗りの色は黒で、といった迂回路を繰返し往き来しているだけだ、すずり箱とは何かにすこしも触れていないという不安である。また一方では、心のさまざまな現象はいつでもさきにあり、理解線はあとからそれを解釈しながらたどっているだけではないか。理解線がさきにあり、あとから心のさまざまな現象があったとき、さきの理解線からすぐに実態が照しだされるといったことにはならないのではないかという不安がある。

わたしはこの本の稿をすすめているあいだいつも、そういう疑問と不安が頭から去らなかったのを覚えている。そして最後までこれはつきまとって離れなかった。こういう試みはそのときも孤独だったが、現在もなお孤独な試みだといっていい。だが孤独の意味は年とともにすこしちがってきたような気がする。精神病理学や哲学の地平から、啓蒙書や解説書とはちがった、いわばそれ自体を問う著作がすこしずつあらわれてくるようになった。また文芸批評の地平からも、文芸批評の基礎概念を問う試みが、すこしずつ眼につきはじめるようになった。わたしなどの望みだったひとつの共通の場がひらかれ、この本もながいあいだの不眠から解放されるかもしれない。

一九八一年十二月二十日

IV 昭和の終わりへ

「父の像」

「父」というイメージを浮かべると、いつも口のなかに転がるように空んじられる詩がある。すこし立派すぎるが、好きな詩なので書きだしてみる。

僕の前に道はない
僕の後ろに道は出来る
ああ　自然よ
父よ
僕を一人立ちにさせた広大な父よ
僕から目を離さないで守る事をせよ
常に父の気魄《きはく》を僕に充たせよ
この遠い道程のため
この遠い道程のため

（高村光太郎「道程」）

どこが立派すぎるかといえば、ふたつある。ひとつはこれほどの「自然」の理法にたいするきっぱりした信頼が、わたしにはない。もうひとつは「僕を一人立ちにさせた」と父なる自然に告げるほどの直立した姿勢を、わたしはもっていない。いってみればこの詩の「父」の像、「子」の像にくらべると、わたしはもっと女々《めめ》しい気がする。

そのことですぐ思い出すことがある。子どものときから熟年にいたるまで、わたしは父親を悲しませたり、失望させたり、傷つけたりしたことが無数にあったにちがいない。そして怒った父、瞋《いか》った父、落胆した父は、幼児からたくさん体験しても、悲しんだ父、哀しい父はほとんど体験したことがなかった。そのなかで心にのこっている悲しい父のイメージがひとつだけある。もちろん悲しい父と悲しませた子がいるわけだ。父は小舟やボートを作る造舟場を閉じてしまったあとも、エンジン付きの小舟を手離さないで、ときどき釣りや潮干狩に家族を連れていってくれた。じぶんの唯一の憩いや遊びであり、家族サービスでもあった。

ある時（昭和八、九年頃とおもう）横須賀沖で観艦式というのがあり、そのとき軍艦に一般の人を乗せて艦内を公開するという。父は二人の兄とわたし、つまり男の子どもだけを連れて、佃島からいつもの小舟で見学に出かけた。いつも釣りや潮干狩で、お台場沖、羽田沖、浦安沖、遠出のときは横浜沖まで乗り出すので、慣れていた。そして帰りはいつも怖いように波が荒れて、ほんろうされながら戻ってくるのにも慣れていた。その日も現場につくと、軍艦はおそろしく巨大で、艦腹から斜めに降りた鉄梯子の上では、番兵が銃剣をもって鉄兜のいかめしい姿で、見張っていた。父は小舟を傍によせて、梯子をのぼって見学しようと子どもたちを促した。ところが兄二人もわたしとおなじ感じで、萎縮してしまい、ここで待っているよといいだして、折角、小舟で遠出してきたのに、軍艦の甲板にあがろうとしなかった。父は、何回か誘ったあとで、言葉にならない言葉で「意気地なしが」という表情で三人の兄弟をみてから、ひとりで梯子にのぼり、軍艦のなかに消えていった。出てきた父はめっきり言葉すくなになり、小舟を操って帰途についた。父の操舵の姿は悲しそうだった。わたしは幼な心になぜあのとき兄たちがためらっても、わたしだけでも父と一緒に軍艦のなかを見学しなかったのかとおもって、心のなかで傷ついていた。兄たちもそうにちがいない。父はきっと頼もしくない物おじのおおい子どもたちだと、哀しく淋しい思いでいるにちがいないことが、とてもよく察しられて、それぞれ年齢に応じて傷ついていた。

父は怒りや瞋りは言葉や行為にあらわしたが、悲しみについては言葉にも表情にもあらわさずに、いつも耐えていたとおもう。わたしは父からそれを「父の像」として確かにうけとった。そしてじぶんのものにしたとおもう。それからあと父にまつわることではいつも頼もしい息子とみえるように、つとめて振る舞うようにした。気分が引っこみ、ためらいや恥ずかしさに襲われ、どうしてもそう振る舞いたくないと内心でおもえるときでも、おし切るようにして父親を悲しませないようにと積極的に行動するようにつとめた。

この悲しい父親像を通じて、わたしは「父」が広大な自然というよりは、「強大な意志」だということを学んだ気がする。そして高村光太郎のように「常に父の気魄を僕に充たせよ」と願ってきたが、そんなに思い通りにはいかないで、生涯の大半を過ごしてきてしまった。

かえりみておまえはどんな父親だったのか、そしていまどんな父親なのかと語るべき段階だとおもう。わたしの父親は無教育の舟大工の棟梁だったし、失敗した生活者の生涯と呼んでいいとおもうが、つくづく偉大な父親だったとおもう。それに比べるとわたしは二人の娘たちにあたえるものは何もなかった。これは二人の娘たちがわたしから何をうけとったか、わたしの何を拒絶し、愛憎したかとかかわりないことだとおもう。

ただもっと胸の奥をこじ開けてみれば、太宰治ではないが、白い絹の布地に何やら蟻がぞろぞろ列をなしていったあとに、象形文字にも仮名にもならないような、父としての存在の跡のようなものがのこされている気がする。それはわたし自身にも判読できない。だから、何と書かれているかということができないが、その痕跡はたしかに押印されていて、わたしが「父」であることを、何ものかに向って証明しているような気がする。

母の死

ここ一、二月のあいだに、「母もの」、「祖母もの」、「姉妹もの」の詩を何篇か書いてきました。もちろんn個の性をもった女性であれば誰として描いてもよかったのですが、このような女性のイメージが、たいへん母親のイメージに似てくること、とくに一般化していえば近親の女性に似てくることは、確かなようにもおもわれました。情緒の普遍性であるとともに、いちじるしく精神的な性であること。肉体の普遍性であるとともに、触感の禁忌であるようなもの。憎悪の普遍性であるとともに、憧憬の特殊性であるようなもの。こういう原型に叶うものであれば、さしあたって一篇の詩に登場してくる女性としては、充分におもわれたのです。実在のモデルとしてはやはり母親がいちばん近いものでした。

そこでもう亡くなった母親についての性的なエピソードをいくつか並べて座興に供したくおもいます。

たしか二十歳前後の学生のころ、母親と抱き合った夢を一、二度見たことがありました。姿勢はぴったりと身体をのばして、全身を密着させている姿勢で、母親は裸体でした。それなのにじぶんの方は裸体であるのかどうか、まったく不明のままでした。けれど接触感はありました。その接触感のもとになっているのは、子供のころ母親に抱かれて銭湯の女風呂に入っているときに、あるときふと感じた恥ずかしかった触感の記憶から代理されたものでした。性交はされないで夢はさめてしまいました。夢がさめてから、じぶんにもフロイトが指摘しているような母子相姦的な夢が「実在」したことに興奮して、どきどきしたのをおぼえています。

もう七十歳をいくつか過ぎたころ、孫（弟の子供）を抱いたはずみか、ふとんを持ちあげたはずみかで、母親は椎間板を痛めてしまったことがありました。見舞にいっていたとき、ギプスを作るための石膏の型どりに、たまたま近所の外科医がやってきていましたので、手伝いをしました。立った姿勢で両手をカモイに掛けているように医者にいわれた母親を、後ろから支えているように申しつけられ、母親の胸から腰うえのあたりを両手で支えていました。そのとき生れてはじめて、意識的に母親の裸体に触れました。小柄な母親の身体の触感は、融けてなくなるようなやわらかさをもっていました。そういう場面ではないのに、わたしは心の奥の奥のほうで高鳴りを抑圧しているじぶんを感じました。子供のまえでかつて一度も夫婦としての肉体的な情緒をみせたことのない父親と母親でしたが、ただ一度だけみたうつぶせになった母親にヤイト（お灸）をしてやっていた父親の姿を、そのとき思いうかべました。

もともと胃弱だった母親の死病になったのは、手遅れになった胃穿孔でした。老齢で手術が終るまで身体がもつかどうかわからなかった母親は、ぼろぼろになった胃袋をやっと綴り合わせると、そのまま重態に陥りました。いまはそれぞれいい年齢になった子供たちは、仕事の間を縫っては、かわりばんこに母親の看病にあたりました。母親は男の子であるわたしには、危篤状態になるまでどうしても、しもの世話を肯んじませんでした。一生懸命に拒絶の意を伝えるので、そのときは看護婦さんにゆだねて病室の外に出るようにしていました。だが最後のころになると、とうとう拒絶する気力がなくなって、しもの世話をわたしにもゆだねるようになりました。わたしは、もはや母親の死が間近にちかづいたのを知り、もうおわかれとおもうと、心の奥の奥のほうで涙が流れ、じぶんがそこに溺れるのを感じました。

　けれどもうひとつのことがありました。重態の母の咽喉のところで、あとからあとからひっかかってくる痰を切るために、吸入薬を入れるのですが、苦しくてつらいもんだから、母親はやめさせようとします。それでも医者の命令どおりに、無理に吸入しようとすると、母親は無声の声でわたしを叱りつけるのでした。なぜ叱りつけているのがわかったかといえば、むかし子供のころ悪ガキで、いたずらのかぎりをつくしたわたしを、叱りつけてときにはゲンコをふりあげて追っかけてきた母親の表情と、そっくりおなじ表情だったからです。ほんとはこの方が、性と死を象徴するエピソードなのかもしれません。何となれば男の子供の悪戯を叱責するときの母親は、普遍的な性（n個の性）として男性を追いつめているのだし、逃亡する悪ガキは普遍的な性に追い出されてゆく、もうひとつの普遍的な性の姿だからです。

三島由紀夫の死

三島由紀夫の劇的な割腹死、介錯による首はね。これは衝撃である。この自死の方法は、いくぶんか生きているもののすべてを〈コケ〉にみせるだけの迫力をもっている。

この自死の方法の凄まじさと、悲惨なばかりの〈檄文〉や〈辞世〉の歌の下らなさ、政治的行為としての見当外れの愚劣さ、自死にいたる過程を、あらかじめテレビカメラに映写させるような所にあらわれた、大向うむけの〈醒めた計量〉の仕方等々の奇妙なアマルガムが、衝撃に色彩をあたえている。そして問いはここ数年来三島由紀夫にいだいていたのとおなじようにわたしにのこる。〈どこまで本気なのかね〉というように。つまり、わたしにはいちばん判りにくいところでかれは死んでいる。この問いにたいして三島の自死の方法の凄まじさだけが答えになっている。そしてこの答えは一瞬〈おまえはなにをしてきたのか!〉と迫るだけの力をわたしに対してもっている。しかし青年たちが三島由紀夫の自死からうけた衝撃は、これとちがうような気がする。青年たちは、わたしが戦争中、アクロバット的な肉体の鍛錬に耐えて、やがて特攻でつぎつぎと自爆していった少年航空兵たちに感じたとおなじ質の衝撃を感じたのではなかろうか？

青年たちのうけたであろうこの衝撃の質を、あざ嗤うものはかならず罰せられるような気がする。そして、この衝撃の質は、イデオロギーに関係ないはずである。どんなに居直ろうと、〈おれは畳のうえで死んでやる〉などという市民主義的な豚ロースなどの、弛緩した心情になんの意味もないのだ。〈言葉〉は一瞬世界を凍らせることができる。しかし肉体的な行動が、一瞬でも世界を凍らせることは〈至難〉のことである。青年たちの衝撃は、この〈至難〉を感性的に洞察しえているがためにちがいない。わたしが青年たちと、うけた衝撃の質を異にするのは、耻かしさや無類の異和感にたえて戦後に生き延びたことから、〈死〉を固定的に、つまり空想的にかんがえないという思想をもっているためである。

三島由紀夫の割腹死でおわった政治的行為が、〈時代的〉でありうるかどうか、〈時代〉を旋回させるだけの効果を果しうるかどうかは、たれにも判らない。三島じしんが、じぶんを正確に評価しえていたとすれば、この影響は間接的な回路をとおって、かならず何年かあとに、相当の力であらわれるような気がする。だが、かれ自身が、じぶんを過大にかあるいは過小にかしか評価できていなかったとすれば、まさに世の〈民主主義者〉がいうように、時代錯誤、ドン・キホーテ、愚行ということにおわるだろう。この問題はいずれにせよ、早急に結果があらわれることはない。

わたしがまさに、正体不明の出自をもつ〈天皇〉族なるもののために、演じた過去の愚かさを自己粉砕する方法の端緒をつかみかけたとき、三島はこの正体不明の一族にあらゆる観念的な価値の源泉をもとめるという逆行に達している。このちぐはぐさはどこからくるのか。かれは自衛隊の市ヶ谷屯営所の正面バルコニーで、一場の無内容なアジ演説を隊員にぶったあと、もっとも愚かしい〈天皇陛下万歳〉を叫んだ。そして、この最も愚かな叫び声のすぐあとに、もっとも不可避の衝撃力をもつ割腹、刎頸の自死の方法が接続される。潜行する衝撃の波紋と、故意にこの衝撃の深さに蓋をしようとしている大手新聞をはじめとするマス・コミの報道は、かれの自死の方法の凄まじさにだけは拮抗できないし、また、これを葬ることもできない。

　肉体の鍛錬に思想的な意味をもたせるすべての思想は駄目である。〈若者よ、からだを鍛えておけ〉という唱歌をつくった文学的政治屋が駄目なのは、そのはなはだしい例である。肉体を錬磨すること、健康を維持し、積極的にこれを開発すること自体にはそれなりの意味が与えられる。しかし、それは個体にとってだけだ。戦中派と称せられる世代には、これを錯覚して、肉体の錬磨に公的な意味をもたせようとする抜きがたい傾向がある。そのあげく、人工的にボディビルし、刀技をひけらかし、刀を振りまわしたりするところへつっ走る。もちろん、これとて個体の内部では意味をもつにちがいない。最小限に見積っても、飯《めし》が美味《うま》くたべられるとか、気分が爽快になるとかいう有効性はある。しかし刀が肉体をふりまわすに至ることだってありうるのだ。そして刀は肉体だけではなく、精神をもふりまわす。

愚行を演技したものにむかって、愚行だと批難しても無駄である。ご当人が愚行は百も承知なのだ。

〈三島由紀夫に先をこされた。左翼もまけずに生命知らずを育てなければならぬ〉という左翼ラジカリズム馬鹿がいる。〈三島由紀夫のあとにつづけ〉という右翼学生馬鹿がいる。そうかとおもうと〈生命を大切にすべきである〉という市民主義馬鹿がいる。三馬鹿大将とはこれをいうのだ。いずれも三島由紀夫の精神的退行があらかじめはじきだした計量済みの反響であり、おけらたちの演じている余波である。しかし、いずれにせよ、この種の反応はたいしたものではない。真の反応は三島の優れた文学的業績の全重量を、一瞬のうち身体ごとぶつけて自爆してみせた動力学的な総和によって測られる。そして、これは何年かあとに必ず軽視することのできない重さであらわれるような気がする。三島の死は文学的な死でも精神病理学的な死でもなく、政治行為的な死だが、その〈死〉の意味はけっきょく文学的な業績の本格さによってしか、まともには測れないものとなるにちがいない。

三島由紀夫の死は、人間の観念の作用が、どこまでも退化しうることの怖ろしさを、あらためてまざまざと視せつけた。これはひとごとではない。この人間の観念的な可塑性はわたしを愕然とさせる。〈文武両道〉、〈男の涙〉、〈天皇陛下万歳〉等々。こういう言葉が、逆説でも比喩でもなく、まともに一級の知的作家の口からとびだしうることをみせつけられると、人間性の奇怪さ、文化的風土の不可解さに慄然とする。

知行が一致するのは動物だけだ。人間も動物だが、知行の不可避的な矛盾から、はじめて人間的意識は発生した。そこで人間は動物でありながら人間と呼ばれるものになった。

〈知〉は行動の一様式である。これは手や足を動かして行動するのと、まさしくおなじ意味で行動であるということを徹底してかんがえるべきである。つまらぬ哲学はつまらぬ行動を帰結する。なにが陽明学だ。なにが理論と実践の弁証法的統一だ。こういう馬鹿気た哲学を粉砕することなしには、人間の人間的本質は実現されない。こういう哲学にふりまわされたものが、権力を獲得したとき、なにをするかは、世界史的に証明済みである。こういう哲学の内部では、人間は自ら動物になるか、他者を動物に仕立てるために、強圧を加えるようになるか、のいずれかである。

ひとつの強烈な事件を契機として、いままで潜在的であったものが、誘発されて顕在化し、その本性を暴露するということがありうる。三島由紀夫の自死の衝迫力は、いままで知識人であったものから蒙昧をひきだし、いままで正常にみえたものから狂者をおびきだし、いままで左翼的な言辞をもてあそんでいたものから、右翼的言辞をひきだし、いままで市民主義をひけらかしていたものから、たんなる臆病をひきだし、いままで公正な輿論を装ってきたものから、狼狽した事なかれ主義の本性をひきだした。

死は、とくに自殺死は〈絶対〉的である。ただしその〈絶対〉性は〈静的〉である。わたしたちが〈自殺〉死にたいしてもつ、せん望や及び難さの感じは、〈死〉にさえ意志力を加えているという驚きと、〈死〉の唐突さに根ざしている。

なぜならば、黙ってほっておいても、人間はいつか〈死ぬ〉ものであるという認識は、ほんとうは疑わしい識知であるにもかかわらず、一定の年齢に達した以後の、すべての人間を先験的に捉えているからである。しかしながら、ある個人の〈死〉に加えられた本人の意志力は、まったくその本人の意志と、私的事情に属するとともに、本人が意識すると否とにかかわらず、ある〈共同意志〉からやってくる。そして〈共同意志〉なるものは、人間の観念の生みだしたもののうち、もっとも不可解な気味の悪いものであり、それは人間だけが生みだしてきたものである。そして、同時に、人間は個人として、具体的に〈共同意志〉に手で触れることもできなければ、眼でみることもできない。だから、〈自殺〉死は〈絶対的〉であるとともに、どこか〈静的〉にしかみえない。

青年がとくに〈自殺〉死にたいしていだく〈先をこされた〉とか〈及び難い〉とか、〈あとにつづかねば〉という感じと焦燥は、〈自殺〉死のもつ〈絶対〉の〈静止〉を、〈動的〉なものと錯覚するからである。つまり、〈死〉は自殺であろうが、他殺であろうが、自然死であろうが、また逆に〈生命を粗末にするな〉とか生命を尊重せよとかいう〈反死〉であろうが、いつもたれにとっても可能性のある世界で、これは臆病だとか勇気だとかに無関係であるということが、青年期には判らないように、人間はできている。人間の存在の仕方と、認識の在り方の〈動的〉な性質は、年齢によってはよくのみこめないのである。きみが臆病であろうが、勇気があろうが、〈死〉だけはきみの体験や意志力の〈彼岸〉からきみにやってきうる無責任さと可塑性をもっている。

サルトルを研究すればサルトルにかぶれ、メルロオ＝ポンティを研究すればメルロオ＝ポンティにかぶれる。毛沢東を研究すれば毛沢東主義にかぶれる。そしてもしかすると、天皇制を研究すれば天皇主義にかぶれる。サドを研究すればサディズムにかぶれ、バタイユをよめば〈死〉と〈エロス〉のつながりとやらにかぶれる。これは〈空間〉的なかぶれである。

したがって〈時間〉的かぶれというのもある。古代を研究すれば古代主義にかぶれ、武士道を研究すればサムライにかぶれて、比喩でもなんでもなく〈サムライ〉気取りになる。これこそが日本の文化的悲喜劇である。

ところで、人間的悲喜劇というのもある。肉体を鍛錬すれば肉体主義にかぶれ、武器をもてあそべば武装主義にかぶれる。そのあげく〈自衛隊〉などに肯定、否定にかかわらず過剰な意味をつける。なるほどそれは巨きな武装力をもち、いつでも〈命令一下〉武器を暴発してわたしたちをも、仮想敵をも殺りくできる存在である。しかし、武器をもてあそび、それに至上の価値を与えるものほど〈人形〉にすぎない、ということを忘れるべきではない。それらは〈命令一下〉どんなもったいないほど税金をしぼってつくった武器でも、屑鉄のように捨ててしまえる存在である。そのあとには〈人形〉、〈御殿女中〉しかのこらない。あるいは貧しい〈サラリーマン〉しかのこらない。〈自衛隊〉に反戦や反乱の拠点をつくれという発想も、〈自衛隊を利用せよ〉という発想も、シビリアンコントロールによる〈自衛隊〉の国軍化という発想も、〈自衛隊〉に拮抗しうる軍事組織をつくれという発想も、〈自衛隊をつぶせ〉という発想も、中途半端に武装に威かくされたり、なんの役にもたたない刀などをふりまわしたりした経験のあるものの考えそうな頓馬な〈空想〉である。〈自衛隊〉をどうするかなどという発想には、〈政治〉的にも〈階級〉的にもなんの意味もない。

　これらの発想は三島由紀夫の政治的行動のうち、もっとも劣悪な側面が誘発した劣悪な反応であり、また余波である。

　三島由紀夫の〈死〉にたいする観念には、きわめて〈空想〉的な部分がある。それは、かれが〈法〉に抵触した行為をしたときには〈死〉ぬべきだ、とおもいつめていたところによくあらわれている。この思いつめは、もともと本質的な〈弱者〉であり、本質的な〈御殿女中〉である封建武士が考えだしたものである。〈サムライ〉なる江戸期の体制べったりの徒食者層が、恥をかくとやたらに腹を切ったのかどうかはしらない。しかし、この体制的徒食者層の教養が、事物の〈過程〉にあるみじめさや、屈辱や、日常のさ細さに耐ええないで、〈跳び超したい〉という、生活的弱者や空想家の願望に根拠をもっていることは確からしくおもわれる。

　三島由紀夫は座談集のなかで、安田講堂にこもった全共闘の学生指導者は自死すべきであるのに、ひとりもそういう行為に出たものがいないのに落胆したという意味のことをのべている。また、安田講堂事件のとき、機動隊に排除されてゆく学生たちの姿を指をくわえて傍観していた戦中派教授が、〈なんだひとりくらい飛び下り自殺でもするかとおもった〉と冷笑したという風評を当時耳にしたことがある。これらの発想は、一様に〈死〉についての〈空想〉家のやる発想にほかならない。

なんべんでもいうが、〈死〉は、どんな死に方でも〈空想〉ではないかわりに、どんな死に方でも、傍観教授や〈畳の上で死んでやる〉という市民主義ボスをも不可避的におとずれる可能性があるものである。そして人間は、不可避的にか、あるいは眼をつぶった〈跳び超し〉以外には、どんな死に方も可能ではない。可能でないところでは死ぬことはできないし、死なぬ方がいいのである。

三島由紀夫の〈天皇陛下万歳〉は、これを嗤うこともできるし、時代錯誤として却けることもできる。また、おれは立場を異にするということもできる。しかし、残念なことに、天皇制の不可解な存在の仕方を〈無化〉し、こういうものに価値の源泉をおくことが、どんなに愚かしいことかを、充分に説得しうるだけの確定的な根拠を、たれも解明しつくしてはいない。したがって三島の政治行為としての〈死〉を、完全に〈無化〉することはいまのところ不可能である。根深い骨の折れる無形のたたかいは、これからほんとうに本格的にはじまる。ジャーナリズムにやたらにあらわれた三島由紀夫の自称〈好敵手〉などは、このたたかいの奥深さとは、なんの関係もない存在である。それらは、三島由紀夫の同調的または非同調的なおけらにしかすぎない。そうでなければ、もともと三島の思想とは無縁の、すれちがいのところで思想的な営為をやってきたものにしかすぎない。

才能ある文学者には、才能あるものにしかわからぬ乾いた精神の砂漠や空洞があるのかもしれぬ。わたしにはそれがわからぬ。

三島は生きているときも大向うをあてにして、ずいぶん駄本をかいてサービスしている。そして〈死〉にいたるまで大向うにたいする計量とサービスを忘れなかった。これは、充ちたりた分《ぶ》限《げん》者か、成り上った苦学生のつかう方法である。ほかのどこが似ていても、三島由紀夫と二・二六の青年将校たちとはこの点で似ていない。あの将校たちの背後には、飢饉で困窮した農民たちの現実的な姿があり、その姿はかれらの部下の兵士たちの故郷の平野の中にあった。三島の思想にも政治的行為にも、そんなものはひとかけらもない。いわば〈宮廷革命〉的な発想である。比喩的にいえば、〈蘇我氏〉にたいする〈物部氏〉の反動革命などになんの意味があるか。わたしたちが粉砕したいのは、それら支配のすべてである。

三島が〈日本的なもの〉、〈優雅なもの〉、〈美的なもの〉とかんがえていたものは、〈古代朝鮮的なもの〉にしかすぎない。また、三島が〈サムライ的なもの〉とかんがえていた理念は、わい小化された〈古典中国的なもの〉にしかすぎない。この思想的錯誤は哀れを誘う。かれの視野のどこにも〈日本的なもの〉などは存在しなかった。それなのに〈日本的なもの〉とおもいこんでいたのは哀れではないのか？

神話や古典は大なり小なり危険な書物である。読みかたをちがうと、それをあつめ編さんし記した勢力の想像力の軌道にしらずしらず乗っかり、かれらの想像力の収斂するところに〈文化的価値〉を収斂させることになる。これはある意味では不可避の必然力をもっている。こういうときには、神話や古典時代のわれわれが、竪穴住宅に毛のはえたような掘立小屋で、ぼろを着て土間にじかに起居していたのだということを思いだすのも、けっしてわるくはない。小唐帝気取りだった初期天皇群は、衣・食・住のすべてにわたって、等級と禁制を設けて、中国の冊封体制に迎合した。文学者がさわりだけで神話や古典をいじるのはあぶない火遊びである。

閉じられた思想と心情とは、もし契機さえあれば、肉体の形まではいつでも退化しうる。これはどんな大思想でも、どんな純粋種の心情でも例外はない。

わたしはこの同世代の優れた文学者を、二度近くで〈視た〉ことがある。一度はもう二十年ほども前、知人の出版記念会の席であった。もう一度は去年の夏、伊豆の海からの帰り、三島駅から乗った新幹線のおなじ箱に、熱海駅から乗り込んで、わたしの席の四つほど前に座ったのをみた。これが因縁のすべてであるといいたいが、かれは一度、編集者の求めに応じて、わたしの評論集に、親切な帯の文章をよせてくれた。かれは嫌いながらも、文士や芸術家や芸能人たちによくつきあい、わたしは嫌いだからつきあわないので、一度も言葉をかわしたことはなかった。これは幸いであった。わたしにかれの死が〈逆上〉も〈冷笑〉ももたらさないのはそのためである。ただ、かれの〈死〉は重い暗いしこりをわたしの心においていった。わたしの感性にいくらかでも普遍性があるとしたら、たぶんこの重い暗いしこりの感じは、かれが時代と他者においていった遺産である。

わが「転向」

シンパシーと違和感

お訊ねなので言いますが、六〇年安保のとき、僕は清水幾太郎さんにつぐ「全学連主流派同伴知識人第二号」と言われていました。ただ「同伴」の意味は清水さんと僕とでは違っていたと思います。清水さんのように物書きとしての権威はないし、年齢も若かったので、デモ行動は一般学生なみに、そして思想は自分の主体性を保って、というのが内心の原則でした。清水幾太郎さんのような立派な寄与はできなかったと考えています。

当時の運動は「安保改定に反対する」という目的で知識人から学生まで、様々な階層、職業の人々が参加したわけですが、「安保以後」の展望に関してもおのおの違ったイメージを持っていました。

安保改定反対の運動が最終的には、当時の全学連主流派＝ブントは政治革命につながっても辞さないと考えて、反主流派＝代々木系（共産党）から分裂し、人数的には優位にたっていたと思います。

共産党のスローガンは「反米愛国」でしたが、僕らはあの当時、「反米愛国」なんて一度も思ったことはありませんでした。

僕らの認識は、「日本国の資本主義は戦争の疲弊からやっと回復して、アメリカの資本主義に対してある程度相対的に独立して振舞えるようになり、それが六〇年の安保条約改定につながった」という考え方でした。あの当時共産党の同伴者の間では、左翼性とは関係ない「反米ナショナリズム」が奇妙に充満していたと思います。全学連主流派の人たちの認識も僕らと大筋で同じだったと思います。

僕などは「民族独立行動隊」のようなナショナリズムの歌は歌いたくありませんでした。また安保闘争のあとではインターナショナルの歌も嘘っぱちと思えてきて、歌いたくありませんでした。そのくらい、彼ら共産党やその同伴者とは明確に違っていたんです。この二つの流れが一緒になって行動したのが、六〇年安保の理解を遠くから見て難しくしてしまったと思います。僕らは行動的な同伴者であろうとしましたが、理念的な同伴知識人のつもりはありませんでした。これは全学連の人々にうまく理解されていると思っていませんでした。このことではいつもどこかでちぐはぐさを感じていたと思います。

僕は全学連主流派と一緒に行動はしていたけれど、これが革命につながるとは決して思っていなくて、醒めていましたから、かりにデモが成功したとしても、せいぜい岸信介首班の内閣が退陣して別の政府に替わる程度のことだろうと思っていました。

一般学生の中には、このデモで死んでもいいと思っていた人もいたでしょうが、僕はデモでもみくちゃになってるときも、こんなところで死んでたまるかと思っていました。

学生たちの熱気はものすごいものだったし、そういう経験は戦争のとき僕にもあったから、とてもよくわかったということです。

僕の学生時代は戦争中でしたから、僕は軍国少年で、この戦いで死んでもいい、戦争に負けたときは俺の命のないときだと思い込んでいました。その時の思いから、彼らの熱気は十分理解できたつもりです。

「挫折の季節」に

理解できたけれど、彼らの考えとは違うと思っていました。だから、僕は自分自身にせめて戒めたのは、学生たちの前へ出しゃばって行くことだけはすまいということと、逃げずにこの人たちと一緒にやっていこうという二点でした。この二点については守ってきたつもりですが、その考え方は違うという気分もありました。

彼らの行動様式は、日本左翼の伝統には、まったくなかった新しさとして評価していました。世界で初めてソ連共産党の政策から流れてくるものと独立の左翼運動が開始されたと見做したからです。結局、あまりにも過激な行動様式のために指導者がみんな捕まってしまい、六〇年以降、運動は空中分解してしまったわけです。彼らの行動様式は日本左翼にはいまだかつてない立派なものだったと思っています。

だいたい日本共産党やソ連共産党の流れをくんだ左翼は、一般学生には「進め、進め」と言っても、自分はいつもどこか安全なところにいました。

しかし彼らは指導者から突っ込んでいきました。学生だって気質が違っていて、マンガでも読みながら、「やっちゃえ、やっちゃえ」ぐらいの軽いノリも心得ていました。これはでたらめといえばでたらめでしょうが、あの時の行動様式に表れた新しさは、世界に類例がなくて評価できるものです。

ソビエトとアメリカという両体制が対立していた中で、双方から押し潰されず、どちらの様式をも取らなかったという意味では、彼らのやり方はいちばん妥当なもので、その運動は擁護されるべきものでした。

僕は当時『擬制の終焉』や『民主主義の神話』などで、全学連主流派の運動を支持して、日共、中共、ソ共系の運動に批判的でしたから、「あいつは怪しからん」ということで、代々木系や市民主義系の知識人で総評や共産党と同じデモをやっていた人たちから、孤立していました。清水さんはもっとそうだったと思います。

六〇年安保の後、運動は空中分解して、いわゆる「挫折の季節」が始まる中で、自殺した学生が何人か出たでしょう。その中には僕のところに手紙をよこし、返事のやりとりをしていた学生もいました。そういう学生の友人から連絡を受けると、葬儀につきあうわけです。

神妙にひかえているのですが、そんな時、父兄からあからさまな言葉ではありませんが、「お前の書くような本を読まないでちゃんと勉強してたらこんなことにはならなかったんだ」と言われたものです。弁解したらおかしいと思うから、ひたすら恐縮して頭を垂れて聞くばかりでした。物を書くことの責任とか重さとか、受け取られ方について深刻に考えさせられたものです。精神異常になった当時の学生さんとはいまでもつきあいが続いています。このごろは体力がないからはぐらかしたりしますけどね。

その後も、当時と同じ問題意識を持ちつづけている学生たちが細々と開く研究会や組織への出席を請われれば、どんなことがあっても出て行って、彼らと挫折を一緒につきあいました。自他ともに大変だな、と思いながら行くわけです。

ただ、あの時代は「左翼」的風潮のなかで自殺したり挫折したりした学生もいましたが、僕らの視界が及ばないところで、政治的な関心がない学生がいて、当時のノンポリという言葉は軽蔑感が込められていましたから、「左翼でない」罪悪感というかトラウマに苦しめられた学生もいたんでしょうね。いまでも思いがけないところで、思いがけない人から反感を受け取ることがあります。また逆に思いがけないところで、親和力を感じることもあります。

全共闘の世代と時代がズレるのかどうかわかりませんが、村上春樹さんなんかも、『風の歌を聴け』『1973年のピンボール』『羊をめぐる冒険』の初期三部作を読んでいますと、副主人公の「鼠」の言葉や行動などに、当時の左翼性への反感も微かに感じることがあります。

左翼性との関係からいえば、かつてブントの幹部だった西部邁さんが、六〇年安保を振り返った『六〇年安保　センチメンタル・ジャーニー』の中で、マルクスなんて読んでなかったと言ってますが、存外、左翼性と学生運動との関係には、そんな呑気なところもあったんではないでしょうか。

西部さんの本に「大衆」とか「民衆」といった概念がまるで出てこないことには驚きました。「なるほど、この人の左翼性は、大衆との関連から出てきた左翼性ではないな」と初めて理解できたんですよ。これはもしかすると、全学連の幹部の一面を象徴しているのかもしれません。もっと拡大して言えば、知識人の左翼性を象徴しているのかもしれません。だから、現在の西部さんが一種の頑強な保守性を意図的に強調するのは、あの時代に、「大衆」に対する意識が落ちていたことに対するコンプレックスが尾を引いてるのかもしれません。きっと彼がいま一番嫌いな言葉は、「大衆」だと思いますよ。

一九七二年の大転換

僕らはそれと逆で、大衆の原像ということが年来の思想のカギでした。僕が旧来の「左翼」思想と訣別したところがあるとすれば、「大衆」と呼ばれてきた層が、日本の社会の中枢を占めるようになったのではないかという認識から始まった、と単純化して言っていいぐらいです。

八〇年代に入って、六〇年から八〇年の間のどこかでとても顕著な日本社会の大転換のピークがあったと思えてきました。どこでどんな変化をしたのかはなかなかわからなかったのですが、この変化が社会・文化・経済といったものを根底から変えたのではないか、という考え方が頭をもたげてきました。それがはっきりしだしたのは、いまから六、七年前でしょうか。

具体的なきっかけになった兆候はいくつかあります。文化面でいえば、評論の泉麻人、小説の田中康夫、高橋源一郎といった、いわゆる「新人類」的と呼ばれた人たちが出てきたことですね。あるいは山田詠美さんが処女作『ベッドタイムアイズ』で黒人との同棲生活の絡み合いを表現し、性的な秩序によって人間の秩序の再生をはかるような視点をモチーフにして作品を書いたりしたとき、これは軽いけれど自由だなあと感じ始めた頃から、時代の変化が具体的に見えてきたように思います。

文学評論は文化のなかで一番保守的な分野ですから、派手な変化は感じられませんでしたが、加藤典洋、竹田青嗣や初期の浅田彰あたりが同時代的な感覚の持主でしょうね。中でも初期の浅田彰には、いままでの文学の系譜からは考えられない「おやっ」という感覚がありました。

彼らの書いたものは軽文学と言ったらいいか、深刻なところが何もないし、もちろんイデオロギーには固執するほどの関心もなく、スイスイ感覚をひろげている。

しかも文字表現を主体にした知識や教養と、映像や音楽に基づく知識や教養がほぼ同じ重さに扱われていたことも不思議でした。たとえば僕たちの世代にとって、中野重治は神様のような小説家ですが、新しい世代は公然と「知らねえ」と言う。それは僕も同じことで、「吉本隆明って、何か六〇年頃流行ってたらしいぞ」と言われたりするようになりました。

しかし活字文化に対してオーソドックスでない感性の人間が馬鹿かと言えば全然そうではなく、映像や音楽に関する造詣は、われわれとは格段のひろさを持っています。文化が感性から変化し始めた感じです。

文学、映画、テレビと、全てにわたって軽さ、明るさの感性が充満してきた、こうした新しい世代が発生した理由をどうしてもつかめませんでした。彼らがどんどん出てくるような社会の基盤は一体何か、ということが気になってきたんです。この現象の裏には、六〇年安保とか第二次世界大戦といった事件としての区切りはないけれども、実際にはそれに匹敵するような大きな転換点があったんじゃないか。しかもこの転換点は事件と違って、過去の常識に固執したら見誤ってしまうものかもしれないと思いました。

それまで僕は、太宰治の小説『右大臣実朝』にある「人間というのは暗いうちは亡びない、明るいのは亡びの姿だ」という言葉が好きで、それに固執し、そこを掘り下げていけば大丈夫だと思っていました。しかし彼らの明るさ、軽さを「亡びの姿」で片付け、きちんと分析をしなかったなら、この時代では使いものにならないように思えてきたのです。

そこでまず彼らが出現するようになった時代の変化とは何かを、文化的にだけでなく、経済、社会的な面からも考えようとしました。

旧来のロシア的「左翼」の出発点と重点は、ひと口に要約すれば「都市と農村の対立」という着眼点に帰着します。近代の都市はもともと農村との対立から生み出され、都市の周辺に製造工場を設け、中央に本社を置くのが都市の発達の基本形だったわけです。この対立点を重工業を中心にした製造業などの方に、言い換えれば都市工業労働者の方へ引き寄せようとする考え方が、ロシア的マルクス主義のモチーフです。

ところが現在、六〇年から八〇年の間のどこかで、「農村と都市の対立」「農業と工業の対立」は主要な課題からずり落ちてしまったのではないかと思えてきたのです。

それは第三次産業に従事している人々が働く人の過半数を占め、国民総生産も第二次産業＝工業をはるかに追い抜いたことからもわかるんですね。都市は工業を中心として生み出されたというかつての僕らの感覚とは、まったく食い違ったことがわかってきたわけです。

そこで今度は、その「農村と都市の対立」が副次的になったのはいつなのかを、自分なりに突き詰めてみました。するとどうも日本の社会では七二年前後の二、三年だろうと思われてきました。まず七二年をピークにして、第三次産業の従事者の人数のほうが第二次産業よりも多くなってきます。また、ミネラルウォーターが初めて壜に詰めて売られ始めた。実はこれはとても象徴的なことで、マルクスの『資本論』の基礎になっている経済認識は、空気や天然水はとても大切で使用価値は大きいが、交換価値、つまり値段はないということで象徴されます。ところが天然水が製造工程を経て商品として売られることによって、交換価値を生じました。

超高層ビルが建ち始めたのもこの頃です。製造工業や重工業など第二次産業の本社機能だけならせいぜい十階ぐらいですんでいたが、第三次産業の本社も設けるとなると同じ狭い立地条件で造らなければならないから、超高層ビルにするより仕方がないのです。つまり第三次産業が第二次産業よりも多くなっていったのが、超高層ビルの出現の象徴であるわけですね。

マルクスの時代の公害病は肺結核でしたが、現在の公害的な病気は、頭の病気に変わってきた。正常か異常かとか、障害か無障害かという境界がはっきりしない〝頭の公害病〟が蔓延してきたのも、この時期からでしょう。

こうしたいくつかの兆候を考え合わせると、日本の社会では七二年を中心にした二、三年でとても大きな曲がり角を迎えたという認識に達します。

七二年が一つの転換期だと気づいたことによって、僕の仕事の方向性もはっきりしてきました。一つは大衆文化を本気に論評しようということ、もう一つが都市論をキチンと考えようということです。文学評論の余技として大衆文学を論じるのではなく、大真面目に大衆文化の問題を正面に据えなければいけないと思ったし、都市の実態をもう一回考え直さなくてはいけないということになりました。

僕は「新・新左翼」

さきほど申しましたように、いまの都市は工業都市ではなく、第三次産業都市というか、「超都市」になっています。この、都市から超都市へ移っていく過程をキチンと論評しなくてはいけないと意識し始めたんですね。僕の著書としては、大衆文化論にあたるのが『マス・イメージ論』であり、超都市論は『ハイ・イメージ論』の中で、これはまだ完結していませんが、正面から論評してみようと試みたわけです。これらは『共同幻想論』の続きとなっており、『共同幻想論』が、共同体のあり方を過去に遡って論じてみたとすれば、『マス・イメージ論』や『ハイ・イメージ論』は、現在から未来への共同体のあり方を把握しようとしたものです。

多分、そこが旧来の左翼と僕らの分かれ道になったのです。それは旧来の左翼の「都市資本主義を肯定し始めた」という僕への批判にあらわれました。エコロティズム、ナチュラリズム、科学技術の単純否定、反都市、反文明、反原発の主張というように、旧来の左翼はこの時期から退化、保守化に入っていきます。つまり僕などの考え方との開きは拡大していったのです。もちろん都市資本主義を肯定することが悪いわけではありませんが、僕の問題意識はいい悪いの問題ではない。要するに工業と農業との対立がいまの社会の主要な課題だと思っている考え方はもうダメだ、ということです。

ですから、僕は「転向」したわけでも、左翼から右翼になったわけでもない。旧来の「左翼」が成り立たない以上、そういう左翼性は持たないというだけです。だから僕は「転向」したと言われても一向に構いません。これは僕らが旧左翼のすべてを保守化、反動化と呼ぶのと同じことですから。自分自身では「新・新左翼」と自己定義しています。

そして「七二年頃にどうやら時代の大転換があった」と分析ができてからは、挫折の季節を経てなお、かつての考え方にしがみついている人々とのつきあいは免除してもらうことにしました。これまでは、責任がないわけではない、と思ってきましたが、時代が変わってしまったんだから罪償感もこれきりにさせてもらおう、つきあいにエネルギーを費やすのではなく、自分の考え方を展開して公にすることにエネルギーを使おう、と考えるようにしています。

それからは文字通り単独で、徹底的に考えました。しかし僕の考え方を理解できない人や、ついていけなかった人々は、『マス・イメージ論』や『ハイ・イメージ論』を批判し始めました。僕のとても親しくしていた方や、いろいろ恩恵を受けた先輩方、鮎川信夫さんや内村剛介さんなどです。

しかし僕は、マルクス主義が現代に当てはまるかどうかを、まさに真剣に考察したんですね。だから、この時期に論争をした人々に一度たりとも負けたとは思っていません。

しかしサルトルを始めとする西欧知識人は、日本人よりもっとひどいですね。サルトルという人はマルクス主義なしには自分の思想は成り立たないという意味で、マルクス主義がつっかい棒だった。いまのようにロシア・マルクス主義を源泉とする「マルクス主義」が世界的な大敗北を喫している中で、徹底的な否定を潜らなかったら、理念の再生なんていうのはありえないんです。ところが、そのつっかい棒に対して一度も否定的批判をしたこともなくて、この大転換期を通り抜けようとする姑息な知識人ばかりがいる。

これは柄谷行人とか浅田彰とか、「週刊金曜日」の本多勝一から社会党護憲派の國弘正雄、上田哲まで全部同じで、一度もロシア・マルクス主義に対して否定的な批判をしたりしないできて、またぞろ自分の理念を水で薄めれば通用すると思っているのです。その結果、この連中の理念が作りだしたのが、村山超保守政府です。

柄谷行人や浅田彰の場合は、どちらかというと師匠筋にあたるジャック・デリダやドゥルーズたちの責任なんでしょう。あの人たちも徹底的な否定は一切せずに、ロシア・マルクス主義をなし崩しに解体しただけですまそうとしています。頭のいい人たちですから、それなりの仕事はあるけれど、理念的に言ったら一度も否定を潜ったことがない人達です。

ただ僕は、身辺索漠になっても、何とか今の世界状況を超都市的なもの、第三次産業的なものを含めて分析すべき主題に突っ込んでいます。それをやらないと、世界の左翼性は全部ここで壊滅してしまうと思いますね。

たとえば世界の所得分配率を調べると、所得格差、つまり貧富の差が一番少ないのは日本なのです。いわゆる世界の大国が十位前後で、社会主義国なんて二十位以下です。つまり、どっちが体制でどっちが反体制なのか、全然わからなくなっています。こうした区別をしても何の意味もないという時代に入ったのです。

たとえばいま日本の社会では、去年のデータでいえば九割一分の人が自分たちは中流だと思っているんですね。この不況で、多少精神的に貧弱な思いをした層があるかもしれないが、だいたい一年経つごとに、二、三パーセントずつ私は中流だという人が増えています。十年、十五年後には九割九分の人が、私は中流だと言うでしょう。

そんな社会が本当にできたとすると、九割九分の中流は上昇志向を持たない限り、その社会に文句を言わないでしょう。しかし九割九分に文句がないという社会は、あまりにも不気味ですから、もしかすると社会システムがうまく働かなくなるかもしれないと思います。第三次産業が過半数を占めた結果、様々な社会変化が起こったように、たとえば第四次産業化というような我々には予期できない要素が出てくるかもしれません。

そのときには、ロシアから始まった発想ではない、全く違った条件を持った左翼性が必要になる可能性があります。その時代まで僕が生きているかどうかは全くわからないんですけどね。

「左翼」という言葉も要らない

しかしすでに、「体制―反体制」といった意味の左翼性は必要も意味もないと言っていいと思います。何か個別の問題が起こった時、ケースバイケースでその都度、態度を鮮明にすればいいだけです。上司が理不尽なことを言ったならば反対することが、いわばその時々の「反体制」ということです。

極論すれば、「左翼」という言葉自体が必要ないんじゃないか。僕は、社会党の講演会でも言ったんですが、こうした時代では社会党の人間が大臣になって、自分の考えていることを少しずつでも実現していくことは、少しも悪いことではない。「物価が上がったから賃金もスライドして上げろ」とか、「厚生施設をつくってくれ」とか、つまりその都度の要求をすれば、十年、十五年の当座は間に合ってしまう。

逆に「大臣になるのはけしからん」と思っている人は下野すればいいでしょう。冷却期間を置いて、自分たちの左翼性が有効性を持たなくなった理由を考え直せばいい。しかし、もし一旦下野したら、自分たちの考えが有効性を持つまで、最低十五年はかかることは覚悟しなくてはならないでしょうけれどね。

小沢のどこがファシズムか

僕は、当分のあいだ、いまのように小沢一郎の考え方で政治が動いても、何の問題もないと思います。小沢さんは、旧来の「左翼」達から、こぞって〝ファシスト〟の烙印を押されていますが、僕は決してそうではないと思う。それどころか「小沢一郎＝ファシスト」宣伝こそファシズムではないかと思っています。

僕が初めて「小沢一郎＝ファシスト」宣伝が気になったのは、上野広小路の交差点で日本共産党の宣伝カーが「小沢一郎はファシズムである」という幟を立て、盛んに宣伝活動をしているのを見た時でした。その後、週刊誌やテレビに登場するキャスターも、いかにも彼が独裁的に連合政権を牛耳っているかのように言いだしました。

ところが僕は彼の『日本改造計画』というのをきっちり読んだつもりですが、ファシズムを思わせる部分はどこにもない。それどころか彼の意見は常識に富み、妥当な見解があの中にあると思います。

この本の主なポイントは二点です。一つは自衛隊員の海外派遣に関して、憲法はそのままでいいが、第九条に第三項を設けて、「国連に協力する限りは海外に派遣することも是認するという条項を設ける」と言っている点。これは僕らが予想してた小沢一郎よりずっと穏健な考え方ですね。僕は、小沢一郎という人は本音では「憲法改正して、自衛隊を国軍にせよ」と主張するのかと思っていたけれどそうじゃない。決してファシズムじゃないし、むしろ社会党の穏健派までは、この主張に賛成するんじゃないでしょうか。（その後驚いたことに、社会党村山富市委員長首班の内閣が生まれ、自衛隊は合憲だという主張を公言し、自衛隊の海外派遣をこの内閣がやってのけました。驚倒したと言いたいところですが、ほんとは国家社会主義政党の本性があらわれたわけです。）

また、核兵器問題についても、日本が積極的に働きかけて世界の核兵器保有国の核兵器は国連管理にして、徐々に廃絶していくようにすべきだと言っています。これも思いもかけないくらい穏健な考え方で、まず誰も反対する人はいないと思いますね。

だから、これをファシズムというのは僕にはわからない。小沢一郎の見解を読まないで、単に好き嫌いの印象や、某政党の煽動にのっているだけで言ってるんじゃないかと僕は思います。

小沢一郎はテレビなど見ていると、とても率直に本音を言う人でしょう。「政治を清潔にと言ったって、政治には金がかかるんですよ」とちゃんと言う。聞いていて何となく響いてくると言うか、人間的な響きがある発言をする人で、僕は好感を持つんですが、こうした率直な物言いがいやな人が、ファシズムだと言いだしたのかもしれません。しかし、小沢一郎より何よりむしろ「小沢はファシズムだ」と幟を立てれば、周囲もすぐに同じことを言い出す状況のほうが、はるかにファシズムになる可能性が高いんじゃないでしょうか。

ただ、小沢一郎の著書には核兵器を国連管理で廃絶することまでしか論じられていないところが、不安といえば不安です。当然次には国家の軍隊の廃絶の議題が出てくるでしょう。しかし、ここまでは小沢一郎の射程は届いていないのです。だから、もし小沢一郎の見解に異論を立てる段階が来るとすれば、たぶん十年なり十五年経ったあとの段階じゃないかと思います。

さらに彼は国連主義を先験的に認めてしまっていますが、これも僕はちょっと危険な気がするんです。振り返ってみると、社会党や共産党や新左翼がロシアの第一、第二、第三インターナショナルに共鳴して、国家の上に位置する連合体をつくり、社会主義を世界に広めたつもりでいたら、結果的にはソ連一国を擁護する道具にされてしまいました。日本の左翼的な知識人はみんな騙され、ソ連を擁護するための論理と倫理を作らされた挙げ句、一般民衆は誰も解放されなかったわけです。

これと同じで、国連主義というのも、初めから論理を決めて計画をつくると、地球上の全国家の共通目的のために協力したつもりが、結果的にはアメリカ一国のためのものだったという日が来ないとは限らない。ある意味ではすでにそういう兆候がないことはないと思えます。

しかし、それ以外の部分に関しては穏健で妥当なことを言ってるなというのが、僕の感じでした。ですから、ここ十年、十五年までの間に限って言えば、小沢一郎の意見に僕は異論はないですね。現状のように「体制—反体制」の対立や左翼性が消滅した時代が続き、その都度の「イエス・ノー」が時代を動かすことになるんじゃないでしょうか。

新しい「マルクス」の誕生

現在、十年、十五年経った後にやってくる事態については、視野は誰にも見えていないのです。小沢一郎だって解決できそうもないし、旧来のマルクス主義ではなおさら処方箋は出せないでしょう。

ただ僕は、マルクス主義は確かに死んだけれど、マルクスはもしかしたら十年、十五年後に蘇生するかもしれないと思っています。僕が論争した埴谷雄高さんや柄谷行人、浅田彰などは、まだロシア・マルクス主義系統の思想が蘇生することがあると思っているようですが、そんなことはありえないです。僕は相当検討して、ありえないと結論づけています。先進国を見れば、マルクスが分析した時代の資本主義から、言ってみれば「超資本主義」へ完全に移行してしまったんだから、マルクス主義が復活するなんてありえません。

あるとしたら、かつてマルクスが資本主義が興隆し、都会が隆盛し、労働者街ができて公害病としてロンドンで肺結核が流行るのを見て、資本主義はだめだというふうに思ったように、十年、十五年後の超資本主義が行き詰まった時代に、「新しいマルクス＝救世主」が登場し、僕らには思いもよらない思想を提示してくれる時があるかもしれないということです。もちろんその「マルクス主義」は、現在の世界の「左翼」性とは全く関係ないでしょう。そういう「マルクス」なら、ぜひとも誕生してもらいたいですね。僕らはその前座をつとめているのかもしれません。

連合赤軍事件をめぐって

ただいまご紹介にあずかりました吉本です。たいへんいかめしいことを喋言らねばならんようなのですけれども、あまりいかめしくならないとおもいます。まあ連合赤軍事件についての感想程度のものだというふうに聞いていただければ、いちばんよろしいとおもいます。

わたしが立っています場所と、皆さんが立っておられる場所と、主催者の方が立っておられる場所とはそれぞれちがうので、ちがうということで、なんといいますか、ちょっと眺めればみんな見通しなんだという具合には存在していないということが、大きな問題だとおもいます。つまりその共通基盤が存在しているかのようにかんがえると、じぶんの守備範囲と場所というものを逸脱して、床屋政談みたいになっていくので、それはあんまりしたくないという原則がありますから、そういうところでお話してみたいとおもいます。

ぼくの立っている現在の場所から、いちばん気にかかったところから申しあげます。それは具体的に申しあげてかまわないわけですけれども、連合赤軍事件なるものが一連の事件ニュースとして報道されていくと、それはまああさま山荘事件というものがあって、その後からリンチ殺人事件というものがもちあがってくるという形で、われわれの眼には触れてきたわけです。そのばあいにぼくなんかがいちばんひっかかったことはなにかといいますと、まず第一にあさま山荘事件の直前ぐらいだとおもいますけれど、一つは小山弘健さんていう人が、軍事問題についての研究が重要な問題なんだっていうことを、ある新聞で書いていたということを記憶しています。ぼくはそれを読んだときものすごく不愉快だったわけです。なぜ不愉快かっていいますと、小山さんは、少くとも大人っていいますか、お年寄りなんで、つまりお年寄りだっていうことは、戦争を体験しているわけです。小山さんの戦時中における軍事問題、軍事産業問題についての研究あるいは著書は、どういう役割を果したかっていいますと、生産力、あるいは生産技術至上主義みたいなところから、つまり生産力理論みたいなところから、知らず知らずに戦争のほうに滑っていったということがあります。皆さんのほうは、ご存知ないかもしれませんが、そういう研究自体を通じて、生産力増強理論みたいなものを合理化する形で、しかも軍事生産自体を合理化するという形で、戦争謳歌というようなところに繋がっていったという過去の問題があるわけです。

そういう体験を経てきた人間が、マルクス主義にとって、軍事問題の研究が必須なものであるというようなことを、現在いうばあいには、ひねりといいましょうか、屈折がきいていなければいけないはずなんです。皆さんのほうでは、想像できないかもしれないけれど、ぼくらはよくしっています。現在、さまざまな学生運動のセクト、その他が軍事問題を提起していることと、みだりに迎合すべきでなくて、やはりひねりが働いた形で、その問題は出されてこなければいけないとおもいます。

皆さんのほうでは重要にはかんがえないかもしれませんが、戦争を経ている者、つまり、人を殺したり、あるいは少くともじぶんの肉親を、見渡せば必ず一人や二人殺されてきた人間にとっては、現在皆さんが軍事問題について提起されているということがあったら、それに対して迎合するという形ではなくて、いわばひねりが効いた形でそういう問題が提起されていかなければならないと、ぼくにはかんがえられます。しかし小山さんの発言の中には少しもひねりが効いていない、それはぼくにいわせれば、イデオローグとしては、失格だとしかかんがえられないのです。

これと同じなんですけれど、浅田光輝さんが、あさま山荘事件が起ったときに、連合赤軍の籠城組に対する「赤十字」の気持で現地へ駆けつけた、なんていう発言があったわけですけれども、ぼくはそれを全く不愉快な発言であるというふうに聞きました。なぜならば浅田さんという人は、かつて中央労働学院の学生さんが、日本共産党の内ゲバの過程で、自殺したということを契機にして、百万言を費して日本共産党の非人間性というものを鳴らした、つまり批判した、そういう人なんです。そういう人が、例えば、ぼくはどういう契機でそうなったのかしりませんけれど「赤十字」のような気持であさま山荘のそばへ駆けつけていったというのは、全く聞いちゃいられないという感じで、問題外だとぼくはそのときかんがえたんです。つまりこの種のイデオローグにはなりたくねえもんだ、というのがぼくの自戒でして、不愉快でした。

ところでやはり、前後してぼくが眼に触れた限りでは、山崎カヲルという、若い構革派のイデオローグが、革命の問題は、軍事の問題、軍事の問題の80%から90%というものが軍事技術の問題であり、それからまた、戦略というものと、戦術というものを分離してかんがえようという考え方の問題だと、それにはマルクスの才能なんてのはいらなくて、技術だけいるんだ、つまり軍事技術だけがいるんだというような発言をしているわけです。これもまた、全く不愉快なもんであるとぼくは聞きました。つまりなぜ不愉快かといいますと、理論的にはナンセンスだということは、いうまでもないことなんですけれど、そんなことはいったってしょうがないから、それは別にしましてもですね、大体構革派っていうのはなんだっていうと、あれは、道路がぬれていると坐り込みも嫌だっていうような、これはかつて谷川雁さんが「あいつらは三流のスマートボーイだ」というふうにいったことはあるんですけれど、そういう人が、どうして、突然変異で軍事の問題をいいだし、軍事の問題の90%は軍事技術の問題だ、つまり鉄砲をどう撃ったら、どう狙ったらどうあたるかという問題だ、その問題こそが革命の問題だと云い出すというのは、ぼくには納得がいきません。もちろんご当人に云わせれば、突然じゃないんだっていうかもしれないけれど、しかし、少くとも眼に触れている限りでは、ソ連共産党二十回大会を契機として、フルシチョフ主義を至上として、じぶんらの運動を進めてきた人が、革命の問題は、軍事の問題で、軍事の問題の90%は軍事技術の問題だというアホらしい革命論を、突然いってもらっては困るんだ。つまりこれはとんでもねえ奴だっていうのがぼくなんかの印象です。

こういうことはたくさんあります。いいだ・ももをとってもいいわけです。フルシチョフ主義を、至上の綱領として組織をくんできた、そういう人間から、どうしていつ「第三世界論」というものが始ったのか、ぼくには見当がつかないわけです。つまり、「第三世界論」を云い出す、「第三世界論」から、今度は「植民地闘争論」、それで結局もう皆トンネルで繋がっちゃうわけですよ、そういうふうにやっていきますとね。後進植民地帯における民族主義的闘争からなにからなにまで全部トンネルで繋げるわけです。それでどうしてそういう考え方に移行したかっていうことで、全く不愉快であるとおもっていた。そうしたら、全く偶然か、大変興味深いことに、その種の発言の直後に、あさま山荘事件があり、その直後にリンチ殺人事件があった。それで、これは週刊誌の記事だからあてにならないですけれど、リンチ殺人事件に関して、見解を聞かれたら逃げちゃった。そういうふうに書いてありましたけれど、そういうばあいだろうと、一週間もしたら、逃げなくちゃならないような、そういうことはやっぱりイデオローグとしては云うべきでない。

つまり、イデオロギーというものは、そんなちゃちなものではないんだとぼくはかんがえております。その種の発言というのは不愉快で、そういう人たちは、特に不愉快であると、そういう感想を禁じえませんでした。

一週間後には彼らのいったことは破産なんであって、なぜ破産したのかっていうと、それはいわば、イデオロギー、つまり理念の世界、あるいは理論の世界っていうものは、実践行動の世界とはちがうからです。実践行動の世界とは、いずれにせよある方針をもって闘いを進め、その方針が、これは行き詰まったとか、これはまずかったとかいうことになれば、方針を転換して行うというようなことはできるし、またこれはごく普通のことなわけなんだけれど、イデオロギーの世界というのは、そういうふうにはいかないのです。なぜならば、イデオローグにとって、イデオロギーとは、いわばそれは実践行為なんですから、そういうことを、これはこういうふうにいってみたらちがったから、事実によってくつがえされたから、だからこうまたいい直すということはできないはずなんです。できないはずのものなのです。

それからまた、これは太田竜とか平岡正明とかそういう連中の悪口をいっても良いわけですけれども、あの連中は、いわば追い詰められて居直っている形ですからね、ぼくと対等の発言の立場を獲得するまでは、あまりいわないことにしているわけなんです。

だから、それはいいませんけれども、第一にぼくが申しあげたいことは、イデオローグというのは、理念あるいは思想を、一週間もたてば事実によってくつがえされてしまうような位相で、語ることはできないんだということです。なぜそういうことになるかっていいますと、じぶんの守備範囲、あるいは全社会におけるじぶんの立っている位相といいますか、位置といいますか、そういうことがはっきりと自覚されていれば、その場所から防衛すべき範囲は、おのずから、決定的に決ってきます。その決定的に決ってくる問題を、じぶんの位相をはずしてしまいますと、無限に、くるりっくるりっと変っていくより仕方がなくなります。そうしますと、イデオローグあるいは思想者は、いつでも、実践家に対して、コンプレックスを持っていなくちゃいけなくなってしまいます。

本当は、思想、あるいはイデオロギーの世界では、そういうことは成り立たないのです。イデオロギー、あるいは思想を表現することの重さが、具体的な実践行為と重量としてつり合わなければ、イデオローグとか思想者とはいえないのです。そういう問題が、はっきり把えられていないイデオローグが、ポンポン、情況によって変ってくる具体的情勢に対して適応しようとすると、どうしてもそうなってしまいます。だから、この問題は、皆さんには、なんの関係もないですけれど、わたしとしては、自戒に価する問題です。

皆さんのほうからみると、あいつは抽象的なことばかりいっていて、というふうにかんがえられるかも知れないですけれど、そうじゃないので、思想を述べるものは、一週間くらいたったら、事実によってでんぐり返っちゃったというようなことを、云うわけにはいかないのです。つまり、大きくまちがっちゃったら、思想家としては、失格であるというより仕方ないのです。それくらい、思想自体にも、ぼくは重さがあるとおもいます。そういうことが厳密に守られていない限り、やっぱりイデオローグは、いつでも、実践家が切り拓いた道に追従して、いつでもコンプレックスを持って「赤十字」みたいなことをしてなきゃいけないことになってしまいます。

それから、もう一つの問題は、精神病理学者が出てきて、永田洋子とか森恒夫とかは、精神異常者だというのです。もともとおかしい人間が封鎖的な環境に置かれて追いたてられていたから、ああいうことになっちゃうんだという見解です。ぼくも親戚に頭のおかしいのがいますから、それをかんがえると慄然とします。ぼくは、永田洋子も森恒夫も、精神異常者とおもっていません。

普通の人だとおもっています。もっとひどいのは、永田洋子という人はバセドー氏病で、大変興奮し易くて、おかしくなったんだ、というようなことを宮本忠雄などは云っています。ぼくは別に医学的な知識はありませんが、そういうばかなことを云ってもらっては困るとおもうんです。バセドー氏病患者は結束して、ああいう医者に抗議したらいいとおもいます。そんなばかなことはないんです。そういう精神病理学者は、個々の人間の精神、生理と、それが共同性の中に置かれたときの精神、生理と同一な次元で扱いうるものではないんだということを、全く知っていないということです。

それから、もう一つは、構造主義とか現存在分析とか、じぶんの依って立っている精神病理学上の理論的基盤というものが、借りもので、ああいう場面になると、常識人の心理的かんぐり以上のことはいえていず、たちまちメッキがはがれてしまうわけです。だから、そういう精神病理学者に、ぼくは、頭が狂ったってかかりたくないです。そういう医者っていうのはダメだ、やぶ医者だっていうことを、やっぱりはっきりさせておかなくてはいけないとおもいます。わたしは、永田洋子という人も、森恒夫という人も精神異常者だとは、少しもおもっていません。ごく普通であろうなあとおもっています。これから、連合赤軍の問題にはいっていこうとおもいます。わたしの持っている知識は、商業新聞と週刊誌と、それだけだということを予めお断りしておきます。そこにまちがいがあったら、ぼくのせいじゃないということを、予めお断りしておきたいとおもいます。

連合赤軍なるものの規律というのが、「週刊読売」だったとおもいますけれども、掲載されております。それは原文の通りであるかどうかということについては、今申しあげました通り、週刊誌の記事ですから、わたしは責任を負いません。ただ、その規律なるものを、ぼくが通読したところ、ちょっと、たまげた、びっくりした箇条というのは、いくつかあるんです、例えば、一つの箇条には、言葉はちがうかもしれませんけど、内容はまちがっていないつもりです。つまり〈個人が組織に従属し少数が多数に従属し〉そして〈党は中央に従属すること〉というような箇条があるわけです。ちょっと、これはぼくがびっくりしているところなんですけれども、それから、もう一つ箇条をひろってきますと、じぶんたちは私有財産というものを否定する、しかるが故に、メンバーの家族、または個人がそういうものを持っているとすれば、それは、全部組織に公開されなければならない、というふうな箇条があるわけです。これに対して、いわばチェックの装置というものには、どういう箇条があるかといえば、それはわずかに一つあるのです。それは、下級のメンバーに異議があるばあいには、上級の者に異議を申し述べることができるという箇条が一つあります。それでこのチェックの装置は、使い方によっては、先ほどいいました、個人は組織に従属し、少数は多数に従属し、というような、それから、下級は上級に従属し、というような箇条で、完全に打ち消されますから、おそらく、運用の仕方如何によっては、チェックはないというのと同じだとかんがえられます。

わたしがみた限りでは、その種の規律なるものは、論理としてつっこんでかんがえていきますと、結局は、共同性、あるいは組織というものの中に、個人性というものはもちろんのこと、家族性というようなものが、溶解しちゃっているとおもうんです。そのように溶解されているばあいには、個々のメンバーは、いわば、観念としてしか存在できないことは、全く明瞭だとかんがえられます。つまり、個人性および家族性というようなもの、あるいは、家族性といわなくても、男女関係と云ってもいいんですけれど、そのことが、全部、その規律にしたがえば組織の共同性に溶解してしまう、そうしますと、人間は幽霊としてしか生きられない。つまり、観念としてしか、その中では生きられないことになります。これは、どういうふうに鉄砲を撃っても、幽霊が鉄砲を撃っているんだということにしか、どうしてもならないとおもいます。それに対するチェックの装置は、その規律をみる限り、極めて貧しい箇条しかないということになります。この規律を、読んでちょっとびっくりしたわけです。

この規律なるものを忠実に実行すれば、どういうことでも起るだろうと、ぼくにはおもわれます。この規律をみる限りでは、戦争中の旧帝国軍隊の規律を超えるものでもないですし、あるいは毛沢東の人民軍の思想、いいかえれば、人民軍による国家社会主義的な軍隊ということになるわけですけれど、そういうものを決して超えられるものじゃないことが、みてとることができます。

いうまでもないことですが、ある共同性、ある組織において、個人が組織に従属するということは、共同性として申すまでもないことなんですけども、そのことは決して個人性、あるいは家族性を否定するものでもなんでもないものです。つまり組織の共同性が人間を共通の場所に置きうるというのは、人間の共同観念の次元においてだけなんで、それ以外の次元において、どんな共同性を持ってきても、その共同性が個々のメンバーあるいは個々の男女関係に対して、強制力を持つということは、共同性自体の概念から、理論的にかんがえられないのは、当然なわけです。ぼくが規律をみた限りでは、そこに第一に、理論的な錯誤があるようにおもえました。人間が生み出す共同性というものと、個々の人間と、それから男女関係、つまり家族とは、観念の世界としても、全く次元が異なるものであるのは理論的には自明なことです。

どうしてこういう規律が有用か、どうしてそんな規律を承認した上で、メンバーとなる人間がいるのだろうかをかんがえてみます。かんがえられる唯一のことは、ばあいによっては、死をも覚悟しなくてはならない組織あるいは共同性は、メンバーに対しても、ばあいによっては死にいたるかもしれない規律を設けなければ、敵と闘うことができないという論理構造が、先験的にあるのだとおもいます。これは、ひとごとではないので、ぼくらは、戦争中それで悩みもし、悩ませられもしてきたことなんです。ぼくらが、戦争を経て、戦後にいだいた第一の教訓は、死をも要求される敵との闘いを遂行するためには、メンバーに対しても、ばあいによっては死をも招くかもしない規律が厳守されねばならない、それでなければ到底そんなことができないのだという、論理構造自体が、問題なんではないか、ということだったとおもいます。

それに対してはぼくなりに決着をつけたいというふうにかんがえていますが、その決着というものはどういうことかといいますと、結局、死をも要求される闘いを遂行するために、やはりじぶんたちのメンバーも、組織も、死をも要求される規律が必要であるという論理構造自体は、大変アジア的なものであって、それは駄目だということを徹底的にかんがえたようにおもいます。なぜ駄目かといいますと、旧日本軍隊というもの、それから軍国主義そのもののイデオロギーがそうだったわけですけれども、行進の足並がそろわなければひっぱたくし、鉄砲のかつぎ方が悪ければひっぱたくし、とにかくもうなにかあれば、みんなひっぱたくという規律で、鉄砲のかつぎ方で手が少しまがっていたらもうひっぱたくという、そういう規律で保たれる軍隊が、いかに弱いかということは、敗戦で、腹の底までしみわたるように、徹底的につきつけられたようにおもいます。

そして、そういう人たちは、たれかが戦争をやめろといったら、いっぺんに戦争をやめて、不当に貯えた食糧などを、持ちきれないほどいっぱいかついで、故郷に帰ってきちゃうわけです。全く、その直前までは、命を賭してまでもとやってきたものが、どうしてこういうことになるのだということを、腹の底からみせつけられました。そういう体験をもとにして、そういうことについてぼくらは徹底的にかんがえたようにおもいます。だから、こんなに足並そろわなくちゃいけないとか、鉄砲はこうかつがなきゃいけないということを大事とする、あるいは生きて捕虜の辱かしめをうくるなかれ、みたいな規律を持った軍隊なんていうものは、全く弱いのだということは、よくよくかんがえなければならないとぼくにはおもわれます。

ほんとうの強さは、そういうものじゃないんです。ガムをクチャクチャ噛みながら、鉄砲なんか逆さまにかついで、フラリフラリ行進してくるような軍隊のほうが強いということは、よくよくかんがえてみなければいけないとおもいます。軍人なんかは、日本は物量で敗れて太平洋戦争に負けたんだという弁解をしますけど、その弁解は全く嘘で、思想で負け、精神で負けたということなんです。つまりどうかんがえたって、ガムをクチャクチャ噛みながら、鉄砲を逆さまにかついで、フラフラして行進している奴のほうが絶対に強いんですよ。足並がパッパパッパパッと揃って、ちょっと足並が狂うと、足をひっぱたいて矯正するような軍隊は、いかに弱いかということを戦争に負けて、あきらかに眼の前につきつけられたのです。そして眼の前につきつけられたそういう事実をもとにして、ぼくらがどういう論理構造を持っていたが故に、こういうことになったかという問題については、徹底してかんがえたようにおもいます。そして結局至りついたところは、やはり、死を賭する、死を覚悟して闘わなくてはいけないという闘いを遂行するためには、やはり死をも含むような厳正な規律が必要であるという論理自体が駄目なんだ、つまりそれはアジア的なもので、アジア的という意味は、古代以前のもので、それは徹底的に駄目であって、徹底的に弱いんだということを、論理自体あるいは理念自体が弱いんだということを、徹底的にかんがえたとおもいます。

つまりそういう問題に照らして云いますと、連合赤軍の規律というものは、全く無残なものだというより致し方ないんです。そのことは理念的敗北の大きな要素をなしているように、ぼくにはおもわれます。これに対して、やはりいわなくちゃいけないことがあります。週刊誌の知識なんですけれども、寺沢一という東大の先生がいます。その先生が、こういうふうに云っているのがぼくにはものすごくひっかかっています。戦中派だったらあさま山荘事件のようなときには、やっぱり腹を切る、つまり自決するだろう、それなのにあの連中はのめのめ捕虜になってでてきたという発言をしているのです。これはちょっと許しがたいというふうにぼくにはおもわれます。なぜかといいますと、ぼくは寺沢一という人のことは、他のことも聞いているのです。つまり東大闘争のとき安田講堂の攻防のときも、〈一人ぐらい飛びおりて死ぬ奴がいるかとおもったら、なんだ〉というふうに云ったということを聞いているのです。それがあるからなおさら面白くないわけですけれども、そうしておいて、じぶんは、同僚である林健太郎が監禁されたとき、監禁かどうかしりませんが、監禁されたとき、助けようともしないわけです。学生どもに吊しあげられたら、そこらへんにあるのでもぶつけたり、引っぱたいてもいいから、渡り合ったということもじぶんにはないわけです。

そのくせに、いわば極限情況におかれた人間に対して、戦中派なら腹切るところだ、自決するところだということをぬけぬけということは、ぼくには耐えられないわけです。なぜ耐えられないかというと、ぼくも年代的にはそうなんですけど、戦中派というものの面汚しだというふうにおもうんです。どうしてかといいますと、それは結局、戦争において日本帝国主義軍隊を支えた論理・理念というものがありますけど、そういう論理自体に対して、なんら、先ほどの言葉でいえばひねりといいますか、つまり内省を加えずに戦後、額面だけは戦後民主主義あるいは市民主義というものに滑り込んでしまっているということ、それだから、戦中派だったら自殺するんだということをぬけぬけいうわけです。

だけどぼくはそうじゃないので、先ほどいいましたように、鉄砲は、逆さまにかついでガムはクチャクチャするし、ダラダラと歩いてゆくし、危くなったら降参して手をあげる、そういう軍隊のほうが強かったということは、まのあたりにみているわけです。つまりそういう軍隊のほうが絶対に強いわけです。それならば戦争中の帝国軍隊を支えた論理構造に対して、なんらかの内省があってしかるべきなんですけれども、そういう内省なしに、同じ論理構造をいまもまだ保っています。しかし、保っているくせに、じぶんは同僚が学生どもに監禁されていたといったって、それを助けようともしないし、またじぶんが学生に吊しあげられても、ぶんなぐられてもいいから学生をぶんなぐってやるとかいうこともしないのに、他人に対して、それを要求するという論理構造は、全く帝国軍隊そのものの論理構造なんです。アジア的共同体を支えてきた論理構造はみんなそれなんです。

ぼくは悪いけれども、毛沢東に感心したことは一度もないんです。全くばかなことをいうんですよ。つまり革命戦士というのは魚で、人民というのは海で、海がにごったら駄目だとか、海がちっとしかなければ、水たまりがちっとしかなければ、魚は泳げないということをいうんです。そんなことあほらしくて聞いていられるかとおもいます。そのことは徹底的にいっておかないと

いけないのですよ。ぼくはいやしくも詩を書いているのですけど、

人民が海
革命戦士が魚

なんてことを書いたら、やっぱり問題にならないのです。そんな詩を書く奴はやっぱり問題にしちゃいけないとおもいます。比喩のうちで最も単純な直喩で、そんな直喩で語れる形式論理は、究極的には駄目だというよりいたしかたないとおもいます。

それでぼくがこんなことをいうと、なんだお前はなにもしないくせに、毛沢東は少くとも中国革命をやったんだぞといいたいところがあるでしょう。しかしそれは重々承知のうえで、ぼくは、そういう奴が革命やったってどうってことはないということは、はっきりさせていかねばならないとおもいます。そんなことといったって、やはり中国革命を成就させたからちょっと遠慮しておこうじゃないかということは、この際、止めたほうがいいとおもいます。つまり駄目なものは駄目だというふうに、はっきりいったほうがいいとおもいます。人間の精神の世界は無限に退化することができます。そういう退化というものが、どうしても避けがたいような情勢になっていきますと、いわば、その種のことはいくらでもぶつかってくるとおもうのです。

じぶんでも思い出すと嫌なのですが、戦争中ですと、同年代あるいはそれより下の年代の人た

ちは、軍隊へ入って、そこで軽業師的な訓練をして、そういう人たちが、どんどん飛行機に乗って、自爆して死んでしまいます。そういうのを目撃して、ぼくも同じ年代だし、若かったからちょっとかなわないのです。かなわないというのは、〈こいつらにはどうかんがえてもかなわんな〉という劣等感が心に渦まくのです。それでもうやり切れなくなります。やっぱりやりきれないと、ぼくなんか、学校へゆくのはいけないのではないかとかんがえ込んだりしました。

そういうときに、あれは駄目なんだと云い切る根拠は、その当時のぼくでは打ち出すことができないのです。ぼくは戦後に徹底してそのことはかんがえたようにおもいます。そして結局、そういう訓練や命の安さは、やはり強くないんだというより仕方のないものだとおもいます。本当の意味では、強くないとかんがえるよりいたし方ないという論理になっていきます。そのところは徹底的にかんがえたことの一つのようにおもいます。こういうことは皆さんにいっても、おそらく納得してくれないだろうとおもいます。

つまり若い人がなにかに憑かれて、なにかを、まっしぐらにやろうとするときは、はたからどうすることもできないのです。つまり、論理的に納得しても、絶対に止めることはできないのです。そのような意味で、やはり〈弱い〉というしかいたし方ないとおもわれます。その問題は、ぼくなどにとって、連合赤軍事件が提起した重要な問題のようにおもわれます。

連合赤軍事件に対する理解の仕方について、ぼくはそれほど動揺というのはないのです。学ぶべきことも沢山ありましたし、批判すべきことも沢山ありましたけれども、それらにかかわらず、ぼくのほうには動揺ということはないのです。しかし皆さんがたのうけた衝撃は、強烈なものだとかんがえられます。それはいたし方ないので、そのことに対して、ぼくは説得力を持とうというかんがえは毛頭ありません。ただぼくの論理では、どうしても、アジア的共同性というのは、究極的には駄目だという、論理構造になっていきます。感性的な面からは、味方を殺せるくらいでなくて、どうして敵を殺せるのか、という心情が存在するかもしれません。そのことは大変解るようにおもうのです。つまりぼくもじぶんの思想をどうやって形成してきたかというと、味方をやっつけることで形成してきたようにおもうのです。だからそういう考え方は、大変良く感性的に解るからこそ、このところは同感するのです。ただ同感する心情をささえる論理は、はっきりさせておかねばいけないとおもいます。そして、そういう問題がいちばん大きな問題としてあったようにおもいます。そういう種々の反応の中で、ぼくがいちばん愉快じゃないとおもったのは、寺沢一の発言の論理構造でした。

それが戦中派だとおもったら、大まちがいだと、声を大にしていいたいとおもいます。戦中派というのは、偶然によって、あるばあいには必然によって人を殺した経験がある人間であり、じぶんの肉身を一人か二人たれか必ず殺されている人間なのです。戦中派以前というのは皆そうなんです。だから皆、そういう意味では、犯罪者か殺人者のようなものなので、それが口をぬぐって戦後を生きてきたのですから、余ほどずうずうしいということは、ぼくも含めて変りがないのです。ただ、ずうずうしくか、ずるずるか生きるためには〈なぜじぶんは生きなくてはならないのだ〉ということについて、とことんまでじぶんなりにかんがえて戦後やってきたとおもいます。そのことから、引き出しうるものがあるとすれば、引き出してもらいたいものです。だから、寺沢一みたいなのが戦中派の典型みたいな口ぶりを弄するのはおかしいとおもいますし、一方で安田武みたいに〈戦争は嫌だ嫌だ〉ばっかりいって、〈おれは東条に強制されて戦争にいったんだ〉を連発している奴がいますが、そういう奴がまた戦中派の典型だとおもったら大まちがいだとおもいます。冗談いうなとぼくはいいたいですね。つまりいやいやながら戦争にいったといいながら、結構楽しいおもいもしたんでしょうし、ばあいによっては人も殺したでしょうし、冗談いっちゃあいけねえよとおもうわけです。戦争体験の問題を、その種の滑らし方で、どんどん滑らしていってしまうのが、別に戦中派ではないということを、はっきりさせておかねばいけないとおもいました。

現在の情況をかんがえていきますと、大変難しいことになっていまして、これは皆さんのほうも難しいでしょうし、ぼくらも難しいおもいをしています。ここで、演じてはならないことはあるとおもうのです。一つには退化を演じてはならないということです。精神なんてのは、どんな名目でもつけられますから、無限に退化することができます。

現在の困難さは、いったん共同性を組もうとすれば、その共同性は、殻の中で堅く閉じられてしまわなければならない内部必然性があり、堅く閉じられた共同性の中でのみ起りうるさまざまな問題がおこることだとおもいます。それをよけて通ることはできないし、また、人を殺すこともいやだし、殺されることもいやだと、個々の人間が目覚めれば、そういった問題は解決がつくかというと、そういうものでないことです。

それから、週刊誌の知識ですけれども、赤軍派のちがうメンバーが、あいつらはリンチなんかやったのはまちがいで、非人間的で、駄目なんだという批判をやっていますが、ぼくは、そういう批判をあまり信じていないのです。じぶんが当事者であったら、やっぱりじぶんだってやりかねない存在ですし、そういう意味あいで、たれも、免罪符をえているわけではありません。じぶんだったらあんなことはしないよ、というのは一定の距離があっていえることで、間隔をゼロにつめていけば、たれにもやりかねない要素があります。距離を保っていけば、それに対する批判、内省や反省ができるわけだけれども、しかし、それはいわば、距離をとっているからいえるというのは全く自明なことであって、問題はそのことではなくて、おそらく連合赤軍のばあいでも、規律を背後からささえている論理、あるいは理念の中に、多くの問題——距離が遠かろうと近かろうと、やはり、そのことが問題なんだという問題——が潜んでいるようにおもえるのです。ですからそのところの問題を徹底的に解きつくせない限りは、どんな傍観者といえども、どんな市民といえども、連合赤軍のメンバーを非難する資格はないとみなければなりません。

つまり、これは経験から照らしてもそうなんです。ぼくらでも、〈あんちくしょう、ぶち殺してやりたいなあ〉ということは、日常茶飯の中であるわけで、そういうことはかんがえては消え、またかんがえては消え、と繰返しながら、泥沼のような日常性の中に泥まみれになって生きているのが、現在の情況だとおもいます。そして、情況というものは、決して情況自体として肯定されるべき要素はないのであって、そういう意味あいで、あれを批判する資格は、お互いどんな普通のなんでもない市民にでもないとおもいます。そのことはじぶんの問題にちょっとだけ眼を向けてみれば、すぐに洞察できることなのです。だけれども、先ほどの戦中派の教授じゃないけれども、アジア的社会における社会の残滓というものは、そういうものであって、じぶんがちょっと内側に眼を向けてみればすぐにわかることです。あれが特別なことでもなければ、あれを非難する資格がないというのはわかりきっているはずなのです。つまり、アジア的な感性とか、アジア的な観念共同性というものは、そういうばあいは、じぶんは棚にあげておくという身勝手な論理はいつでもあるわけです。

週刊誌に永田洋子という人の弁護士にあてた手紙とか、友人にあてた手紙とかが、載っているのですが、その中で彼女はこういったことをいっています。言葉はちがいますけれども、どうしてこういうふうなことになっちゃったのか――それはリンチ殺人事件を指しているのですけれども――じぶんでもよくわからないところがある。だけど、じぶんたちは決して精神異常者でもなく犯罪者でもなんでもなく、ごく普通の人間だというふうにおもっている。これを精神異常者の閉じられた社会での、閉じられた凶行みたいにかんがえられたら困るんだということ、それから、どうして、こういうふうになってしまったかじぶんでもわからないところがある、この問題はじぶんたちが必死になって極めつくして、その問題を打ち出してこなければいけない、といっています。ぼくは連合赤軍事件で、さまざまな言論、さまざまな個人的発言を聞いたんですけれども、その中で、これがいちばん立派なようにおもえました。そして他の人の発表された上申書にくらべても、この人のがいちばん優秀だとおもいました。やはりそれだけの体験の中から、そして、そのとき必然であっても、ひょっと距離をおけばとてつもないことだという体験は、人間にはたれにでもありうるのです。だから、どうしてこんなことになったのかじぶんでもわからないところがあるということは確実にありうるとおもいます。そして、そのことを、必死になってかんがえてはっきりさせねばならないというのは、当事者として、全く見事な発言だとおもいました。だから、おそらくさまざまなカングリをのけても、彼女は最も優秀なのではないかとおもいます。

必死になってかんがえなければならないというのは重要なことであって、〈こんな非人間的なことはやめようじゃないか〉というような、いわば距離をおいた次元で、あるいはじぶんの内側に眼を向けない次元で問題がいなされておわったら、それまでのことなんです。これは、必死になってかんがえ、そこからうち出されてくる論理は、現在の情況における全ての市民に、全てのイデオローグに、それから全ての組織にという形で通用するだけのものでなければならないとおもいます。当事者はもちろん、いささかでも関心を持つならば、このことは必死になってかんがえ、それを普遍的な共同性の原理として取り出していくべきでしょう。

今回の連合赤軍事件が、そういう問題を、われわれの眼前に提起してくれたというのは、重要なことで、その問題は、突きつけられた課題として、じぶんたちが咀嚼して、なにが共同性なのか、どういう共同性が可能なのか、そういう問題として、現在における世界の情況を、全部照し出すといった、それだけの高まった力量のある論理として打ち出されてこなければならないとおもいます。日本は世界の吹きだまりみたいなところですから、いわば、全世界におけるさまざまな組織悪、それからなんとか悪といったものを、全部背負いこむだけの論理を、じぶんたちの手で作り出さなければ、何事も始らんだろうと、ぼくにはかんがえられます。こんなものは、植民地帯や後進地帯をトンネルでつなげたら、なんとかなるという問題でもないとおもいます。世界の重荷に耐えるといった思想を、じぶんたちの中から作り上げて、それに原理としての普遍性をあたえるまで、つきつめられていかれるべきと存じます。

この課題は避けることはできないので、そうでなければ、ぼくらは、レーニンやトロツキーはたまたま運がよかったんだから革命ができたんだということでいなしてしまう問題になってしまうとおもいます。そういう問題なのではなく、一人のレーニンが、あるいはレーニンの組織が出てくるためには、遠いところからいえば、トルストイがおり、ドストエフスキイがおり、ツルゲーネフがあり、といったいわば当時の世界文学の中で、イデオロギーの如何にかかわりなく、どれ一人をとってきても、優に世界文学をリードすることができるといった巨匠の存在なしには、レーニンは出てくることはできないのです。あるいはレーニンの組織というものは出てくることができないのです。文化の面でいってもそうなんです。それから学問の面、研究の面においてもそうなんです。これはいわば、ヨーロッパの学問をこっちに持ってきて、現存在分析だといってたとおもっていたら、連合赤軍事件が起れば、あれは気違いだ、気違いだといって済ましてしまう、そういうような、ちょっとすればバケの皮がはがれてしまうような学問でもって、革命の課題を政治運動家に委ねるための責任というのは学者として果せるわけはないのです。学問の研究、文化の創造どれ一つとってきても、やはり全部現在の世界における文化、文学の重量を全部背負いこんで、それを普遍化できるような存在なしには、終着点や発端点にとりつく、どういう共同性といったものを思いえがくこともできないのです。これは、組織的主観や、セクト的主観とは全くちがうので、そういう存在があらゆる面で出てこなくては、決して、革命に到達する組織、あるいは革命に到達する共同性といったものが、生みだされるはずがないのです。そういうところで、どうかんがえたって、文化的にも文学的にも学問的にも貧しくて、猿マネばかりして、じぶんたちの力でかんがえ建設しようとしない連中こそが、連合赤軍の共同性を貧しくさせてしまった根本的な原因だとおもいます。前段階的な責任はそこにあるというふうにかんがえたらよろしいのです。

これは皆さんの中に政治運動家、組織運動家がいたら、そういう意味でかんがえて欲しいのですが、組織運動あるいはセクトそれ自体で、なにかできるということはないのです。なにかが始るという兆候は、そこでみてもわからないところがあるんです。そこではないところをみればわかることがあるんです。それは、見渡してご覧になればわかります。機が熟しているのか、そうでないのか、じぶんらの組織がなにができるのか、できないのかを判定する基準は、文化を見渡しても、学問の世界を見渡してもいいのです。あるいはごく普通の市民の姿を見渡してもよろしいのです。どこを見渡しても、その判定はできるのです。そこで世界を背負いきれないものしかなかったとしたならば、貧しいものしかなかったとしたならば、ある政治セクト、あるいは政治的共同体といったものが、単独で、どんなに頑張っても、どうしても到達できないのです。

ぼくは、じぶんだけを解除しようという意識は少しもありません。そういう問題にたえず接近していくという課題は、手離したくないとおもいます。これは連合赤軍事件が、ぼくらに与えた衝撃の中で、最大に汲みとるべき問題のようにおもえるのです。先ほど、司会者の方は、もっと早急に、もっと具体的になにか共同性の問題というものが提起されたら、というふうにいわれておったようですけれども、ぼくはもう少し迂遠なところから、詰め将棋ではないですが、詰めていかねばいけないというふうにかんがえています。このことは困難なことであるし、またある意味では、重要なことだとおもわれるのです。

皆さんは、あまり賛成でないかもしれないが、ぼくは軍事は観念の問題だというふうにかんがえています。軍事の問題というのはなにか、ライフル銃をかっぱらってきて、これを撃つという問題ではなくて、権力に向って、どの道をどういうふうにいったらそこにいけるのかというような通路を探求していく、通路をみつけだすといった問題が、軍事問題の本質的な問題だとぼくはかんがえています。そしてその通路は、現在の段階でつけることができないのです。つまりわからないのです。わからないというには、能力の問題もあるかもしれませんけれども、そうじゃなくて、客観的な情況としてわからないところがあるのです。そのわからない問題が、どうしてわかるようになるのかといったことは、どこの世界を見回しても、現在の世界問題を覆い切るだけの論理と強靭さと普遍性がそれに向って芽ばえてこなければ、どうしても抜けることができないだろうとかんがえています。軍事の問題というものは、全くそういう問題で、それは山崎カヲルのように、軍事の問題は、90％は軍事技術の問題なんだというのは、ぼくは全く反対です。絶対にそうじゃないいんです。全くそういったプラグマティックな問題じゃないいんだとかんがえています。

問題の本質に、いくらかでも接近していくためには、さまざまな兆候が、あらゆる分野、あらゆるジャンルで必要なようにおもわれますけれども、残念ですが、現在での段階で、そういう兆候は全く貧しいとかんがえるほかにいたし方ないとおもえます。これでおわらせていただきます。

（四七・七・六）

「反核」運動の思想批判

特定の文学者（!?）に反核署名の「お願い」と「声明」が配送され、それに三百人もの文学者（!?）が署名した事実を知ったのは、中野孝次の「『文学者の声明』について」（「文藝」3月号）という文章を読んだときだ。一読して直ぐ、幾つかのことを感じた。いま思い出すまま列挙してみる。カッコにくくった部分は後になってからの感想だ。

（1）このなかに公開してある「署名についてのお願い」の文章は、米国のレーガン政権のヨーロッパにおける限定戦略の決定について危惧が表明してあるが、ソ連の対ヨーロッパ限定核戦争用のミサイルの配置にひとつも言及してない。背景にうまく匿してるが特定の「党派」的なものだ。おれならこういう遣り口をしないな。

（2）ここに公開してある「核戦争の危機を訴える文学者の声明」は「地球上には現在、全生物をくりかえし何度も殺戮するに足る核兵器が蓄えられて」いるとか、「ひとたび核戦争が起れば」「地球の破滅を意味」するとかいう、おおよそSFアニメーション的恐怖心の所産としかいいようがない。それに目標も定かでない自慰的なものだ。（以前「海燕」連載の「停滞論」で「宇宙戦艦ヤマトト」や「機動戦士ガンダム」になぞらえた。ここでは西部劇になぞらえてみる。二人のガンマンがピストルのなかに一発弾丸をいれて、交互に引き金を引き合ってゆく。主人公のガンマンは平然としているのに、気の弱い悪党の方は、しだいに油汗を流して蒼ざめていく。六連発ならば六回引き金を引くうちに、かならず一方が死ぬことになる。この声明の文章をおおう想像力は、このばあいの気の弱い、しだいに蒼ざめてゆく悪党の方か、そういう場面を観ながら手に汗をにぎる観客の想像力である。)

(3)中野孝次の「『文学者の声明』について」という文章は、不必要に揉み手をしているくせに傲慢な嫌らしい文章だ。わたしは最後の「強制はまったくなし。一枚岩の運動ではないのです。」という結びの文句を読みおわって、即座に〈ふざけやがるな。お前なんかには「強制」する資格もなければ、「強制はまったくなし」などと断り書きをいう資格もないのだ。何を勘ちがいしてるんだ〉というものだった。いまも鮮やかにおぼえている。〈大岡昇平や吉行淳之介は、中野孝次が「好人物」だから参加したとか、「好人物」だから「大政翼賛会」など作れるはずがないと述べている。だがわたしの人間洞察力からするとそうじゃない。こういう文体の主調音をもつ書き手は、〈根暗い〉人物だ。しかもじぶんの〈根暗さ〉をあくまで客体化することを、どこかで放棄してじぶんを許してしまった人物のようにおもえる。わたしはじぶんもそうだから〈根暗い〉人物を嫌いでない。だがじぶんの〈根暗さ〉への自己省察をやめてしまった人物は、どこか嫌らしい。中野孝次の文体のいやらしさと慇懃無礼さもまた、わたしを駆って批判におもむかせたいくらかの衝迫力になった。これをいっておかないと嘘になる。中野孝次が「好人物」だという大岡昇平や吉行淳之介の人間洞察に、わたしは疑義を呈しておく。そしてまた、「好人物」かどうかなどは、その人物が政治的に何を仕出かすかとは関係がない。）

（4）中野孝次の「『文学者の声明』について」という特定の「党派的」宣伝の文章をのせた「文藝」編集部の態度を、許せぬものと感じた。たとえこの「党派」性が、わたしの政治的思想に一致しても、この感じ方は変らない。商業文芸誌や商業新聞の編集部局が、じぶんたちの政治的な立場をもちたいのなら、執筆者の選択と依頼するテーマの選択によって紙面におのずから投影させるべきだ。特定の「党派」性をもった政治的宣伝文書をそのまま掲載するのは自殺行為である。「海」四月号、五月号の編集後記が、わたしと江藤淳の対談にふれて江藤淳の発言に直接批判がましいことを記したときも、わたしに当てこすり的な見解を述べたときも、担当の編集者を通して、再三それが不当な自殺行為であることを申述べた。わたしは大西巨人ほど神経質ではないが、かれのこの問題についての見解に同感した。編集責任者が編集後記で批判するような筆者なら、最初から依頼しなければいいのだ。依頼したかぎりは、どんな発言があっても依頼したことの最小限の信頼感を守りとおすべきである。匿名批評もまたおなじ。商業誌や商業新聞の匿名批評は、いうまでもなく筆者が誰れであろうと編集責任者が執筆したものと見做される。（こういう最低限のルールさえかなぐりすてて、およそ読むに耐えない匿名の悪罵、デマゴギーを批判者に加えたのもまた、反核文学者の徒党であった。わたしはこの一事だけでも文学者の反核運動というのは、戦後運動史のなかで、理念も現実形態も最低のもので、粉砕してしかるべきだとおもっている。）たとえば「文学者の反核声明」の発起人の一人栗原貞子は、中上健次の「鴉」という作品に言及して「このような作品は、ヒロシマ・ナガサキの三十万の死者を冒瀆し、今なお放射能の後遺症に苦しむ三十七万の被爆者を侮辱し、世界の反核運動に立ちあがった民衆に挑戦するものです。全国からとどくであろう抗議文のすべてを『群像』の次号に掲載し、『群像』編集部の不明を謝罪して下さい。」(「雑誌『群像』への抗議」、「批評精神」3号所収)などとほざいている。いったいこの人物は、いつ誰の許可を得て「ヒロシマ・ナガサキの三十万の死者」や「後遺症に苦しむ三十七万の被爆者」や「世界の反核運動に立ちあがった民衆」の代弁者の資格を獲得したのか。思い上りや甘ったれもいい加減にしろ。お前がどんな文学者かわたしは知らぬが、お前はお前しか代弁することはできやしない。そのことが〈文学〉の意味であり〈民衆〉ということの意味である。お前はほんとはそのどちらでもないんだ。こういう言辞を中上が原爆ファシズムと評するのは当然である。わたしはこういう人物に対しては断乎として主張する。平穏な日常生活のなかで脳卒中の後遺症に苦しむ人も、老衰による自然死も、「ヒロシマ・ナガサキ」の被爆者の後遺症や、その死とまったく同等であり、「世界の反核運動に立ちあがった民衆」も、そんなものにいっこう立ちあがらずに平穏な日常生活をその日その日なんとなくすごしている民衆も同等である、と。「反核運動に立ちあがった民衆に挑戦」するのが不当ならば、そんなものにいっこう立ちあがらないその日ぐらしの民衆に「挑戦」するのも不当なのだ。

中上健次の「鴉」にでてくる個々の言葉は、作品のなかの言葉であり、いわば象徴的な全体化によって、内在化されている。個々の言葉尻をとっても意味をなさないことは明瞭だ。すくなくとも作品化という努力が支払われている。これを商業文芸誌が掲載するのが不当なはずがない。だが中野孝次の「『文学者の声明』について」は、作品ではない。「党派」的な政治的宣伝の要請を記した生《なま》の文章だ。これを商業文芸誌が掲載するのは編集部の勝手だが、みずから特定の党派雑誌に転じたと断定されても仕方がない。そのくらいは心得ておくがいいのだ。

わたしは中野孝次の「『文学者の声明』について」という文章が、商業文芸誌にのらなかったら、批判する契機もなかったかもしれない。その意味では、これを掲載した「文藝」編集部にそのとき感じた批判も忘れずに書いておく。

(5) 中野孝次が「文藝」の文章で挙げている発起人の名前を見ていて、直ぐに気づいたことがある。三十六人の発起人中、小田切秀雄らの雑誌「文学的立場」の常連的執筆者が、わたしにもすぐわかる範囲で五人から六人いる。つまり発起人の六分の一を占める。小田切秀雄が、かつてわたしに使用した用語をそのまま使っていえば、〈なんだ、小田切秀雄とそのお茶坊主たち(これは小田切の使用語である)が、中野孝次と組んでやった陰惨な猿芝居か。〉そういう感想をもった。ほぼわたしはこのとき文学者の反核運動の理念的性格を把握することができた。その理念の行方も、ほぼ見通せるとおもった。こういう私的感想も記しておかないと不正直になるから、書きとめておく。

(ところで反核運動の盛りあがりは発起人自身はもちろん、わたしなどが予想した規模を遥かに越えて、過熱し、拡大していった。市民運動が拡がり、また公党も乗り出して国連提出の署名運動がこれに加わった。

この市民や大衆の過熱した盛りあがりは、いったいどういうことなのか。どこまでが〈核戦争はいやだ〉という真情の声で、どこまでが現在の高度な管理社会に鬱積された無定型な噴流が、反核という主題に特異点を見つけ出したカタストロフィ現象なのか。それはどういう曲線を描いて減衰するか。「朝日新聞」「岩波」「毎日新聞」の世論操作はどう行われ、公党はどう振舞うか。これをできるだけ分析しながら、そういうことにきちっと対応しようと、わたしは次第に本気になりはじめた。これは批判さるべきだとかんがえた理念によって発火をうけ、嚮導された反核運動が膨大な規模に盛りあがってゆくのを、じつに深甚な批判的な関心をいだきながら眼の前に考察する機会にめぐまれた。そしてその都度起ってくる批判を織り込みながら、「マス・イメージ論」を展開していった。）

わたしの批判的立場は、きわめて単純だ。中野孝次の「『文学者の声明』について」に記された「署名についてのお願い」の趣旨に反対で、「核戦争の危機を訴える文学者の声明」の内容に反対だから、こういうものに署名しようにも署名しようがないというものだ。大江健三郎は、わたしを「反核、平和運動に水をさす者ら」に加えているが、とんでもない。本音をいえば「水をさす」ほど「反核、平和運動」など重要だとかんがえてない。わたしが政治思想的に、重要とかんがえ追及してきたことは、まったく別だ。ひと口に社会主義のあるべきモデル化といってもいい。またわが国も含めた世界の高度資本主義社会を本質的に現前化することだといってもよい。そのための歴史的な条件の批判、否認、検討、自己検討。

ところで、わたしのこの課題は、ポーランド「連帯」の運動とその構想を追跡する過程で、西ドイツ文学者たちに発祥する、ヨーロッパの反核運動と、それをうけた中野孝次らの声明に端を発する運動に接触し、遭遇することになったのである。

これもまた、わたしに中野孝次らの反核声明批判を促すひとつの要素であった。山本啓という時評家はヨーロッパの反核運動がポーランドの「連帯」つぶしの隠れみのだというわたしの感想を、見当はずれだなどと、嘯いて、じぶんの正体を暴露している（「週刊読書人」八月九日号）。ことは、情報の精度などを売り物にしている時評家などの出る幕ではない。わたしがヨーロッパの反核運動が、ポーランド「連帯」を弾圧するソ連の隠れみのだというとき、運動の理念の本質的な関わりを指している。山本啓という男が、新左翼か旧左翼か一向に知らぬが、この男がかつて一度もソ連社会主義の一連の反社会主義的行為、アフガニスタン侵攻からポーランド弾圧までを、批判できなかった男であることは確かである。この男たちにたいする影響力もへちまもない。かれらは公然たるわたしの敵にしかすぎない。

わたしの政治思想的な追及のモチーフに、近年もっとも深く喰い込んだのは、ポーランドの「連帯」の運動と構想であり、ソ連とポーランド統一労働者党政権にたいする労働者、市民、知識人の抵抗であった。かれらの構想と要求を、大江健三郎のように「自由」を求める運動だとか、国家としての「自立」の要求だとかいう次元（それも包含されるが）でとらえるつもりはわたしにはなかった。かれらの、ひとつひとつの要求を有るべき、経済、政治、文化にまたがる社会の構想として、イメージを駆使して再構成してみると、そこにはかつて人類史のうえで誰も具体的には描いたことのない構図が含まれていることがわかる。かれらの構想はポーランド社会構成が、ソ連型社会主義のコピーとして、数十年を経ており、その欠陥を嫌というほど知りぬき、分析しえてはじめて構成されたものだからである。これはポーランド研究の専門家なら判るというものでもなければ、聞いたふうな口をきく消息通ならわかるというものでもない。こちら側に社会主義のあるべきモデル化の原型がなければ判りようがないのだ。池田浩士、菅孝行、天野恵一が、現在のかれらのレベルと理念で逆立ちしてもわからないのは、あたりまえのことだ。またハートもなにもなくなった消息通が、ポーランドを救けたいなら、ポーランド国家のスイスにある出先銀行で金を払込めばいいなどと聞いたふうな口をきいているのとも関係ないことだ。またソ連大使館にデモをかけるかどうかとも関係ない。(かけても一向さしつかえないが)。「連帯」がいだいた要求とその構想に、理念の構成力を附加して、社会主義の理想化のイメージを創りだしてみせること、それがわたしにできるかれらへの最大の寄与であるとおもわれた。

ポーランド「連帯」が、二十一項目の要求を統一労働者党(ポーランド共産党)政権に承認させたのは一九八〇年八月である。ヤルゼルスキイが、国防相から首相に転じたのは、一九八一年二月であり、この二月から十二月のあいだが、「連帯」の社会主義の理念化の要求と、これをなし崩しに鎮静しようとするヤルゼルスキイ政権との鎬をけずる闘いの期間であった。また世界史がはじめて未知の政治的な機構と社会経済的な諸機構を獲得するかどうかの瀬戸際であった。だが、「連帯」指導部が政治的国家担当の気力と構想を欠いた虚を衝かれて、ソ連とヤルゼルスキイ軍事独裁政権の戦車と銃剣のまえに、十二月十四日「連帯」の運動は押し潰されてしまったのである。はじめて垣間見せた社会主義理念の曙光はここでひとまず消えてしまった。

西ドイツ作家同盟の反核アピールが提起されたのは一九八一年春であり、それが中野孝次らにもたらされたのは八一年十一月である。その間に第七回ソ連作家大会が同様のアピールを発している。伊藤成彦は反核運動がソ連製であるという批判がよほど気になるらしく、西ドイツ作家同盟の反核アピールが東欧と西欧の作家同盟に送られたのは、第七回ソ連作家大会の前のことで、ソ連作家大会のアピールの方が、東西ドイツの作家同盟のアピールの要請をうけて、あとから発せられたものだ、などと弁明している。だいたいいうことの性格が山本啓という男と変らぬ。語るに落ちるとはこれをいうのだ。ソ連の反核アピールが先か、西ドイツ作家同盟の反核アピールが先かなどというのは、たんに期日の前後、情報の精度の問題にすぎず、すこしも理念の本質の問題ではない。たとえばかりに伊藤成彦、西田勝、小田切秀雄、大江健三郎、小田実、中野孝次のアピールと、ソ連作家大会のアピールが関係があったかどうかという問題が生じたとして、期日の前後などが問題の本質を決定しはしない。理念の類縁性と同一性が、両者の関係をはかる本質的な尺度だということはいうをまたない。伊藤成彦らがアピールの理念と運動の思想性において、はじめからソ連の「核配置」に批判を加える意企も思想ももたない存在にすぎなければ、本質的にソ連製だという評価をうけるのが当然なのだ。

問題はアピールの前後関係ではない。西ドイツ作家同盟の反核アピールに発祥する反核アピールの東欧、西欧と日本へのボール・パスの全期間が、ポーランド「連帯」の社会主義化の要求が切実さと緊迫を加え、ポーランド市民や知識人の千数百万の支持のもとに、流動の過程に入り、それがソ連とヤルゼルスキイ政権の戦車と銃剣による徹底的な弾圧をうけるまでの全過程の期間と重なることが重要なのだ。山本啓という傍観的な時評家はいざしらず、ポーランド「連帯」の動きと構想に、世界史の尖端の課題を注視してきたものには、おなじ期間に、西ドイツ作家同盟、ソ連作家同盟、わが国の旧態進歩派や左翼に、ぽんぽん手渡された、反核声明などに、うさん臭くて署名できるはずがないのだ。現にそれまでポーランド「連帯」に同情を寄せたり支持のポーズをとった言辞を弄していた、菅孝行、大江健三郎、筑紫哲也などは、ぴたりと口を閉して、反核スターリニストの波のなかに溺れていったのである。カマトトぶった公開状など発してみても遅すぎるのだ。

わたしはこの両者の密接な関係について確証があるなどとは主張しない。それを確証するにはソ連指導者やヤルゼルスキイ政権の当事者や、西欧作家同盟の文学者に直接問い糾す以外に手はない。問い糾しても本音をいうはずがない。だが少なくとも故意か、偶然かにかかわらず手品のトリックのように、ポーランド「連帯」の弾圧、ポーランド「連帯」と市民や知識人の軍事弾圧下における苦しい闘いから、反核問題へと世界視線を擦りかえる役割を果すことになったという事実は疑われない。それだけのことがあれば、反核運動は、ソ連やヤルゼルスキイ政権によるポーランド「連帯」弾圧の隠れみのだというわたしの主張には充分である。

ひどいのは、ポーランド「連帯」のジャーナリスト支持者として『ポーランドの道』（副題「社会主義・虚偽から真実へ」）という共著を工藤幸雄と書いた筑紫哲也は、いつの間にか「連帯」のレの字も口にせずに、反核にあらずんば人にあらず的な傲慢な言辞さえ、反核批判者に弄するまでになった。ポーランド国家の〈自由〉と〈自立〉をもとめるアピールをジャーナリズムに公表した大江健三郎は、ポーランド問題について口をつぐんでしまった。伊藤成彦などはソ連のアフガニスタン侵攻からポーランド弾圧まで、ここ一、二年のあいだに起った一連のソ連の反社会主義的な行為に、一言の見解も自己批判も披瀝できないくせに、岩波文化、朝日新聞文化の強力な世論操作を背景に、まったく同じ時期に威丈高になって反核（ほんとうは反革命じゃないか）などをわめき立て、のこのこと西ドイツ作家同盟主催の国際文学者会議に出かけていった。半世紀前のスターリン戦略の一環であった人民戦線の文学者版を気取って、「インターリット82」などと呼称しているのだ。歴史の現在に立つことは文学史や思想史のおさらいをすることでもなければ、ジャーナリズムの世論操作に便乗して、眼先をかえることでもない。

ポーランド「連帯」と、これを支援する市民と知識人千数百万人の動向を、社会主義の理想化を求める動き、その構想として注視してきたものには、あたかも手品のすり代えのように西ドイツの文学者から起った文学者の反核声明へ疑義を呈出し、これがなぜ批判さるべきかを明確にすることは、何の疑いもない当然の振舞にしかすぎない。反核批判をステロ・タイプだなどとほざく伊藤成彦や大江健三郎は、まったくハンコでもおしたように西ドイツの反核・平和運動の原理が、ヨーロッパの非核化を、そして最終的にはヨーロッパの米ソ双方からの独立をめざしていると強調して、反核運動がソ連製ではない弁解の具に供している。つまらない強弁だが、これは大江健三郎や伊藤成彦などの理念的な根拠になっているため、すこし立ち入ってその主張をたどり、批判を加えてみる。

大江健三郎によれば（『核の大火と「人間」の声』所収「講演草稿として書くあとがき」）、八一年十月のボン平和集会のあと反核・反戦運動に参加したリーダーたちが平和会議を開いた。そこで多様な運動家の最小限の合意事項となったのは〈三つのG〉であった。

（1）「戦争放棄」（gewaltfrei）

（2）「全ヨーロッパ的」（gesamt europäisch）

（3）「全ドイツ的」（gesamtdeutsch）

ヨーロッパ大陸を舞台にした限定核戦争の決定権は、NATO諸国の指導者よりもアメリカの権力者の手にゆだねられている。一方ワルシャワ条約機構側の決定権と戦力は、ソ連指導者の意志とソ連の限定核戦争用の核弾頭ミサイル「SS20」にゆだねられている。こういう現状を踏まえ「全ヨーロッパ」が一体として自立した平和への決定権を米ソから奪回しようというのが、「全ヨーロッパ的」の意味だという。「全ドイツ的」とは東西ドイツが政治体制をこえて「ドイツ民族」として統一して平和への意志通路をつくってゆくことを意味する。平たくいえばヨーロッパ大陸を舞台に、米国とソ連が勝手に限定核戦争をいつでも始められ、しかも舞台にさらされるヨーロッパの国民にも政治指導者にも、なんの決定権もない。そんな状態に危機を感じ、反核平和の意志決定権をヨーロッパ自身の手にとりもどそうという意味である。

この合意は、大江健三郎に解説させると「新しく配備される戦域核兵器によって、ヨーロッパを戦域とする核戦争を現実にやって勝ちのこりうるとレーガン大統領が威嚇し、ソヴィエト側でもそれに対抗する姿勢を見せたことを契機」に出てきたものだ。わたしのたどったかぎり、保守派の見解では、このニュアンスは逆になる。ソ連の、対ヨーロッパ限定核戦争用「SS20」の配置が、西ヨーロッパ側より30%優位なのに脅威を感じ、戦力均衡を回復するために、レーガン政権が、新たな核配備を決定したといわれる。こういうニュアンスのちがいはわが国の進歩派と保守派、親ソ派と親米派の対立で、いつもあるもので、わたしにはどうでもいい。つまりどちらも信用していない。ほん音をいえば、こんなことは書き写すのが気恥かしいくらいだ。大江健三郎や江藤淳みたいな文学者が、じぶんたちより防衛庁の担当一将校のほうが正確なデータを把んでいる事柄を、文学者として臆面もなくじぶんの意見決定の素材に使うこと自体を、わたしは否定する。わたしにはただ反核理念の本質と世界認識の構図だけが問題だし、思想的な責任がもてることだ。わたしは江藤淳との対談でも、アイロニカルに〈時の権力者が自由に変えられるような具体的な政策に関することに、知識人が首をつっ込むのはよくないのではないか。知識人というのはもっと偉いのではないか〉と発言した。池田浩士、菅孝行、天野恵一などの歪んだ頭にかかって、吉本は知識人を偉いと云ったというデマに変っていたが、真意ははっきりしている。この連中は上ずらずに、沈着に他者の見解を読み、理解したほうがいい。もちろん大江健三郎や江藤淳にたいしてもだ。きっと得るところがあるはずだ。そうでなければいつも間違えては頬かぶりの地獄を繰返すだけだ。

大江健三郎のように鵜呑みにすると、この〈三つのG〉は今度西ドイツ文学者から起って、西ヨーロッパにひろがり、わが国やアメリカにも波及した反核・平和運動の、理念としていかにも申分ないようにみえる。だが社会主義のあるべきモデル化というわたしの問題意識からは、ひどく被虐的（マゾヒック）なものにみえる。米ソ両大国のヨーロッパ大陸を舞台にした限定核戦争決定権に、天から降った災難にまきこまれる切実な恐怖と危機を感ずるなら、当然、米ソ両国の核戦争体制をはっきりと批判し、この核政策を否定する項目があってしかるべきだ。これは大江健三郎の反核理念についても、今度のわが国文学者の反核声明や、反核運動のすべての理念についても当てはまる。わたしはかれらのいう反核運動の盛り上りに「水をさす」どの論議のなかでも、核戦争を仕掛ける能力のある米ソを名指して批判できないような反核・平和運動が、本質的には、スターリン体制の翼賛にしかならない被虐的（マゾヒック）な倫理でしかないことを、はっきり指摘している。現在では両体制を透徹できない世界理念は、まったく無意味なのだ。

この被虐的（マゾヒック）な反核・平和の理念は、もうすこし立ち入ってみたい。わが文学者の反核声明の内容は、大江の受入れたこの理念のコピイにすぎないからだ。

大江はじぶんの評論の仕事は「世界終末の核戦争への想像力を育てよ」というのを柱のひとつ

にしてきたという。そして恐れ入ったことに「世界の終末なんて事態はやってこないし、やってくるとしても自分らの死後のことだろうという」のは、タカをくくった根拠のないオプティミズムということになる。そしてこういうオプティミズムが大きな勢いとしてある理由は「私の永く考えてきたところの結論は、——それは人類がまだこの世界の滅亡を経験したことがないからだ」(「講演草稿として書くあとがき」)。いったい正気か。

わたしはここまで大江の論理をたどって危うく、ふき出すところだった。かつて「世界の滅亡を経験したことが」あったら、オプティミズムもペシミズムもへちまもないじゃないか。だがまてよ、とわたしはすこし真剣になって思い返す。大江のこの核終末論は、被虐的(マゾヒック)な論理が病理の域まで入り込んだ極致ではないかとかんがえたのである。フロイト的な云い方をすると大江は、無意識の領域では、核戦争による世界の滅亡を願望し、その願望を意識的には打ち消すところに、「世界終末の核戦争への想像力を育てよ」という主張があらわれるというメカニズムになる。わたしはにわかに大江健三郎の反核への長年の固執の根拠にすこし興味を覚えた。この種の思想の病理が、もっと巨大に、もっと深刻につきつめられた例を、かつてシモーヌ・ヴェイユの思想にたどったことがあったからだ。

ヴェイユは、彼女のたどった思想の必然的な帰結として、第二次大戦期に、ナチス突撃隊の生命を捨てた祖国への献身的な奉仕の無鉄砲さに押しまくられて、敗退する連合軍の有様をみて、このナチス突撃隊の捨て身の献身の理念に対抗できる唯一の理念は、戦場で負傷した前線の兵士たちに生命を捨てて献身的に奉仕する母性原理いがいにはないという結論に達する。そして第一線従軍看護婦計画をつくり、これを採用してほしい旨を在英のフランス亡命政府に願い出る。もちろん倒錯した途方もない計画だとして卻けられたのである。優れた思想の理念からでたギリギリの帰結が、現実的には負傷した第一線兵士たちへの、戦場での看護婦による捨て身の慰安、勇気づけ、介抱にしかならないという悲喜劇を、ヴェイユは思想の必然として演ずる。わたしはこのヴェイユの思想の痛ましい倒錯と悲喜劇を嫌いではない。ある意味で優れた思想がかならずといっていいほど、現実に演じてきたドラマだともいえる。わたしは大江の反核の理念、その終末観にほとんどこれとおなじ病理と必然を感じ、大江を見直す気になった。もちろん理念の悲喜劇として、である。いささかも理念の正当性としてではない。大江健三郎は、さらにすすんで具体的にこの被虐的（マゾヒック）な論理を追いつめてみせている。

「韓国が戦域となる限定核戦争がはじまれば、日本と日本人がそこにまきこまれずにすむ見とおしはまずすくないのではないかと惧れられます。私はこのアジアを戦域とする核戦争による日本と日本人の滅亡について、たとえば横須賀に入港しているミッドウェーを直撃し、あわせて厚木基地を叩くSS20といった、具体的なシナリオを専門家とともにあるかぎりつくりあげ、そのいちいちについてよく把握して、反核・反戦の運動に確かな手ごたえをみちびきこむことを望んでいます。」（前掲書所収「講演草稿として書くあとがき」）

これはシモーヌ・ヴェイユの第一線従軍看護婦計画になぞらえていえば、大江健三郎の「反核・

反戦日本および日本人滅亡想像力訓練計画」ともいうべきものである。病理的な異常とまでは云わないが、理念の被虐性（マゾヒズム）が産みだした本質的に不健康な感性、不幸な感性を感受させられる。大江がいっているのはこういうことだ。

（1）アメリカ空母ミッドウェーが核弾頭ミサイルを積んで横須賀港に入港したことを知ったソ連が、極東配置の限定核戦争用ミサイル「ＳＳ20」を発射して、ミッドウェーを直撃し、あわせて厚木基地を攻撃する。そういった具体的なすべてのケースを想定したシナリオを専門家と一緒に作りあげて、そのシナリオをたどって、起りうる事態のイメージを組み立て、それを頭によく覚えこむように練習して、反核、反戦の運動をたしかな手ごたえあるものにしなさい。大江はそう云っているのだ。よほど正気を喪ったものでなければ、はいそうしますと答えないだろう。途轍もないふざけた話だ。

わたしは、この大江の病的な領域に入り込んだ不幸な被虐的（マゾヒック）な想像力に、ある痛ましさを感じる。むしろ近年のこの作家の優れた作品とあわせかんがえて、この作家を見直したい思いがしないではない。

（2）おなじことを別な言葉で云うことかも知れぬが、わたしには、大江健三郎が、ソ連の金縛りにあって、ソ連の限定核戦争用のミサイル「ＳＳ20」に攻撃され、日本人として滅亡することに、無意識のうちで〈法悦〉を感じているのではないかと思われてくる。読者はそうは思わないだろうか。あまりに大江の想像力で描かれた構図は、ソ連の核攻撃をうけて、一瞬のうちに死に絶えてゆく終末の光景に収斂されすぎている。

ここで理念の問題にまで拡張できるとおもえるのは、この（2）に記した反核・反戦運動の被虐性（マゾヒズム）についてである。ソ連の「ＳＳ20」の攻撃をうけて滅亡する光景を思い描くほど、「ＳＳ20」の対西ヨーロッパや対極東配置が、恐怖や恐慌の原因ならば、どうして西ドイツの平和集会に集まった反核・平和運動のリーダーたちも、かれらの要請をうけて反核運動に乗りだしたわが国の文学者や政治運動家や大衆運動家たちも、きびしく、はっきりとアメリカのレーガン政権にたいするのとおなじように「ＳＳ20」の対西ヨーロッパ、対極東の配置の撤去をソ連に迫り、その好戦的軍事体制をはっきり批判しないのか。ヨーロッパ反戦運動の指導者たちも、わが国の反核運動の指導者たちも、世論操作によって強力にバックアップしてきた「朝日」、「岩波」も、協賛している「毎日」も、また反核運動に嘴を入れている大衆、市民、労働者組織も、例外なくそうである。伊藤成彦や小中陽太郎のように、ソ連にも要請していると弁解してもすべてだめで、全部そこが理念の被虐性（マゾヒズム）となって露呈しているのだ。ヨーロッパの反核運動家の最低了解事項だという〈三つのＧ〉も、じぶんたちが攻撃を浴びるのはソ連の「ＳＳ20」だとわかってるのに、この対西ヨーロッパ配置に声ひとつ挙げてない。どういうことなんだ。またソ連・東ヨーロッパ圏で反核運動が盛り上がり、シリアスになれば、戦車と銃剣でポーランドのように弾圧されることが、ちょっとした想像力ですぐに描きだせるのに、そこには触れない。世界の半分にしか透徹しない世界分析や世界理念の時代はすでに終っているのだ。かれらにはそれが判らないのである。

大江はわたしの社会主義のあるべきモデル化に関心がないだろう。だが、大衆・市民・労働者の直接の同意なしに勝手に動かせるような軍隊や軍備があることは、それだけでも決して社会主義にはゆきつかない。これは理論的にも実際的にも証明済みなのである。だから「SS20」の撤去をソ連に迫っても、これを名指して批判しても、米国の核配備の撤去を迫まるとおなじように、べつに反社会主義的行為でもなければ反共でもない。まして保守派になるわけもない。こんなことは理念的に自明のことで、どこにも溷濁はないのだ。こういうことがはっきり把握できるまでには、伊藤成彦や菅孝行や天野恵一や山本啓らは、あと十年くらいかかるだろう。自立思想を馬鹿にしてはいけない。ようするに社会主義について歴史的にも現実的にも〈迷信〉や〈信仰〉から脱しきれないものと、自立的な研鑽のたゆまぬ過程で、すでに獲得されてしまった認識との相違があるだけだ。その相違は、かれらの反核理念の被虐性（マゾヒズム）と、世界体制の半分しか透徹できないその論理に明白にあらわれている。

大江健三郎も伊藤成彦も、わたしがグリュックスマンやフーコーの影響でポーランド認識や反核批判の認識を獲得したかのように言い触らしている。だが世界認識について、わたしはじぶんの追及と考察で獲たものしか頼りにしていない。それは、グリュックスマンやフーコーの見解と同時に、おなじ雑誌でかれらが読みえたはずのポーランド問題についての、わたしのアプローチの仕方ひとつみてもわかるはずだ。

かくしてわたしは、西ドイツに発祥した反核運動の盛りあがりと、わが国における反核運動のどんな理念の現状にも、批判こそあれ共感をおぼえない。要請されれば署名をしてしかるべき理念など見出せるはずがないのだ。だが既成左翼、進歩主義者たちのどんなデマゴギイにもかかわらず、わたしはわたしとおなじ理由で、反核運動に批判的な労働者、市民、大衆が無声のうちに存在することを、少しも疑ったことはない。多数派も少数派もへちまもない。旧い理念の亡者などいっさい必要としないだけだ。

反核運動の本質がどう成立できるのかは、すでにはっきりしている。現在、世界で核戦争をやる可能性と能力をもった米ソ両国へのはっきりした抗議運動としてしか成り立ちようがないのだ。だが既成左翼の反核論議はすべて途方もない出鱈目を並べたてていることがわかる。ちなみにかれらはほとんど一様に反核は「反原発・反安保（反米）」とこみでなくてはいけないと主張している。文学者の反核声明の発起人のひとり黒古一夫になるともっとひどく退廃的だ。「〈反核〉＝反戦＝反帝国主義、反侵略、反植民地主義、反革（反自衛隊）、反安保（反基地）」などと、およそ「反」のつくものは何でも接着できる万能薬だと錯覚しているのだ。そして反動的としかいいようがないが「私の〈反核〉は、反核兵器、反原発・反原子力関連産業・反原子力関連研究」を含むなどと戯れ言をいっている。既成左翼が左翼性の証しとみなして並べたてているものが、いまや言葉づらだけの空洞にしかすぎないことをよく象徴している。こういう馬鹿なことをいう連中を、左翼だなどと甘やかしておく手はない。左翼性は心情のなかで空転しているだけで、その理念は反動いがいの何ものでもないのだ。わたしがみたかぎり、反核の運動としての本質をつかまえているとみえたのは、「詩人会議」の城侑の名で出されているアピールだけであった。

既成左翼の頭脳を占めた思考の回路は、西ドイツ作家同盟や大江健三郎など、わが国の反核文学者と本質的にすこしもかわらないものだ。つまり安保により、軍事基地や軍事補給地を米国に提供し、そこに米国が軍事施設や核兵器を持ち込んだりするから、ソ連の核ミサイルの攻撃をうける。米国さえのいてくれたら、とばっちりを受けずにすむ。だから反安保は反核とセットでなければならぬというものだ。この回路の特徴は、米国には「直接回路」で、ソ連には「間接回路」だということだ。この場合ソ連にも「直接回路」をもつためには、米国と日本国家にたいして「反安保」を要求したときは、同時にソ連にたいしても、限定核戦争用の「核ミサイル配置の極東からの撤去」を要求しなければならない。これはとりもなおさず反核運動が、核戦争の能力と可能性をもつ米ソ両国にたいする抗議と核軍備廃棄の要求としてしか成り立たないということの意味である。（つまらぬ連中が、おまえは六〇年に「反安保」をたたかったではないかなどと言いだして、またデマゴギイをふりまくからいっておくが、わたしは「反安保」を条約撤去とか修正とかの意味でたたかったのではなく「反国家権力」をいつも直接理念とする人たちだけ一緒にたたかった。）

「反核」と「反原発」を結びつける理念も錯誤である。「反核」というときの「核」は核兵器あるいは核戦争を意味する。核兵器または核戦争としての「核」は、クラウゼヴィッツの古典的な『戦争論』によってさえ、べつの手段による「政治」の問題にほかならないのだ。ところで「反原発」というばあいの「核」は核エネルギイの利用開発の問題を本質とする。かりに「政治」がからんでくるばあいでも、あくまでも取扱い手段をめぐる政治的な闘争で、核エネルギイそのものにたいする闘争ではない。核エネルギイの問題は、石油、石炭からは次元のすすんだ物質エネルギイを、科学が解放したことを問題の本質とする。政治闘争はこの科学の物質解放の意味を包括することはできない。既成左翼が「反原発」というときほとんどが、科学技術にたいする意識しない反動的な倫理を含んでいる。それだけではなく「科学」と「政治」の混同を含んでいる。黒古一夫にいたっては、原子力の研究さえしてはならないとほざいている。こんな中世的な暗黒主義で、反核などとはおこがましいのだ。

　宮内豊は、反核運動の批判を論破するのは容易だなどと大口をたたきながら、とてもお話にならないお粗末な核認識を披瀝している。論破するもへちまもない。宮内が主張している程度のこともわきまえずに、反核運動の批判をしているなどとかんがえることが、だいいちなめた話なのだ。わたしには文学者の反核に疑義を呈出したどの文学者も、公平にみて宮内豊に論破されるとはおもえない。「岩波」におだてられ戯れ言をいってるひまがあったら、もうすこし核認識と政治認識と文学的洞察力を蓄積したほうがいいのだ。かれは、「反核アポロジー」（「世界」７月号所収）という論破にも何にもなってないたわ言のなかでこう書いている。

「その前に明確にしておきたいのは『反核』はその本質からして倫理の問題ではないという点である。それは端的に、人類を含めたほとんど全生物の生存の危機の問題であり、現実的な危害の問題であり、倫理以前の問題である〈伝え聞くところでは核兵器以外の核分裂が既に人類その他に実害を及ぼしているとのこと〉。」

これでは文学者の反核「声明」とすこしもちがわない。ただの迷妄で、すこしも明確ではない。つまり宮内豊は「反核」というばあいの「核」が、核兵器または核戦争の意味だということを知っていない。そうならば破壊力や汚染力が、どんな巨大でも、あくまでも国家権力の意志や、国家の政治機構によって、まず左右され、統御できる、べつの手段をもってする「政治」の問題にほかならない。つぎには、その生産拡大と縮小の問題は、軍事関係生産として、経済社会体制に本質的に組み入れられ、左右される問題である。宮内があげたわたしの「停滞論」という文章には、この「核」の政治的そして経済的本質が明瞭に認識され、やんわりと米ソ両国の核政治体制と核経済体制にたいする批判が述べられている。そして米ソを名指した核軍備の廃棄の要求としてしか「反核」運動が成り立たない旨が述べられている。わたしの文学者の反核「声明」にたいする批判は、ほんらいは米ソ両体制にたいして政治批判と要求であるべき「反核」運動を、ただ発起人たちの党派を陰蔽するだけのために、「全生物」の「殺戮」だとか「地球の破滅」だとかいっている、そのことを「倫理的」な「退化」だと指摘したのだ。

もちろん宮内豊は、「核」兵器や「核」戦争の問題も、「核」放射エネルギイによる生物汚染の問題も、「核」エネルギイの開発がもたらす有効性と危険度の問題も、いっしょくたにして〈ああ怖ろしい〉という心情に収斂してしまっているのだ。宮内は、謙虚なポーズをとって、核戦争に無力な、そして核についてよく知らない「民衆」になりすまして、生存の脅威から核戦争反対を願うのだといったかとおもうと、かつてすこし政治的文学運動などに首をつっこんだことがある半政治的文学者に変貌して、幼稚な党派的な役割を演じている。悪くいえばこのふたつを使いわけ、その間を右往左往している。半政治的な文学者として振舞いたいのなら、じぶんが無意識にもっている党派的な囲い（わたしがソフト・スターリン主義とよぶもの）をつき破るような政治認識を研鑽すべきである。宮内豊のような使いわけは、反核「声明」の発起人になった文学者のほとんどすべての（井伏鱒二を除いた）文学者の態度である。だから員数として共通の「お願い」と「声明」文にくくられて自己喪失しながら、旧いスターリン主義の党派的な囲いを出られない論議で、反核の正当な批判を圧殺する言論機関や勢力のためにひと役演じてしまうのだ。

「核」兵器や「核」戦争の問題は、どんな巨大な破壊力と放射能汚染をともなおうと〈政治の延長あるいはヴァリエーションとして〉の「戦争」の問題であり、その巨大な生産費と生産量の問題は、〈経済社会〉の生産機構の問題である。これにたいして〈恐怖〉の心情や〈宗教〉的な終末観をじかに対置させることも、〈地球〉の〈破滅〉という、神経症的な予測やイメージを対置させることもまったく見当外れなのだ。また「核」戦争の当事国家の一方を非難し、一方をそっと不問に付するのは根柢的な錯誤であり、どんな政治的理念に立っても許されないのだ。またこれを「核」エネルギイの平和利用や、それにたいする危険防止対策の問題と混同するのも、まったく無意味である。まして、科学技術の進歩と発展、そのための科学研究にたいし、じかに退化した心情の倫理を対置させて呪う黒古一夫のような見解は、反動いがいの何ものでもない。わたしは、宮内豊の見解を「核」問題に無知で無力だと称しながら「民衆」に徹することができず、半政治的に振舞ってしまった今度の「反核」運動の枢要な部分を象徴したたちの悪いものだとおもっている。

かくしてあとにのこされるのは、戦争はもういやだ、「核」戦争にまきこまれるのはご免だという二千万人の、非政治的な大衆の真情だけである。半政治的あるいは政治的に逆上したデマゴギイにかかわらず、わたしがこの非政治的大衆の署名参加の真情を軽んずるはずがない。これはわたしの思想の本質にかかわっているからだ。この非政治的な大衆の真情に、透徹した通路を与えるかわりに、これに党派の陰微な覆いをかけている発起人進歩派や旧態左翼にたいする批判こそわたしのモチーフである。

わたしがもし政治運動家だったら、じぶんの思想が指し示す必然的な予測を修正しても、眼前に異様なほど過熱した反核の盛りあがりに、即座に追尾し、これに適応し、西ドイツや日本の反核運動の指導者、既成左翼、進歩派たちの理念を乗超えて、米ソ核軍備指導層にたいする公然たる抗議と否定の運動にまで歩み出す路をつける。そういう作業を推進すべきかもしれない。またわたしが革命者だったら反核、反戦運動の世界的なうねりから、ソ連同伴性を払底させ、米ソ両体制の歴史的な崩壊を促進するところまで、運動を押しすすめるよう、すこしでも努めるべきかもしれない。だが、わたしが精いっぱい気ばってみせても、たかだか一介の思想者として振舞えるだけだ。敵たちの指摘をまつまでもなく、わたしの見解に黙って耳を傾けてくれる人士ですら、おおく見積って数千を出ることはない。わたしにはこれ以外には思想が通り抜ける道はありえない、そういう細いひと筋の道を開拓し、たどってみせるほかになしうることはない。何人にも、どんな勢力にも頼むわけにはいかないし、衆を頼んで烏を鷺といいくるめることも許されない。またわたしの思想が革命的でありうるとしたら、政治革命家や政治運動家や大衆運動家などが想いも及ばない、かれらのどてっ腹を通り抜ける入口と出口をつけてみせることだけだ。

結果的にみれば、五月二十三日にかつてない規模の三十五万人の市民、大衆が反核集会に動員された。また二千万人の反核署名が国連に提出されたと伝えられる。そこまで過熱していった運動の盛りあがりと、裾野が白けた祭典と区別がつかなくなった動員の病態はなにを意味しているのか。これが最後にのこる深甚な課題である。

まずはじめに、どんな大きな煽動力を発揮したか測り知れないとしても、「朝日」、「岩波」そして翼賛「毎日」の気狂いじみた「反核」世論操作を補助的な条件として除外してみる。つぎに社共と総評や、民社、公明、社民連、新自由クラブなど公党の選挙戦を来年にひかえた動員力、宗教団体、教育団体、テレビ芸能関係の反核世論形成力や署名活動も、外在的な補助線として排除してかんがえるとする。もちろんこの補助的な条件は、巨大な壁で押しまくるような、恐るべき煽動力を発揮した。どんな立場からのものであれ、反核運動の批判を、マスコミから圧殺する姿勢をしめした。わたし自身もファナチックになった「一読者」から、一ヵ月の強制労働をさせたほうがいいという投書をうけとったことがある。

だが、いずれにせよ市民、大衆の運動意志にとっては、外在的な条件であることに変りない。これを排除してしだいに内在化してゆくと、つぎの点だけは、疑いようもない核心としてのこされるとおもえる。
（1）は市民、大衆の世界心情のなかに戦争、とくに核戦争にまき込まれるのは二度とごめんだという根深い拒絶感が存在することである。二千万人の署名者は、おおくこの世界心情に帰せられる。わたしはこの世界心情にさしあたって云うことをもたない。一介の思想者としてのわたしの思いをいえば、この二千万人で象徴される世界心情は、さまざまな意味で乗り超えるのにいちばん困難な存在、乗り超えるべき最後の存在のようにおもえる。現在のわたしには、とうていその力量はないが、研鑽を積んでいつかきっとこの世界心情を超えてゆきたいとおもう。
（2）は日本の社会が、世界のいちばん高度な資本主義社会が直面しているおおきな転換期に際会しているなという実感である。眼に視えない管理システムからたえず無定型な噴流を受けて、不安定な流動と鬱積された抑鬱に晒されている。それが反核に倫理的なカタルシスを見つけだし、カタストロフィ現象を呈した。もちろんこの反核の倫理的な噴流は、高度な管理社会にたいして退化した反動倫理からの抗弁の形を意味した。高度な管理社会の噴流に対応するのは、テレ・カルチャー、エレクトロニクス・カルチャー、サブカルチャーの巨大な不可避の浸透力である。それにたいして、正統な旧派の教養主義、旧態の進歩主義、左翼主義、道徳主義の危機意識は、保守的な反撥の捌け口を反核に見つけだしていった。「朝日」「岩波」および翼賛「毎日」の反核論調は、このいちばん象徴的なあらわれであった。そこには開明さをしめすひとかけらの閃光もなかった。被害感、被虐、終末感の宗教的な強調、暗い不具な倫理の宣伝がマスコミの世界を覆いつくしていった。五月二十三日に動員された三十五万人の半政治的な大衆を嚮導した意識は、ここに帰着するようにみえる。そしてもしかすると、若い空虚な世代の管理社会にたいする漠然とした乗り過ぎたものの不安も、これに合流したといえるかもしれない。動員された半政治的大衆が、指揮者の「ダイ・イン」（死んだ真似をしろ！）の号令のもとにごろりと横になる光景は、大江のいうような「終末」のイメージなどとうてい赦されない現在社会の病的な空虚そのものを象徴した。

わたしはこの三十五万人に象徴されるカタルシスとカタストロフィの現象に、さしあたっていちばん深い関心をもつ。今後十年のあいだに、ますます緊迫化してゆく高度な管理社会への質的な転換にたいする、文化、教育、経済、社会・政治の全般がもつ混迷感と、退化した場所からの反撥の潮流を形成する反応とみえるからだ。この反応の仕方にたいする根源的な批判が、今からでも間に合うならば、ぜひとも必要だとおもえてならない。それには日本の社会をもふくむ世界の高度な資本主義社会の到達点を、さまざまな領域から、本質的な意味で「現在化」する課題を成し遂げるほかに術がないようにみえる。反核運動の理念の批判から、反核運動を退化した倫理的反動として噴出させた、高度な資本主義および「社会主義」管理国家と社会の解剖と、その根源的な批判へ。その道はながい。

昭和天皇の死

一月七日(土)の午前六時三十三分に昭和天皇が死去したと、テレビは早朝から報道し、すべてのテレビ局は七日いっぱいと八日(日)を臨時編成番組にきりかえた。つまり昭和天皇の人柄・事績・在位中の歴史的事件にまつわる報道番組を、全テレビ局が全時間帯で放映しつづけた。CMはやめて穴うめに山や河や小鳥や自然の生物の生態を流し、「自然を愛し、大切にしましょう」などと字幕を入れていた。これはテレビ視聴者にとっては、突然やってきた異常な事態だった。この二日間の異常なテレビ放映にふれないで、やり過ごしたら、この回のテレビ時評は成り立たないので、言及してみることにする。

まず全体の印象をいえば、「参ったね」「うんざりした」「食傷した」ということにつきる。こんなことはひとつの局が一日だけやるか、全局がある時間帯をさいて報道特集するくらいで充分なことだ。それなのにどのチャンネルを廻しても、黒ずくめの背広に、黒っぽいネクタイをしめたベテランのアナウンサーを司会者にして、これまた黒ずくめの背広にネクタイのゲストが、うその感情とはいえないまでも儀礼的なたてまえの、あたりさわりのない哀悼のコトバを述べあっていい気になっている。これが二日間も全テレビ局（3チャンネルNHK教育テレビを除いた）で朝から晩までつづいたのだ。わたしは戦争中を想いおこした。日本人は儀礼・式典・真面目くさったたてまえ用の顔つきと発言が好きで、またそれにいかれて右へならえをやった苦《にが》い味《あじ》を、また繰りかえしている。左翼と進歩派が反原発というと、みんなおなじ顔つきで、おなじことをいいだすのと、そっくりおなじだ。これでうんざりしなかったらよほど神経と理念がどうかしている。

ふだんから雲の上にいて、視聴者である一般大衆に接したこともない天皇が死んで、二日間もテレビが追悼番組を組んでも、視聴者にアピールする番組などつくれるはずがない。したがってこの黒ずくめで単調な天皇追悼番組は、大別して三つの流れしかなかった。ひとつは園遊会や勲章の授与式などで天皇に一、二度接したことがあるような、功成り名遂げた学者・芸術家・文学者・芸能人・スポーツ選手などをゲストに迎えて、じかに天皇に会ったときの印象を語らせること。もうひとつは「生物学者としての天皇」のような専用ドキュメンタリー映像を再放映して、海岸で生物を採集したり、湿原で植物を観察したりしている天皇の姿をみせること。もうひとつは在位中にあった戦争のドキュメントや終戦処理のときの天皇の役割や姿、戦後すぐの混乱期の天皇の進退を報ずるとかいう歴史的な回想である。そしてどの流れをとってきても一般大衆の身近に感ずる映像などひとつもない。天皇にじかに接したことがある人たちがゲストにでてきて、天皇の純粋で温かいひと柄など強調しても、あの人間ばなれして表情をあまり動かさないテレビ映像から、豊富な人間性の内容など感受できるはずがない。これをまるまる二日間やったテレビ局の幹部や責任者は、じぶんの映像感覚を徹底的に再検討した方がいいとおもう。またアナウンサーたちは、いざとなれば、じぶんが儀礼的なあたり障りのない発言を、もっともらしい表情で二日間もやれるということにじぶんで恐怖を感じたほうがいいとおもう。とくに露木茂や久米宏や俵孝太郎はそうだ。わたしは七日のいちばんはじめの江藤淳・三浦朱門・石川忠雄・河盛好蔵・林健太郎などをゲストに迎えたときの司会役からはじまって、出ずっぱりだった露木茂や、何のためにいるのかさっぱりわからない曖昧な発言しかしないくせに、これまた映像画面の真ん中に出ずっぱりで出ていた俵孝太郎をみながら、もう一度、自由とはなにか、こころの自在さとはなにかということをあらためて考えるべきだとおもった。これは久米宏や猪瀬直樹や天野祐吉や山田洋次についてもおなじだ。マジメ・フマジメ・バカ・リコウ、いちばんつくってはならない表情は、内心は空っぽで感動も反感も哀悼も悲しみもないのに、儀礼的にこしらえた中性の表情だ。またそれに慣れるということだとおもう。保守派も進歩派もへちまもない。全部だめ。ああいう番組を二日間も全テレビ局で全時間つくったということは、死んでない身振りをしながら、ほんとうは死を意味するのだ。

ところでこんどは、大俳優としての天皇ということから、全テレビ局を二日間、葬典儀礼化させた潜在力を、すこしかんがえてみよう。比較のため石原裕次郎の死のときを思いおこしてみればよい。あのときでさえわずかひとつふたつのテレビ局が、裕次郎の哀悼回顧番組をつくり、裕次郎主演の映画を何本か連続的に放映した程度だった。告別式にはファンと称するひとたちが押しかけたが、その数は数千をでるものではなかった。ところが昭和天皇の死にさいしては、社会党委員長の土井たか子をはじめ全国で数百万の記帳者（ということは告別式参加者とおなじだ）を出し、全テレビ局が1チャンネルから12チャンネルまで（ただし3チャンネルNHK教育テレビを除く）朝はじめから夜おそくまでCMを含めて、すべて昭和天皇の死を追悼する番組に変貌した。つまり役者として裕次郎とは桁ちがいの偉大な俳優ということになる。もっとさかのぼれば昨年病気入院、手術、重体の報道があってから何ヵ月も、新聞社は天皇番の記者を夜勤残業にかけ、交通の足となる車と運転者を抱え込んで確保し、雑誌、新聞は天皇の死に備えて発言者をつくり（わたしも共同通信に一枚くわわった）、色川大吉や小田実のような、いまでも右翼が復活してくるなどと思っている見当外れの進歩屋は、へんなセンキすじに力こぶをいれた醜態をみせ、といった潜在的な動員の実力を発揮した。もっといいにくいことをいえば、草野心平、秋山清、山本太郎からはじまって大岡昇平にいたるまでの死を、道連れにして捲き込んで逝ってしまったといえなくはない。テレビ局はまた、この何ヵ月のあいだ、深夜おそくにいたるまで天皇の容態と称して、脈搏数、体温、血圧、呼吸数、下血の有無、輸血状況などを時間を定めて報道した。恐れ入ったものだというほかはない。昨年の特筆すべき流行語はソウル・オリンピック柔道の審判用語「教育的指導」（両手をくるくるまわす手振りと一緒に）と、このテレビ報道用語「下血」だったくらいだ。流行語にはある切実さと一緒に滑稽感やユーモアをともなう。またいくばくかの諷刺がこめられている。わたしたちはオリンピックの柔道の放映をみながら、しかつめらしい表情をした審判が両手をくるくるまいて「教育的指導」と声をあげると、外人選手などがしまったという表情を抑えてファイトを出すのを、諷刺的気分でくすくす忍び笑いしながらみていた。何となれば、「教育的指導」というコトバは、わたしたち日本人が聴けばいちばん反撥すべきいかがわしい語感をもった言葉だからだ。「下血」もおなじ。宮内庁に雇われた医者のおじいさんたちはいったい何を考えているんだろう。テレビ局はこんなわけのわからない数値を視聴者に流し、ときどき民間の大学の医者をゲストによんで、当らずさわらずの解説をさせ、いつもよそゆきの顔でそしらぬ表情をつくって、言葉だけていねいに、ただ解説用の発語をしている。これを何ヵ月も繰りかえして、どうかしたんじゃないか、とおもうより仕方がなかった。

こういった何ヵ月もまえからの異常現象は、ただひとつ昭和天皇が最後の偉大な帝王だったこと、役者として超一流だったことを、ゆびさしている。「最後の」ということにこだわる人のためには読み方の註をつけて、この「最後の」は「天皇」にかかる言葉ではなく「偉大な」にかかるので（偉大な帝王としては最後の）という意味に解釈しても、一向にさしつかえないとしておけばいい。保守派も進歩派も一般大衆も昭和天皇が最後の偉大な帝王であることだけは無意識、無自覚のうちにか、あるいは意識的、意図的にか認めていたのではないだろうか。これがここ半年ちかくにわたって裏面にあって、あるいは顕在的に進歩派も保守派も一般大衆もざわめき、浮きあしだち、またなだれのように昭和天皇の死に吸いよせられ、無意識の殉死みたいな詩人、文学者の死を伴った理由ではないだろうか。さすがにやるねェというのがわたしの総括だといっていい。

いうまでもなく天皇が国民統合の象徴だという憲法の規定がつづくかぎり、象徴天皇制はつづく。しかし最後の偉大な帝王だった昭和天皇の死のあとは、形式的につづくといういい方をしてもいい。そして天皇が弥生時代のはじめを象徴する勢力だとしても、古墳時代以後の勢力だとしても、これが農耕社会勢力を象徴するものだということにかわりはない。そして戦後の農地改革以後は、工業資本化する以外はほんとうのテーマをなくしてしまった日本の農業社会は、衰退の途をたどるほかに道はなかったし、これからもない。これをどこかでせき止めるには農業の工業化、ハイテク工場化、技術工房化以外にないこともまた自明のことに属する。だが日本の農業は、農協その他に巣くった農本左翼と保守派と一緒に、ゆるやかな滅亡に向いつつあるといってよい。ちょうどこのとき昭和天皇の死にわたしたちは遭遇した。最後の偉大な帝王の死と呼んで誤りないゆえんである。CMのスポンサーが自粛して下りてしまったあとのCMのかわりに、山や河や小鳥のような自然の生物の姿と風景を映して、その字幕に「自然を愛し、大切に守ろう」といったコピイを流していた。そしてこれこそが天皇制の基礎とエコロジストの基礎とが合流する平和と天然美の場所、農耕のふるさとだということを象徴しているとおもった。わたしはこんな安息感を拒否すべきだとおもうし、がさつで利潤に露骨な自粛しないCMの世界の方がまだましだということを、腹の底から納得した方がいいとおもっている。ついでにもうひとつ、8チャンネル・フジテレビは、タモリ・さんま・鶴太郎の「笑っていいとも!」とタケシの「ひょうきん族」を一週間、開店休業でお茶を濁していた。やればいいのにセコイねえその連中は、というのがわたしの感想だ。萩本欽一の番組は、たんたんと非難も意見も受けると断わってすぐに、いつもの通りやっていた。

吉本隆明「昭和年表」

大正十三年（一九二四年）

・春、造船事業に失敗した吉本家は熊本県天草郡志岐村（現・天草郡苓北町《れいほくまち》）から一家をあげて上京。

・十一月二十五日、父・順太郎、母・エミの三男として、東京市京橋区月島（現・中央区月島）で誕生。

昭和三年（一九二八年）　四歳

・この年あたりまでに、京橋区新佃島西町（現・中央区佃二丁目）に転居。

昭和六年（一九三一年）　七歳

・四月、佃島尋常小学校入学。

・このころ、父・順太郎が月島に造船所を再建、貸しボート屋も始める。

昭和九年（一九三四年）　十歳

・春から深川区（現・江東区）門前仲町にあった今氏《いまうじ》乙治《おつじ》の私塾に入り、昭和十六年（十七歳）まで通う。

昭和十年（一九三五年）　十一歳

・四月、祖母・マサが死去（享年八十二）。

・五月、祖父・権次死去（享年八十）。

昭和十二年（一九三七年）　十三歳

・四月、東京府立化学工業学校応用化学科に入学。

昭和十六年（一九四一年）　十七歳

・この年、校内誌「和楽路《わらじ》」を始める。
・暮れ、一家は葛飾区上千葉（現・葛飾区お花茶屋二丁目）へ転居。
・十二月八日、太平洋戦争勃発。府立化学工業学校を繰り上げ卒業。

昭和十七年（一九四二年）　十八歳

・四月、米沢高等工業学校（現・山形大学工学部）応用化学科に入学。寮に入る。

昭和十九年（一九四四年）　二十歳

・五月、初の私家版詩集『草莽《そうもう》』を発行。
・九月、米沢工業専門学校（四月に校名改称）を卒業。
・十月、東京工業大学電気化学科に入学。その後ただちに勤労動員でミヨシ化学工業（現・ミヨシ油脂）の研究所に赴く。
・この動員中、山形県左沢《あてらざわ》で徴兵検査を受ける（甲種合格）。

昭和二十年（一九四五年）　二十一歳

・三月、東京大空襲。この空襲で、今氏塾の今氏一家死去。

・五月ごろ、勤労動員で富山県魚津市の日本カーバイド工場へ赴く。
・八月十五日、敗戦。工場の広場で、「終戦の詔勅」を聞く。
・帰京後、東京工業大学で遠山啓《とおやまひらく》助教授の自主講座を聴講する。

昭和二十一年(一九四六年)　二十二歳

・四月、東京工業大学の授業が再開。

昭和二十二年(一九四七年)　二十三歳

・九月、東京工業大学電気化学科を繰り上げ卒業。
・折から到来した「キャサリン台風」下の大洪水の中を泳ぎ、溺れかけた。
・以後、戦後の混乱期で職が見つからなかったため、町の石鹸工場や鍍金《メッキ》工場を転々とする。

昭和二十三年(一九四八年)　二十四歳

・一月十三日、姉・政枝が結核のため死去(享年二十五)。

昭和二十四年(一九四九年)　二十五歳

・四月、東京工業大学の特別研究生の試験を受け、無機化学研究室に入り、有給で二年間の研究生活を送る。

昭和二十六年(一九五一年)　二十七歳

・三月、東京工業大学の特別研究生一期二年の課程を修了。
・四月、東洋インキ製造に入社。葛飾区青戸工場研究室に勤務。

昭和二十七年（一九五二年）　二十八歳

・八月、父・順太郎に資金を借り、処女詩集『固有時との対話』を自費出版する。

昭和二十八年（一九五三年）　二十九歳

・四月、東洋インキ青戸工場労組組合長および同社五労組連合会会長に就任。

・十月〜十一月、賃金闘争を指導するが、ストライキをめぐって組合側の合意を得られず、責任を取って組合長と会長を辞任。

昭和二十九年（一九五四年）　三十歳

・一月、会社から配置転換を命じられ、東京工業大学への派遣研究員となる。

・十二月、家族から離れ、文京区駒込坂町（現・同区千駄木）のアパートで独り住まいに入る。

昭和三十年（一九五五年）　三十一歳

・六月、本社総務部での勤務を断わり、退職。

昭和三十一年（一九五六年）　三十二歳

・失業状態が続く中、友人の妻（黒沢和子）と親しくなり、七月ごろ、同棲する。

・八月、恩師・遠山啓の紹介で長井・江崎特許事務所に就職（隔日勤務）。

・九月、第一評論集『文学者の戦争責任』（武井《たけい》昭夫《てるお》との共著）刊行。

昭和三十二年（一九五七年）　三十三歳

・五月、黒沢和子と入籍。

・十二月二十八日、長女・多子《さわこ》（のちの漫画家・ハルノ宵子）誕生。

昭和三十三年（一九五八年）　三十四歳

・一月、『吉本隆明詩集』刊行。

昭和三十四年（一九五九年）　三十五歳

・八月、この年から夏休みとして一家で西伊豆の土肥《とい》温泉に滞在することになる。

昭和三十五年（一九六〇年）　三十六歳

・六月、六〇年安保闘争の「六・一五国会抗議行動」で逮捕され、二晩留置される。

昭和三十六年（一九六一年）　三十七歳

・九月、谷川雁、村上一郎とともに雑誌「試行」を創刊。『言語にとって美とはなにか』の連載を開始する。

昭和三十八年（一九六三年）　三十九歳

・十一月、熊本・福岡での講演の合間に、初めて父母の郷里・天草を訪れる。

昭和三十九年（一九六四年）　四十歳

・七月二十四日、次女・真秀子《まほこ》（のちの作家・吉本ばなな）誕生。

昭和四十年（一九六五年）　四十一歳

・五月、『言語にとって美とはなにか　Ⅰ』刊行（Ⅱは十月刊）。

昭和四十三年（一九六八年）　四十四歳

・四月二日、父・順太郎死去（享年七十五）。
・十月、勁草書房から「吉本隆明全著作集」全十五巻の刊行が始まる。
・十二月、『共同幻想論』刊。

昭和四十四年（一九六九年）　四十五歳

・十月、十三年間勤めてきた長井・江崎特許事務所を退職、文筆に専念する。

昭和四十五年（一九七〇年）　四十六歳

・十一月二十五日、三島由紀夫が自衛隊市ヶ谷駐屯地（現・防衛省本省）で割腹自殺。この日は奇しくも隆明の誕生日であった。

昭和四十六年（一九七一年）　四十七歳

・七月六日、母・エミ死去（享年七十八）。

昭和四十七年（一九七二年）　四十八歳

・二月、連合赤軍事件発覚。

昭和四十八年（一九七三年）　四十九歳

・五月、天然水が売り出されたことに衝撃を覚える。

昭和五十一年（一九七六年）　五十二歳

・十月、「もっとも愛着の深い書」と語っていた『最後の親鸞』刊行。

昭和五十三年（一九七八年）　五十四歳

・四月、「吉本隆明全著作集（続）」全十五巻の刊行が始まる（ただし、三巻を出したところで刊行中断）。

昭和五十五年（一九八〇年）　五十六歳

・三月、文京区本駒込に家を購入、終の棲家となる。

昭和五十七年（一九八二年）　五十八歳

・四月、反核運動が過熱、それに対する批判として、十二月、『「反核」異論』を刊行。

昭和六十年（一九八五年）　六十一歳

・七月、『ハイ・イメージ論』の長期連載が始まる。

昭和六十二年（一九八七年）　六十三歳

・十二月、青土社から「吉本隆明全対談集」全十二巻の刊行が始まる。

昭和六十四年（一九八九年）　六十五歳

・一月、昭和天皇崩御。

【初出一覧】

Ⅰ　戦前

少年………徳間書店『少年』（1999年5月）所収
過去についての自註A………試行出版部『初期ノート』（1964年6月）所収
詩碑を訪れて………同右
哀しき人々………同右

Ⅱ　戦後

戦争の夏の日………「北日本新聞」（1977年8月13日付）、青土社『初源への言葉』所収
過去についての自註B………『初期ノート』所収
敗戦期………飯塚書店『高村光太郎』（1957年7月）所収
水難………青春出版社『幸福論』（2001年3月）所収
姉の死など………『初期ノート』所収
前執行部に代って………勁草書房『吉本隆明全著作集13』（1969年7月）所収
文学者の戦争責任………淡路書房『文学者の戦争責任』（1956年9月）所収
「パチンコ」考………「王様の手帖」（1976年7月）、『初源への言葉』所収
ボクの二十代………「週刊宝石」（1985年9月20日号）、宝島社『背景の記憶』所収

鮎川信夫との交渉史……徳間書店『自立の思想的拠点』（1966年10月）所収
わたしが料理を作るとき……「マイ・クック」（1974年12月）、国文社『詩的乾坤』所収
六・一五事件と私……「週刊読書人」（1961年11月27日付）、春秋社『模写と鏡』所収
頽廃への誘い……現代思潮社『擬制の終焉』（1962年6月）所収
敗北の構造……弓立社『敗北の構造』（1972年12月）所収

Ⅲ 主著

『言語にとって美とはなにか』あとがき……角川文庫版（1982年2月）あとがき
共同幻想論のゆくえ……光文社『日本語のゆくえ』（2008年1月）所収
『心的現象論序説』あとがき……角川文庫版（1982年3月）あとがき

Ⅳ 昭和の終わりへ

「父の像」……「うえの」（1991年6月）、コスモの本『見えだした社会の限界』所収
母の死……「ラ・メール」（1984年1月）、春秋社『〈信〉の構造③』所収
三島由紀夫の死……「試行」（1971年2月）、同右
わが「転向」……「文藝春秋」（1994年1月号）、文藝春秋『わが「転向」』所収
連合赤軍事件をめぐって……弓立社『知の岸辺へ』（1976年9月）所収
「反核」運動の思想批判……「読書人」（1982年8月）、弓立社『「反核」異論』所収
昭和天皇の死……「TBS調査情報」（1989年2月）、河出書房新社『情況としての画像』所収

【編集後記】

本書は吉本隆明氏の著作からのアンソロジーである。

大正十三年（一九二四年）十一月二十五日生まれの氏は、昭和の年数とほぼ足並みを揃えるようにして年齢を重ねてきた。昭和十一年の二・二六事件のときは十二歳、十六年に太平洋戦争が勃発すると、十七歳で東京府立化学工業学校を繰り上げ卒業。そして、二十年の終戦（八月十五日）は二十歳で迎え、その年に二十一歳になっている。本書に収録した「敗戦期」に《わたしたちの少年期から青年期の前半にかけた時期は、天皇制下における右翼と軍部ファシズムの擡頭と戦争とに終始している》と記されているとおりであり、その当時の氏は《この戦いで死んでもいい。戦争に負けたときは俺の命のないときだ》（「わが『転向』」）と思い定めていたという。

そんな吉本氏は昭和三十五年の「六〇年安保改定反対闘争」を契機に、戦後日本を代表する思想家として登場した。それ以前にも、第一評論集『文学者の戦争責任』や『吉本隆明詩集』、あるいは評論家・花田清輝氏との「花田・吉本論争」などによって一部に熱心な読者をもっていたが、詩人思想家として広範な支持を得るようになったのは六〇年以降のことだといってよい。その起爆剤となったのは、安保闘争の敗北によって《おれはもの書きとして、おそらくそういう世界からシャトアウトされるにちがいない》（「敗北の構造」）と考えてはじめた同人誌「試行」連載の『言語にとって美とはなにか』であり、学生を中心に熱狂的に迎えられた『共同幻想論』であった。

ちょうどそのころから戦後日本も急激な変貌を遂げるようになった。安保改定の激動で岸（信介）内閣が倒れると、次の池田（勇人）内閣が「所得倍増計画」を打ち出し、折からの東京オリンピック開催や東海道新幹線の開通（ともに昭和三十九年）もあいまって高度経済成長の時代に入ったからである。日本の総人口も一億人を突破した。公害が多発し、大学紛争も全国に広がるという新たな情況に突入していった。

いったい日本の社会はどこへ向かうのか？

そのとき多くの若者は「新しい時代をどう捉えたらいいんだ？　吉本リュウメイはどう考えているのか？」と、氏の「自立の思想」に注目したのである。吉本氏も「試行」で毎号「情況への発言」をつづける一方、さまざまな媒体を通じて、地に足をつけた刺激的な論考を発表した。いわば、われわれの羅針盤のような存在が吉本氏であった。

そうした昭和も、平成を間にはさんで、いまや三十年以上も昔の時代となった。中村草田男が「降る雪や　明治は遠く　なりにけり」と詠んだのは昭和六年、明治の終焉から二十年後のことである。令和の現在と昭和との時間的な隔たりはそれ以上である。「昭和」といわれても、ピンとこない世代も増えていることだろう。